張之洞

六

唐浩明 著

岳麓書社

張之洞

六

唐浩明 著

嶽麓書社

第十三章　外賓訪鄂

一　馬鞍山鄉民把洋礦師打得傷筋斷骨

受賄勒索這種事，張之洞一向十分痛恨，趙茂昌的這些不法行爲，儻若在平時由他來辦理，撤職固然不可免，很可能還要籍没家産，投入監獄。但想到趙茂昌此次被劾，是因爲他張之洞的緣故，且這些事也没有一一去查實，故對趙茂昌心存惻惻。雖遵旨革了趙茂昌的職務，但又專門爲趙置了一桌餞行酒，叮囑趙回原籍後務必息影鄉居，等兩三年後再來。趙茂昌感激總督的這番好意，表示今生將死心塌地爲張之洞奔走效力。

張之洞是個情緒易受波動的人。徐致祥大參案，弄得他幾乎半年不得安神，最爲委屈憤慨的時候，他甚至想掛冠而去。張之洞的這種心緒，大大影響了龜山脚下鐵廠的興建速度。祇是因爲有蔡錫勇、陳念礽這些鐵政局的督辦、會辦們在頂着，包括煤礦、鐵礦在内的整個鐵廠興建工程纔没有停工。但有不少必須儘快辦的事因此而拖延，造成工程近五十萬兩銀子的損失。這筆巨大的損失該由誰來負責呢？能由徐致祥負嗎？維護朝綱，糾彈瀆職，是大理寺卿的本職，徐致祥没有責任。是光緒皇帝和翁同龢的責任嗎？查訪實情，整肅吏風，是在上者的治國正務。光緒和翁同龢也没有責任。是張之洞的責任嗎？墨守成規者最不易出差錯，勇闖新路者總難免要遭挫折，幾成人世定規。一心爲國的人反遭攻訐，庸碌無爲者仕途順暢，這叫人如何想得通！他張之洞不是聖人，情緒波動似難深責，他又能承

擔多少責任呢？

半年後，張之洞纔從陰影中慢慢走出來，重又投身於以鐵廠爲主的洋務事業中去。

不料，没有多久，馬鞍山煤礦一場礦局與鄉民的鬥毆案，又將張之洞推入了是非漩渦。

馬鞍山北距武昌城八十里，屬於江夏縣地面。江夏縣没有縣城，縣衙門就設在武昌府城裏。馬鞍山乃禿嶺，樹木不多，野獸也不多，自古以來便是一座無主的荒山。二十多年前，李鴻章做湖廣總督時，曾聘請三位英國礦師在湖北境内踏勘礦務。英國礦師在馬鞍山的仙女嶺脚下發現了煤礦，並組織人員開採。半年後，李鴻章離開武昌，他的哥哥李瀚章入主湖廣衙門。李瀚章對洋務不感興趣，英國礦師因此離開馬鞍山，剛剛開始的湖北採煤業半途而廢。英國礦師臨走前，指着井邊剩下的幾座煤堆，對前來看熱鬧的鄉民説，你們把這東西拿回家去，它可以當木柴用。

這堆東西，散狀的像黑黑的泥砂，塊狀的又像燒焦的鍋巴，它能當木柴用？能煮飯炒菜、燒水取暖嗎？鄉民們半信半疑地挑回家去，按照洋人教的辦法去做，果然爐子裏生出熊熊的火焰來。這黑傢伙真好，它既有木柴的功能，又比木柴經燒，且没有煙，也好搬運貯藏。在事實面前，鄉民們信了洋人的話，都來搬取，井邊的煤堆很快便被挑盡燒光。於是有聰明膽大的，便自己下到煤井裏去挖，居然也挖到了煤。煤挖多了，除自己用外，還可以賣給别人，住在仙女嶺附近的十幾家農户便這樣最早地發了一點洋財。消息傳出去，引來不少前來淘黑金的人。馬鞍山的山前山後，嶺脚坡腰，便佈滿了用鋤頭鐵鍬打井挖煤的莊稼漢。原本被視爲一無可取的寂寞荒山，頓時變成可以發家致富的熱鬧寶庫。到後來，那些本錢大能力强的人便將煤井越開越大，越開越多。本錢少能力弱的，便來投靠他們。前幾年，馬鞍山一帶便形成周、張、沈三大集團。三家分割地盤，各自發展，儼然成了馬鞍山的

主人似的。江夏縣衙門見馬鞍山挖煤有利可圖，便在此地設了一個稅卡，一百斤煤炭收十文錢。三個老闆本不情願，但一想到既向官府納了稅，也便取得了官府的認可，今後則可以名正言順地佔據這塊地盤，子子孫孫傳下去，於是接受了官府的徵收。江夏是個窮縣，有了煤稅這筆收入後，這幾年從縣令到衙吏，個個都從中得到厚薄不等的好處，故而都希望馬鞍山這個現狀能長久維持下去。不料張之洞要辦漢陽鐵廠，城門失火殃及池魚，馬鞍山的好夢被攪了。

徐建寅帶領的包括兩個洋匠在內的一批人馬來到馬鞍山，映入他眼簾的是一大群忙碌而雜亂的挖煤運煤的鄉民，從小在嚴格的科學技術氛圍中長大的徐會辦，不由得雙眉緊皺。他內心爲這個場面而痛苦：這哪是在採煤，這是在掠奪大自然，是犯罪的行爲！必須立即制止這種紛亂的狀態。這不僅是爲了日後的礦務局，作爲一個科學家，徐建寅更本能的反應是：要保護大自然賜給人類的充裕財富，讓它更好地爲人類服務，更長久地爲人類造福。

徐建寅代表煤礦局，與周、張、沈三家商量，要他們立即停止一切採煤行爲，以便對馬鞍山作全面的探測、評估和機器採挖井點的選定。周、張、沈三家的代表不作絲毫考慮便斷然拒絕。徐建寅見直接找挖煤者行不通，便去找江夏縣衙門。縣令呂文魁明知道理上說不過煤礦局，但馬鞍山煤窑是縣衙門的一個金庫，他實在不願意就這樣被奪去。呂縣令採取了中國官場上一個慣用而有效的措施：拖延不辦。他嘴上應付着答應調解，實際上沒有任何行動。馬鞍山無序採煤照常進行，縣衙門的稅卡也照常收稅。兩三個月過去了，一點動靜都沒有。這段時間裏，煤礦局衹得在仙女嶺以外山嶺上勘查，但勘查的結果是蘊藏量不大，從煤層的走向分析，大量的煤埋在仙女嶺地下。徐建寅無法，衹得具函稟報張之洞，請總督出面。因爲牽涉到江夏縣的民事糾紛，按理當由省巡撫衙門出面敦促武昌府衙門

去處理，於是張之洞叫文案所擬文咨湖北省巡撫衙門。

趙茂昌被撤後，總文案便由梁鼎芬兼任。他將書院事委託給總教習，自己長住衙門。湖北巡撫譚繼洵接到由梁鼎芬起草的咨文，匆匆看了一眼後，便將它置於往來函件櫃裏。咨文在櫃子裏冷冷地躺了半個月後，譚撫臺纔將它重新拿出來，又看了一遍。

之所以一擱便是半個月，主要還不是撫臺公事多的緣故，而是因爲他對張之洞的這一套主張和作爲不感興趣，內心深處抱着一股抵觸情緒。他一不相信洋人的那一套能在中國扎根結菓，二不相信張之洞這種勞民傷財的事能辦得長久，但張之洞是總督，又得到朝廷的支持，譚撫臺奈何他不得。藩司王之春、臬司陳寶箴也都附和着張之洞，於是譚繼洵在三大憲臺中便顯得較爲孤立。不過，府縣中却不乏支持他的人，他因此相信自己的看法不是錯誤的。

譚繼洵雖不公開反對張之洞，也不得罪王之春和陳寶箴，但他一再叮囑他的兩個助手：張制臺所辦的事，並不是職分內應辦的事，也不是我們湖北應辦的事，他要辦，我們不阻擋，但我們要守定一個原則，即湖北不能爲他的事拿銀子。當然，湖北應當上交的銀子若户部公文明言轉給他，我們還是照給，衹是湖北不能再爲他籌銀。張之洞也不苛求譚繼洵，衹要他不阻擋王之春將户部明文規定的銀子轉過來就行了。兩三年來，因爲有王之春、陳寶箴從中斡旋，張之洞與譚繼洵雖然主張不合，却也相安無事。

畢竟是總督衙門來的公函，畢竟是他巡撫應辦的公事，譚繼洵打發巡捕將武昌知府召進衙門裏來商議。武昌府的衙門也設在武昌城裏，位於巡撫衙門三里遠的西南角，與三里外東南角的江夏衙門一起，和巡撫衙門組成了一個等邊三角形。

儘管把江夏縣令召來談話更爲直接，但不是特殊情況，巡撫不直接找知縣談。江夏歸武昌府管，巡撫跟武昌知府談，武昌知府再去和江夏知縣談，這是官場的規矩，不能亂了套。

舉人出身的知府涂炳昌也是個六十出頭的老頭子，此人三次會試不中，以大挑身份放的知縣，做了二十多年的知縣、同知，終於在鬚髮皆白的時候熬到一個四品銜的知府。他十分珍惜這頂閃着寶藍色光澤頂子的大蓋帽，生怕它哪一天無意間被風吹了下來。涂炳昌沒有才幹，也不想做出什麼政績，如果不是做官，不管在哪一個行當裏混飯喫，他都絶對是一個平庸得毫不起眼的小角色。他做官衹有一個訣竅，那就是畢恭畢敬地聽上司的話，不折不扣地奉行上司的旨意，至於上司的話是對還是不對，他從不去考慮。

涂知府坐着藍呢大轎來到巡撫衙門，巡捕馬上引導他進了會客廳，一會兒譚繼洵就過來了。譚繼洵是個和氣的人，一向不對下屬擺架子。兩個老頭子彼此客氣一番後，涂知府挺直腰板問：『大人喚卑職過來有何事吩咐？』

譚繼洵將總督衙門的公函遞給涂炳昌説：『你先看看這個。』

馬鞍山煤窑的事，涂炳昌聽江夏知縣説起過，那是一件很小的事情，他聽過也就過去了。現在竟然與總督辦的鐵廠聯繫起來，那就成大事了，得格外慎重。對於牽涉上司的事情，不管事情本身如何，在涂知府看來都是大事要事，都得認真對待。他的『認真』，就是遵循上司的意旨去辦。

『大人，這樁事如何處理，您下個命令，卑職照辦就是了。』涂炳昌邊説邊雙手將公函遞回給譚繼洵。

譚繼洵接過公函，隨手將它放到書案上，右手指在瘦瘦的下巴上摸了好長一會，纔慢慢説道：

『這是件棘手的事情，呂縣令也有稟帖給我，説煤窑已由鄉民開採二十多年，養活了近三百户人家，不讓開採，斷了他們的生計，情理上説不過去。張大人要辦鐵廠，鐵廠要燒煤，煤得由馬鞍山出。張大人的這個計劃，朝廷同意了，户部還專門爲此撥了銀子。如果不讓煤礦局來包攬，張大人那裏也不好交代。這事難着哩！』

『是的。大人説得對，這是件難事。』涂炳昌滿臉同情地望着瘦弱的上司。這情景，酷似兩個老婦人在聊家常：一個訴説家裏的煩惱事，另一個無力幫忙，衹能時不時地説些同情話來安慰。

『涂太守呀，我們兩個都是過花甲的人了，説幾句老頭子的心裏話吧！』譚繼洵將摸下巴的手放下來，擱在大腿上，兩眼昏昏花花地望着武昌府的當家人。『其實呀，這世上有許多事或者不需做，或者不必做，或者不急着做，辛辛苦苦、忙忙碌碌地苦幹着，到頭來成者少，不成者多。即使成了怎麽樣？時過境遷，轉眼就變了味。還有呀許多事，也談不上什麽成不成的，做和不做是一回事，多做和少做也是一回事。我們都是上了年紀的人了，過後一想，都是瞎忙一通。年輕人血氣盛，總以爲拼命去做就一定好，殊不知世事大多不是這樣的。回過頭來看看走過的路，你説是不是這個話？』

譚繼洵的這段感慨，道出了人生的部分真諦。除開那些過去成就輝煌現在仍然雄心勃勃的個别人外，大多數的老頭子都會程度不等地有此同感。涂炳昌本就是一個不幹事的平庸人，對這番話的認同更爲深切更爲真摯。他幾乎認爲巡撫的話就是爲他平庸的過去在作注脚，或者説更加證明了他其實就是一個有着大聰明的先知先覺。涂炳昌發自内心地説：『大人，您這是真正的參悟大道之言。人生百年，許多煩惱、許多痛苦其實都是自己找來的。古人早就説過，世上本無事，庸人自擾之。明明是無事生事的庸人，還硬要説自己是大有作爲的英雄。』

譚繼洵又找到了一個知己，興致立時高漲：『涂太守，你説得好，如果是一個老百姓，倒還罷了，無事生事，累的苦的還祇是自己一人，至多是連累妻兒親友；若是做了官，尤其是做了大官，乃至一國之主，跟着他受苦受累的就多了。比如説秦始皇吧，他好大喜功，好端端的日子不讓大家過，他要修什麽長城，從東到西一萬多里，死的人不知幾十萬，後人説長城不是磚砌的，那是老百姓的白骨砌的。涂太守，你是個讀書明理的人，你想想，那長城真的能擋住什麽人侵的敵人嗎？千軍萬馬要過來，幾塊磚頭能擋得住嗎，無非是要爲他秦始皇留下一個政績罷了。』

『大人説得對，要説擋住關外敵人，長城那是一點用都没有的。秦始皇之後，不是朝朝代代都有夷狄人侵華夏嗎？』涂炳昌趕緊順着撫臺竪起的竿子往上爬。

『再説王安石吧，本是一個極幸運的人，天分高，仕途順利，操守也好，文章詩詞更是出色，好端端的做個太平宰相，豈不是讓天下後世景仰不已！却偏無事生事，想出什麽青苗均輸等等新法，最後弄得自己罷相謫居，被人視爲姦蠹不説，還害得老百姓受盡折騰。回過頭來看看，王安石的什麽新法，什麽改制，又何必要去做？』

『是的，大人説得對極了。王安石若安分守己做官的話，憑他的聰明才幹，一定是歷史上少有的名宦。』涂知府又順竿爬着。

『哎，』譚繼洵嘆了一口氣，『還是張養浩説得好：「興，百姓苦；亡，百姓苦。」説到底，還是老百姓在受苦哇！』

『是，是。』涂炳昌連連點頭。撫臺大人這一番談古的話，已讓爲官多年的知府老爺摸到了頭緒：原來談古的目的在於論今，他很可能是説張之洞辦鐵廠辦煤礦局是無事生事，其結果是苦了老百姓。

『不扯遠了。涂太守，今天把你請來，就是爲的馬鞍山煤窑的事。我對你説句心裏話，張大人要在湖北辦洋務，我是不大贊成的。我説句不中聽的話：勞民傷財，最終無濟於事。這話雖不中聽，日後必會證明的。老百姓生活苦，尋點活路不容易，何必要和他們作對哩。但這話現在不能對張大人説，他正在興頭上，朝廷中又有人撑腰，這話他哪裏聽得進？我請你來，是要請你這知府來出個兩全之策，既不拂張大人的意，又不傷着江夏老百姓利益，你有什麽好主意嗎？』

果然給猜中了，涂知府心裏暗喜，但是撫臺出的顯然是個難題：有什麽好的兩全之策，能兩邊都不得罪呢？出點子、想主意，對於這個年邁的武昌知府來説可不容易，做了二十多年官老爺的他，從來是很少自己出主意的。他搔了搔大蓋帽下稀疏的白髮，想了好長一會兒，也拿不出一個自個兒滿意的主意來，不能老這樣乾瞪眼瞧着，總得開口呀！

『大人，卑職想最好的辦法是讓煤礦局到另一個地方去採煤，馬鞍山這個地方維持老樣子不變，如此兩方都不得罪了。』

『這算什麽主意！』譚繼洵不覺乾笑了一聲。『你以爲兩方都不得罪，這不明擺着得罪了張大人嗎？』

『哦，不錯，得罪了張大人。這個主意不好。』涂炳昌的眼珠子轉了幾圈後説：『要麽這樣，把鄉民已挖的煤全由煤礦局買下，然後鄉民撤除，馬鞍山交給煤礦局來經營。』

『這可能也不行，煤窑老闆們會不同意；再説，拿錢的是老闆，幾百名鄉民從此以後丢了飯碗！』

撫臺又一次否決後，涂知府的肚子裏便再也没有點子了。『大人，卑職一時想不出好辦法，容卑職回去後再細細想想。』

『慢點。』涂炳昌的兩個點子都不理想，但給了譚繼洵以啓發，何不將他們捏合起來，一道來做這樁事呢？『涂太守，我倒有個想法。』

『大人，還是您的辦法多，您説出來，卑職照辦就是了。』他多麽希望撫臺再不要兜圈子了，早點發話，他再把這話傳給江夏縣，讓吕縣令辦不就得了！

『我看是這樣，馬鞍山煤窑還是交給煤礦局，不過，現在的這個攤子得全由煤礦局管起來，沈、周、張三個老闆給煤礦局當小頭目，所有在煤窑上做事的鄉民通通都留下給煤礦局做事。至於具體事宜，由他們兩家去深談，我這個巡撫不管，你這個知府也不要管，就連江夏縣衙門也可不管，讓他們自己去辦。』

『好，大人這個辦法最高明。』譚繼洵的話剛落，涂知府就迫不及待地叫好。『煤礦局辦起來，總要人做事，讓現在的這批人去做，輕車熟路，再好不過了。即便人多點開支大點也不要緊，反正他們有的是户部的銀子。娘的奶子人人有份，朝廷的銀子，大家都用得。』

『涂太守既然同意，這事就麻煩你去辦。』

『大人放心，卑職會辦得熨熨帖帖的。』

涂炳昌回到知府衙門裏，將這一套程序不走一絲樣的重新操持一遍。他派人召來江夏縣令吕文魁。吕縣令坐一頂黑呢轎子，穿一身乍看起來與知府没有多大區別的官服，擺起全套排場來到知府衙門，涂知府把譚巡撫的話傳達了一遍。吕知縣聽後，心裏不大情願：若照巡撫的意思，馬鞍山煤窑鄉民的財路雖未斷，但縣衙門的財路却斷了，衹是這話他又不能説，因爲這筆税收他是瞞了上面的：知府不知，巡撫更不知。吕縣令説不出反對的理由，衹得答應照辦。

吕縣令由於心裏不樂意，回到縣衙門後就有意把這事壓着，直到半個月後纔把煤窑三家老闆召來衙門，傳達從知府口裏聽來的巡撫命令。誰知，三家老闆都不同意這個處理辦法，因爲他們壓根兒就不想讓總督派來的煤礦局在馬鞍山落脚。他們是馬鞍山的山大王，要做土法挖窑的大老闆，不願做洋法採煤的小工頭。

吕文魁正要藉他們的不願合併而從中牟利，但他又不能慫恿他們公然抗拒巡撫的命令，於是説了句你們看着辦吧，便把他們打發出了衙門。

煤窑三家老闆從吕縣令的口中，揣摸出省府縣的態度並非是要他們讓出，他們有了底。仗着背後有硬後臺撑腰，三家老闆决定遵循撫臺的旨意，同意與煤礦局合夥，但把價碼擡高：三家老闆都做煤礦局的協辦，所有在煤窑上做過事的鄉民一個不能裁，全部進煤礦局，他們的最低收入不得少於二兩銀子一個月。這個方案煤礦局顯然不能接受，那麽責任就在煤礦局一邊。談判不成，馬鞍山一切照舊。這正是他們所要達到的目的。

徐建寅原以爲官府會全力支持煤礦局，不料三家煤窑老闆竟然神氣十足地前來談判，説是奉巡撫之令，合夥開發馬鞍山，並將他們的方案搶先公佈。

徐建寅面對着有恃無恐的三個煤窑老闆，氣得一句話都説不出來。

徐建寅得其父徐壽真傳，爲人處世、治學辦事完全和父親一個樣。他相信科學技術纔是致人類於幸福的惟一途徑，中國不如西洋，關鍵是在科技上不如，中國的出路，也惟有在發展科技上。因此他和父親一樣，不願當官，厭惡官場上的人事應酬和相互傾軋，衹求在一個安穩單純的環境中從事科技操作或西洋圖書的翻譯。徐壽在安慶内軍械所和江南機器局翻譯館裏度過其一生的重要歲月，他的成

就也就是在這種環境裏完成的。徐建寅從小跟隨父親在江南機器局的翻譯館讀書翻譯，後來在李鴻章辦的金陵機器局做事，雖有候補道的空名，但那是空銜，他實際没有做過一天官。不入官場，徐建寅得以保住心靈的寧静，但因此也不懂社會上的複雜人事關係。

在徐建寅看來，這是件很簡單的事：山是國家的山，煤礦是國家的煤礦，馬鞍山小煤窑的亂挖亂掘完全是一種無政府的行爲。二十多年已非法獲利不少，不處罰已經是很寬容了，現在煤礦局代表國家來此作機械化挖掘，完全是行使國家應有的權利，鄉民的小煤窑，理應無條件地立即停止撤離。哪有什麼合夥的道理？何況還要提出如此苛刻的條件，豈不是荒唐至極，無理取鬧！

徐建寅一口拒絕，談判破裂。徐建寅一面向總督衙門禀報情況，一面決定對仙女嶺下的煤層分佈情況作採樣調查。

這天午後，煤礦局的兩個英國礦師亨利、斯維克在與陳念礽一道從美國回國的梁普時的帶領下，背着機器、標杆、記録板來到一個無人工作的小煤井旁，他們想利用這個廢棄的煤井來作採樣調查。三個人開始竪標杆、安機器，一邊作現場記録。

金髮碧眼高鼻子的洋人，嘰哩哇啦的洋話以及閃閃發亮的洋玩意兒，立時招來了許多正在挑煤的鄉民的圍觀。這些遠離都市一輩子不出山溝的鄉民面對着這一風景，比看耍猴戲還要來勁、有趣。這時沈家煤窑的賬房鄭烟鬼過來，他突然發現這是一個很好利用的機會。

『你們看，就是這幾個傢伙要來霸佔仙女嶺，把我們趕走，他們若是得逞，兄弟們的飯碗就要敲砸了！』

『他媽的，他們若是敲砸了老子的飯碗，老子就敲碎他們的狗頭！』

説話的漢子姓魯，他上有多年卧病在床的八十老母，下有四個嗷嗷待哺的幼小兒女。魯家無一分田，全憑賣苦力度日，這幾年靠着煤窑一家人纔能半飢半飽；若没有煤窑，他就陷入絶境。煤窑對他來説簡直是性命攸關。

『洋人有什麼資格在我們中國的山嶺上動土。哼，瞎了他們的狗眼！他們想把老子趕走，老子先要趕走他們！』説話的是個姓胡的年輕人，他也是全仗煤窑來養家餬口的人。

『你們知道他們是些什麼人嗎？』鄭烟鬼胡亂編造，『這兩個洋人我在漢口見過，他們都是洋教堂裏的，專幹些挖小孩心肝眼珠、姦淫女人的事，這會子又到我們這裏來裝神弄鬼騙人。』

這些鄉民雖没有見過洋人，但是洋教堂欺侮中國人，誘騙中國人進教堂，女人進去被姦淫，小孩進去後則被挖掉心肝做藥丸，挖出眼睛化水銀，這些話他們倒是聽説過幾十年了。洋教堂在他們的心目中就是座魔鬼窟，洋教士就是喫人害人的魔鬼。現在居然就有這樣的兩個魔鬼在眼前，而他們又的確在做着傷害自己的事，鄉民的胸膛裏開始燃起仇恨的怒火。

『打死這兩個洋鬼子！』姓魯的突然發出一聲怒吼。

『還有那個漢奸，也不能放過！』姓胡的連忙響應。

説話間，姓魯的、姓胡的兩個人同時衝出人群，向洋匠們奔去，鄭烟鬼忙對身邊的人説：『你們都上去幫忙呀，洋鬼子身上没帶洋槍，不要怕！』

於是衆人都一窩蜂似的跟了上去，正在工作的礦師們嚇懵了，從鄉民憤怒的面孔和大聲的吼叫聲中，他們知道來者不善。

梁普時對兩個洋同事説：『他們是來打我們的。他們人多，我們打不過，衹有快快跑回去！』

三個人背起探測器，拿着標杆跑步下山。在姓魯的和姓胡的率領下，十幾個鄉民跟着後面直追，一邊高叫：『打死這幾個狗日的！』

三個人一邊跑着，一邊回頭看，衹見他們越來越近，接着便有小石頭從身邊呼呼飛過。突然，一塊石頭砸中了背機器的亨利的大腿，他隨即倒在地上。姓魯的冲上前來，便是一脚，踢在他的背上。亨利痛得在地上打滾，肩上的機器掉在地上，幾個鄉民用石頭將探測器砸得粉碎。姓魯的正要再用拳頭打亨利的頭時，亨利已從地上爬了起來，兩人立時扭成一團。梁普時見狀，便對斯維克說：『你趕快跑回去叫徐會辦派人來，我來救亨利！』

斯維克扔下記録板，蹽起長腿，飛快地跑下山。梁普時剛回頭跑幾步，便被姓胡的追上了。姓胡的奪過他手中的標杆，『咔嚓』一聲就把它斷成兩截，然後揮舞起手中兩截斷標杆劈頭蓋臉地向梁普時打來。梁普時未及幫亨利的忙，自己早已被打得鼻青眼腫，滿臉是血。幸而斯維克跑得快，這時已跑到煤礦局駐地，見門邊兩個持洋槍的衛兵，便用極生硬的中國話高喊：『嗚槍，嗚槍！』

兩個衛兵順着斯維克跑來的方向看時，衹見半山腰上一片混亂，便知道出事了。兩個衛兵立時拔出洋槍來，對空放了幾槍。

槍聲驚動徐建寅，忙帶着煤礦局的所有員工向鬧事的地方跑去。槍聲也嚇壞了鬧事的鄉民，鄭烟鬼大叫一聲：『洋槍隊來了，兄弟們回去吧！』

鄉民們扔下亨利和梁普時，四處逃散了。

徐建寅率領衆人跑上來，見躺在地上的亨利和梁普時血肉模糊，傷勢沈重，痛心已極。兩人被擡回煤礦局後，立即上了擔架，由徐建寅親自護送回漢口治療。第二天傍晚兩人被送進英國人在漢口辦

的一所小醫院，由於搶救及時，亨利和梁普時雖傷筋斷骨，但無生命危險。

徐建寅這時纔鬆了一口氣，過江來到總督衙門，向張之洞稟報這件事的前前後後。

張之洞聽完稟報後，氣得發抖，手掌在茶几上狠狠地擊了一下，罵道：『這些個目無王法的刁民，全部給我抓起來，嚴懲不貸！』

徐建寅說：『煤窑老闆口口聲聲説合夥辦礦，是巡撫的命令。若真的是巡撫下了這樣的命令，這命令本身就是錯的，助長了他們的威風。』

張之洞氣道：『把譚敬甫喊過來，我倒要問問他，説過這樣的混賬話没有！』

徐建寅聽到這句話，嚇了一跳：不管譚繼洵這事辦得多麼不好，他到底是一省之主，怎麼可以叫他過來當面責問呢？儻若總督和巡撫争吵起來，自己不就成了是非的挑起者嗎？徐建寅知道常有督撫不和的事，他生怕因此而造成武昌城内的督撫不和。徐建寅的顧慮不是多餘的，督撫不和的事，不但時常有，近幾十年來簡直成了普遍現象。造成這種現象的出現，首先要歸咎於朝廷。當初，這種制度的設立，便含有相互牽制的一層内容在内。總督正二品，巡撫從二品，品銜雖有差别，但巡撫並不是總督的僚屬，相見時行的是平禮。總督主管軍事，巡撫主管民政。但軍、政常會糾纏在一起，且共處一城，面對着同一省，於是糾葛就産生了。有清一代同城的督撫，如兩廣總督與廣東巡撫，雲貴總督與雲南巡撫，陝甘總督與甘肅巡撫，閩浙總督與福建巡撫及湖廣總督與湖北巡撫之間便常有麻煩事出現，不和諧的居多。到了太平天国時期，軍事壓倒一切，督、撫都管同一樁事，於是用兵省份的督、撫之間鬧意見的就更多。

當下徐建寅想到這裏，忙說：『大人請息怒，暫時不要譚撫臺過來，我先去他那裏，向他稟報這

件事，順便問問煤窑老闆所説是否屬實。』

張之洞想了想説：『也好，你去向他禀報也是應該的，不過，此事我得有個態度，鐵廠煤礦局畢竟是我在辦理。』説完，他抽出一張信箋來，提筆寫道：

> 敬甫中丞臺鑒：馬鞍山鄉民毆打煤礦局礦師，幾至出人命大案。據煤礦局會辦徐建寅言，煤窑老闆堅持要與煤礦局合夥經辦。馬鞍山乃國家山嶺，非某姓之私産，煤窑老闆在馬鞍山無任何辦礦權利，豈能合夥經辦？合辦云云，非癡人説夢，即無理取鬧。盼速查清此事，嚴令煤窑限日撤除，並懲辦肇事者。

張之洞將這封信遞給徐建寅説：『本想給譚撫臺一個面子，讓他來辦理。不料此公糊塗，釀成大事。現在再不給他餘地了，就叫他這樣辦。』

徐建寅雖覺張之洞以一總督對巡撫寫措辭如此嚴厲的信，略有點過分，但一想到譚繼洵的無能，又覺得不過分了。他接過信，向張之洞投過敬佩的目光，心想：辦大事還得真要張制臺這樣的氣魄纔行！

二　思想不羈而又心緒愁苦的貴公子

看了張之洞的信，聽了徐建寅的禀報後，譚繼洵大吃一驚，心緒十分複雜。他既痛恨馬鞍山鄉民的野蠻無禮：毆打礦師，砸爛機器，無論如何都是説不過去的。又埋怨武昌知府和江夏縣令辦事不力：他們一定是没有把他的意思原原本本地傳達，不知在哪一個環節上走了樣，纔激起鄉民的憤恨。同時又對張之洞信函中的不客氣很是不快：論年齡、論科名都在你張之洞之上，你張之洞怎麽可以就憑着品銜高一級，對我説這等亢厲不恭的話呢？

送走徐建寅後，譚繼洵爲着這件事惱恨至極，一個整夜没有睡好覺，第二天上午便覺得有點頭重脚輕。他强打起精神，把武昌知府再次唤進巡撫衙門。譚繼洵陰沈着臉，以少有的峻厲口氣對涂炳昌説：『你看看張大人這封信吧！』

涂炳昌看完信後，纔知馬鞍山鬧出大事，張之洞爲此發了大火。他與譚撫臺打了三年多交道，一向都是和顔悦色的，今日第一次見他這個模樣，知道撫臺大人心裏也大爲生氣了。他顫抖着雙手將信函還給撫臺：『馬鞍山刁民竟然毆打礦師，卑職實在是不知道。江夏縣出了這等事，卑職有責。大人看此事如何處理，卑職一定照辦。』

『唉！』譚繼洵跺了跺脚，重重地嘆了一口氣。『都怪你們無能，辜負了我的一番好意！』

『是，是，卑職無能，卑職無能！』涂知府檢討不迭。

『我原想把他們捏合在一起，雙方都得利，没想到煤窑上的人竟然動起武來，打傷人，尤其是打傷洋人，這事就麻煩了。張制臺信函上的話雖然難聽，道理上還是他的對。事情到了這般地步，再没有合辦的餘地了。你去告訴吕文魁，叫他親到漢口去看望兩個被打傷的礦師。吕文魁切莫以爲這是代人受過，拒絶去漢口。涂知府，你要他心裏放明白點，除開作爲縣令責無旁貸這點不説外，要知道打傷的是英國洋人，儻若惹怒英國大使館，告到朝廷那裏就不得了啦。他吕文魁的縣令做不成是當然的，衹怕你我也不得安寧。』

涂知府心裏猛然生出一股恐懼感來。這幾十年裏，與洋人衝突的事還少了嗎？本來是一件芝麻大的小事，一下子就鬧成大事。本來是洋人理虧，到頭來都是中國人的不是。朝廷不管三七二十一，先

辦了自己的官員和百姓再說。洋人可是惹不起的呀，何況這事明擺着是馬鞍山的鄉民不對。涂知府忙說：『大人指教的是，卑職不但叫呂文魁去，而且卑職也陪同前往，一道去慰問受傷的洋礦師。』

『你就不要去了，事情出在江夏，江夏縣令去賠禮就行了。』譚繼洵繼續說，『還有，要呂文魁儘快通知馬鞍山煤窑撤除，再不要說別的話了，那塊地方衹有全部交給煤礦局，纔可以大事化小，小事化了。』

『是，是，卑職一切照辦！』

江夏縣令呂文魁本不願意過江去看望被毆打的煤礦局礦師，認爲這是降了他堂堂縣太爺的格，但當涂炳昌指出此事將可能導致一個新的洋案後，呂文魁也害怕了，連忙答應。第二天親自過江到漢口，尋到那家英國人辦的醫院，看望亨利、梁普時，代表江夏縣衙門說了許多賠不是的話。又對守候一旁的徐建寅表示，三天之内一定將馬鞍山煤窑撤除，並查辦肇事者。

這時，江夏縣丞錢乃昌向總督衙門上了一封密函，將呂文魁收取馬鞍山煤窑稅銀作小金庫一事稟報張之洞。錢乃昌揭發呂文魁並非爲了公義，純粹是出於平日相處不合的私怨。他知道馬鞍山的事一定使張之洞對呂文魁極爲不滿，於是趁此機會落井下石，既泄了私憤，又討好總督，最好是促成張之洞罷掉呂文魁，由自己來坐正堂，那就更是求之不得了。

果然，張之洞接到這封密函後十分惱怒，立即派衙役去江夏縣傳令，命呂文魁明天一早來督署聽候訓話。

呂文魁接到命令後心裏很是惶恐。他知道，毆打洋匠一事能大能小。若以瀆職失責釀成地方洋案而論，衹需一道奏本，頭上的七品頂戴便立時丟掉；若不上告朝廷，則一點事都沒有。而這告與不

告，全操在總督張之洞一人手裏。現在沒有別的法子，衹有求張制臺寬恕這一條路了。第二天一早，呂縣令誠惶誠恐來到總督衙門。門房認識他，忙客氣地將他帶到候見廳，坐定後門房告辭。寬大的候見廳衹坐着呂文魁一人，他的心像鼓槌似的上下急跳：張制臺會說些什麼呢？我又該如何回答呢？

不知不覺，枯坐了個把鐘頭，却不見值班的衙役過來召喚，呂縣令有點急了。他眼睛盯着門口，希望能逮住一個人替他傳傳話。又過了半個鐘點，好容易看見一個衙役，立刻走上前去，對衙役說：

『我是江夏縣呂縣令，奉張制臺之命來衙門，已等一個半鐘頭了，煩你轉告一聲。』

那衙役雖不認識呂文魁，見他穿着正七品官服，知不是假冒，於是臉上堆着笑容說：『呂太爺您坐好，我這就去轉告。』

一會兒工夫，衙役出來了，說：『呂太爺，張制臺現在正跟襄陽鎮的總兵説着話，請您等一等。』

呂縣令心裏不快，却不敢發作，衹得重新坐下耐心地等着。這一坐又是一個多小時，仍不見任何動静。可憐一個平時在江夏縣境内耀武揚威的縣太爺，一個人冷冷清清地在總督衙門候見廳枯坐了三個小時，沒有人搭理，也沒有一口水喝。正窩着一肚子火的時候，衹見一個氣宇軒昂的武官在幾個戈什哈的簇擁下，熱熱鬧鬧地從候見廳門口走過。呂文魁心想，這武官大概就是襄陽鎮總兵了，看來，張制臺與他的談話已結束，這下該輪到我了。他正了正衣冠，挺直腰板坐着，等待衙役前來導引。又過了一會，剛纔那個衙役來了，手裏提着一個竹籃子。

『呂太爺，張制臺已回後院喫午飯去了，您將就在這裏喫一點吧！』

像是得到提醒似的，一聽到『喫』字，呂文魁的肚子立馬便咕嚕嚕地響了起來，一股强烈的飢餓感衝口而出。竹籃打開，一大碗米飯，一小碟豆腐，一小碟蘿蔔，一小碗青菜湯。顯然，這不是款待

客人的酒菜，而是衙門工役的便飯。呂縣令又是不快，但肚子餓得厲害，祇得受了。悄悄地問衙役：『張制臺喫完午飯後一般做什麽？』

衙役答：『沒有定準。有時他會在後院散散步，有時他會躺下來睡一睡，有時他會見客，有時碗一丟就進簽押房辦公事。』

呂文魁心想，說不定張制臺喫完午飯後就會召見。他匆匆喫了飯，也不敢到候見廳外走動，壓下性子又坐着等。

坐了許久，依然不見動静。他弄不清此時張之洞在做什麽，想想也可能午睡了，便乾脆背靠着墻壁閉目養起神來。眼睛雖閉緊，心神却安寧不下，於是掏出小懷錶來，睁眼一看，已指向二點一刻。他想，即便午睡，也應起床了，爲何没有動静呢？往日候見廳裏客人不斷，偏偏今天再不見第二人，偌大的候見廳，祇有這個呂縣令一人孤孤單單。想到這裏，呂文魁心裏不免生起滿腔怨恨來。正在這時，候見廳外響起一陣響亮的皮鞋聲，呂縣令定睛一看，三個粗壯的洋人趾高氣揚地從門口走過。他下意識地一驚，莫不是外國領事館的人來會見張制臺？若是使館的人，多半與馬鞍山一事有關？這麽說，真的釀成了洋案，洋公使們到總督衙門交涉來了！看來事情嚴重了！呂縣令如此一想，心馬上怦怦亂跳，背上冒出虚汗，剛纔的怨恨早已飛到爪哇國外，全身已被恐懼包圍得嚴嚴實實。

呂文魁在恐懼中淡忘了時間，反倒没有枯等的難受了，直到衙役再次來到候見廳時，他纔知道已是傍晚。衙役說：『呂太爺，晚上張制臺要請洋人在花廳喫飯，就不能見您了。張制臺發下話：他明天一早要出衙門到鐵廠視察，祇是在臨出門前有半個鐘頭的空隙，呂縣令要麽回縣衙去，明天一早再來候着，要麽就在客房裏睡一晚，明早見。回還是不回，由太爺您自己定。』

回自家住，當然舒舒服服，但不知張制臺明天什麽時候出衙門，來早了，怕衙門未開，來遲了，有可能見不到。住這裏，苦是苦一點，但明天早上决不會誤事。在候見廳冷坐了一整天的呂縣令，此時仿佛突然開了竅：張制臺今天是有意懲罰我，也在考驗我，他是在看我的態度。

『請你轉告張制臺，爲了明天能順利得到召見，卑職今晚就睡在總督衙門客房。』

『好，那我就帶呂太爺去客房吧！』

第二天一早，天還没亮，呂文魁就起床盥洗，然後一人坐在候見廳等候。剛到七點鐘，衙役就將他帶到張之洞的面前。

張之洞冷冷地盯着呂文魁，好長時間不說話，盯得呂文魁的兩隻腿直打哆嗦。『呂縣令，有人說你是馬鞍山事件的幕後支持者。』

呂文魁嚇了一大跳，忙分辯：『卑職不是支持者，卑職是辦事不力。』

『你不要急於辯解。』張之洞打斷呂文魁的話。『我問你，馬鞍山三家煤窑每年交縣衙門三千兩稅銀，是不是真的？』

呂文魁猶豫了一下，答道：『有這回事。』

『這筆銀子用到哪裏去了？』

『大多數用在修路補橋、賑災恤貧等事情上。』呂文魁回答得麻利，像是真這樣做似的。

『哼！』張之洞冷笑一聲。『既然是在做好事，爲何不見你禀告知府和巡撫。』

呂文魁不做聲。

張之洞厲聲道：『據本部堂所知，這筆稅金並非用在百姓上，而是用在官場上了。正因爲有這個

好處，你纔庇護三大家煤窑，阻撓煤礦局。本部堂本想參掉你這個縣令，看在你態度尚好，暫不罷你的官。你回江夏后將歷年來所得馬鞍山稅金報一個明細賬單來，聽候覈查。另外，罰三大煤窑一萬五千銀子，一家五千兩，限十天內交齊。這一萬五千兩銀子，本部堂一兩不要，完全交給煤礦局，用於開發馬鞍山煤井。若十天內辦不了這件事，你摘下翎頂來見我！你去吧！』

呂文魁木然聽完這段訓話後，垂頭喪氣地走出總督衙門。

傍晚，張之洞回到衙門，徐建寅已在這裏等候好一會子了。他告訴總督，他上午去巡撫衙門，表示對譚撫臺處理馬鞍山一事的謝忱，得知譚撫臺因此事已氣得生病卧床。張之洞本對譚繼洵很是不滿，一聽説老頭子爲此而生病，心裏頓時對他寬諒了許多。沈吟片刻，他把兒子仁梃喚了進來。

二十二歲的張仁梃長得比父親略爲清秀點，在師傅桑治平多年教導下，他不僅學問根基打得扎實，而且器局開闊，眼光遠大。張之洞對這個二兒子很滿意，認爲他比大哥仁權要强得多。

張之洞對兒子説：『你去準備幾樣瓜菓糕點，明天一早去巡撫衙門，代我去看望譚撫臺。譚撫臺年紀大了，又生着病，你不要在那裏坐得太久了。看一看，轉達我的問候，説幾句安慰的話就回來。讓大根陪你去。』

張之洞還是第一次派兒子代他出門看望人，怕他年輕不懂事，遂仔仔細細地吩咐着。

仁梃感覺到父親對自己的信任，突然間有一種已長大成人的感覺，興奮地領下了這道父命。

第二天一早，大根陪着仁梃來到巡撫衙門。門房見是總督的二少爺來問候撫臺，十分殷勤。撫署總文案出來接待，又親自陪着來到譚繼洵的卧房。譚繼洵得知後，硬是掙扎着起床親自接見。他見仁梃長得一表人才，舉止也很得體，甚是高興，對張之洞的這番舉動也頗爲心暖。

第十三章　外賓訪鄂

爲了答謝總督的心意，待仁梃走後，他把自己的小兒子叫過來，吩咐兒子明日到督署去代他謝謝張制臺。譚繼洵的這個小兒子不是别人，正是日後感天動地泣鬼神的一代人傑譚嗣同。

譚嗣同雖貴爲巡撫公子，年紀輕輕却經歷過許多不幸。若説起人生幸福來，他遠不及一個普通人家的孩子。

譚嗣同同治四年出生在北京，那時他的父親正在户部做山西司員外郎。譚嗣同有兩個哥哥，兩個姐姐，母親徐氏爲父親的髮妻。他出生的那年，父親納妾盧氏，盧氏比丈夫小二十三歲。在譚繼洵的眼裏，十八歲的小妾遠比四十出頭的髮妻漂亮動人，他的愛心幾乎全部轉到盧氏的身上，而盧氏又是一個心胸狹窄的自私女人。從此，原本和諧的家庭埋下了多事種子。

嗣同七歲那年，大哥回瀏陽完婚，因爲嫡庶不和，徐氏有意藉兒子完婚之機離開北京。嗣同與二哥留在父親身邊讀書。徐氏走後，盧氏便把平日積壓在心裏的怨恨向嗣同兄弟發泄。嗣同年幼，更成了盧氏經常打駡的對象，盧氏又在譚繼洵面前大説他的壞話，使得他失去了父愛。小小的年紀，便開始懂得以少言寡語、含恨忍痛來應對世事。一年後，徐氏從瀏陽回來，見到小兒子骨瘦如柴、木訥呆滯，傷心痛哭。七八歲年紀，正是一個人性格形成的重要時期，這一年的精神創傷爲譚嗣同特立獨行的性格奠下了基礎。

光緒二年春天，北京流行白喉。出嫁不久的二姐染上此病，隨後，母親徐氏和長兄也染上了，五天之内，三人先後去世。十二歲的譚嗣同也感染上了。他在床上昏死三天三夜，竟然甦醒過來，留下一條命，父親因而又給他取了個『復生』的名。這段家庭慘故給譚嗣同打擊極大，多少年後，每一提及此事，便欷嘘流淚。不久，二哥護送母親及大哥的靈柩回瀏陽安葬，並留在家鄉主持家務。嗣同仍

住京師讀書。從那以後，後母盧氏便將譚嗣同視爲眼中之釘，想方設法虐待他。譚繼洵公務繁忙，不理家事，在盧氏的挑唆下，也不喜歡這個死裏逃生的兒子。

譚嗣同痛失母親，又缺少父愛，衹有書籍伴隨着他孤單寂寞、傷感多愁的心靈。如此環境，促使譚嗣同逐漸形成桀驁不馴，憤世嫉俗，厭惡舊秩序，渴望衝决羅網的叛逆性格。

他在父親送他誦讀的《闈墨大全》上憤怒地批道『豈有此理』四個大字，却以大量的精力閱讀各種不上臺面的雜書。就在這個時候，他結識了北京鏢局的鏢師大刀王五。大刀王五是個回教徒，從小與父母失散，在浪跡江湖中長大。他武藝精熟，尤以善使大刀出名。譚嗣同與他交往，不僅從他那兒學到武功和江湖義氣，也由此獲知生活的艱辛及社會的複雜。

不久，譚繼洵外放甘肅鞏秦階道。譚繼洵在甘肅十二年，這期間譚嗣同不斷往返瀏陽與甘肅之間。他從名師讀書，深究天人之際，又喜與邊塞將士往來，縱馬狩獵。在多次南來北往的過程中，他深深地體會到國家的貧弱、政治的腐敗和百姓的艱苦，强烈的濟世救民願望，就在這跋涉奔波餐風宿露的日子裏萌生了。

張之洞聽説譚繼洵派兒子譚嗣同過來答謝，滿心歡喜，他早就想見見這位不尋常的後生輩了。張之洞知道譚嗣同，是聽楊鋭説起的。楊鋭聽他的那班年輕朋友説，當今天下有四大名公子。戰國時期的四大名公子：孟嘗君、信陵君、平原君、春申君，在歷史上一直是美名傳頌。當今也有這等公子？楊鋭懷着極大的興趣問這四大公子分別是誰，於是朋友告訴他，這四公子即丁日昌的兒子丁惠康，吳長慶的兒子吳保初，陳寶箴的兒子陳三立，另一個便是譚繼洵的兒子譚嗣同。陳寶箴雖在武昌，但陳三立却在京師，而譚嗣同却近在咫尺，怎能失之交臂？喜交朋友的楊鋭務必要結識。託人介紹，楊鋭認識了譚嗣同，果然一見傾心。譚嗣同也喜歡楊鋭，彼此成了知心之交。有一次閒聊天時，楊鋭對老師説起了譚嗣同，説譚撫臺的這個公子書讀得如何好，詩文做得如何好，尤其可貴的是豪俠仗義，武藝出色，堪稱文武雙全。張之洞聽了心裏一動，讀書做詩文不奇怪，難得的是以一撫臺公子而有武功。武功這碼子事，本是八旗子弟的特長，時至今日，連八旗子弟都不習騎射了，一個漢家高官的公子居然好此道，實爲罕見。想不到平庸懦弱的譚繼洵，竟然會有如此卓犖不凡的兒子！張之洞真想見見，但總沒有機會，不料今日他自己來了。

張之洞吩咐安排在小書房接見。張之洞與人相見通常安排在客廳或茶廳，儻若爲他所喜歡，或願與之深談的人，則安排在小書房，至於與他關係特別密切的人，如桑治平、楊鋭、辜鴻銘等人，他有時也會在簽押房裏直接交談。

當下張之洞離開簽押房來到小書房裏。衹見一個人早已在此等候着，見他來，立即起身，垂手肅立。張之洞注目看這人年紀約摸二十七八，中等略偏矮的單薄身材，清癯的面容上鑲着兩隻微覺凹下的雙眼，那雙眼睛中流露出的是憂鬱思慮的目光。張之洞知道這便是譚嗣同，他丢掉素日的倨傲，主動打着招呼：『是譚公子吧，請坐，請坐。』

『張大人，晚輩向您請安。』譚嗣同操着一口純正的京腔説着，同時向張之洞深深一鞠躬，然後落落大方地坐下。

『哦，你的官話説得真好，在北京住過幾年？』張之洞從小在貴州長大，父親説的又是一口南皮話，他的官話其實説得並不好。常與他打交道的人官話都説得不好，尤其是衡陽人王之春、義寧人陳寶箴，那一口帶着濃厚家鄉腔的官話，既難聽又難懂，乍然在武昌聽到這樣純正的官話，猶如久喝渾

濁水，突然飲到清泉似的舒暢。

『我出生在北京，一直長到十三歲，纔第一次回瀏陽老家。』

『哦，怪不得。』張之洞點點頭，用父輩的慈愛望着這個名氣不小的年輕人。『你是老幾，今年多大了，成家了嗎？』

『我有兩個親哥哥，還有一個嫡堂哥哥，故家人都呼我老四。今年二十八了，早已娶妻，岳父名叫李壽蓉，署理過漢黃德道，前些年奉調去了安徽。』

『哦，你還是李道臺的女壻。』張之洞隨口問，『令堂身體健朗嗎？』

『先母已去世十多年了。』譚嗣同一提起母親，就想起當年家裏同時擺着三口棺木的慘景，語聲不由得哽咽起來。

這孩子天性純良！張之洞心裏想着，便不再問他的家事了。『令尊的病好些了嗎？』

『好多了！』譚嗣同誠摯地說，『家父深謝大人遣公子問候的一片好意，特意叫我一來答謝，二來告訴大人，他今日好多了，明天便可以起床辦公務了。』

『不要那麼急，令尊高齡，應當多休息幾天，待痊癒後再辦公不遲。』

『家父說，昨日公子送的厚禮，他却之不恭，受之有愧。特命我給大人回贈一架鹿角。這是家父做甘肅藩司時一位朋友送的。西北梅花鹿角養精提神，更要勝過他處產的鹿角。』譚嗣同說罷，從椅背後提起一個大布包來。他打開布包，露出一架二尺長的黑褐色長滿絨毛的梅花鹿角，他起身雙手奉上。

張之洞面對這份貴重的禮物，頗覺爲難。他平生不喜歡別人送禮，尤怕送重禮，絕大部分禮品他

都婉拒不接。但處於眼下情勢，這份重禮，他真的不便推辭，推辭則意味着拒絕巡撫的好意，今後督撫共事便更難了。想到這裏，他微笑着說：『好吧！令尊的這番厚禮我也不能拂逆，我收下了，你回去後代我多多致謝。』

『謝謝大人賞臉！』

『楊鋭多次在我面前提起你，說你文武雙全，豪俠仗義，我爲譚撫臺有你這樣的佳兒感到高興。』張之洞充滿愛撫的目光和藹地望着譚嗣同，他這話完全出自內心。本想再說一句『可惜我没有這個福氣』，話到嘴邊又嚥下去了。

『大人誇獎了。楊叔嶠是個實誠君子，前兩天我還收到他從京師寄來的信，說是在內閣做中書感覺沈悶，還不如在武昌。武昌雖忙碌，但有生氣，日子充實得多。在內閣做事，心情煩，連讀書的情緒都没有了。』

提到讀書，張之洞聽楊鋭說過，譚嗣同在名儒歐陽中鵠的指導下，已經研讀完畢《船山遺書》，便問：『聽說你用整整一年的時間，通讀了王夫之的書，有什麼特別的體會嗎？』

『船山先生的書體大思精，晚生自以爲尚未能入其門檻，不過也有點體會。晚生以爲，船山先生隱居著述四十年，無非是要向世人闡述他的一個信念，即人當與時共進。』

張之洞讀書，除經史外，偏重於詩文，對子書不很喜愛。曾氏兄弟在江寧刻印的《船山遺書》，他當時作爲湖北學政，也蒙金陵書局贈送一部，但他衹讀過其中一小部分。常聽人說船山書最精彩的部分在於『氣』、『理』、『道』、『器』、『知』、『行』方面的辨析，而船山隱於山中著書立說，最隱秘的目的乃在於伸張民族大義；甚至還有人私下裏說，曾氏兄弟打下南京後，急於刻印船山的著作，

實際上是想藉此洗刷自己助滿壓漢的罪過。當然，張之洞對此類私下臆測決不相信。

至於說船山學說的宗旨是闡述人應與時代同行這個說法，倒還是第一次聽到。這是船山的本意，還是這位超脫凡俗的公子的自我見解？船山有副名聯：六經責我開生面，七尺從天乞活埋。船山可以在六經中別開生面，年輕人也可以從船山學說中別開生面，且聽他的解釋吧。張之洞微笑着說：『你的領悟力真是過人。船山數百萬言殫精竭思的著述，讓你一句話就鈎玄提要了。』

譚嗣同不好意思地笑了一下說：『晚生讀書是奉行五柳先生的榜樣，好讀書而不求甚解，很可能鈎提的不是船山的玄要，不過我以爲當如此去理解船山的學說。』

張之洞想：研究船山的這種方法或許不可取，若論經世致用，則未嘗不是通者之識。張之洞讀書，歷來最重這個『通』字，而千千萬萬的讀書人恰好不懂這點，變成迂腐不通；儻若迂腐不通，讀書再多也無用。這就是孟夫子所說的，盡信書，不如無書。

『四少爺，你給老夫說說你對與時同行的認識吧！』

『張大人，晚生以爲，與時同行不僅僅是船山學說的宗旨，而且是古往今來一切英雄豪傑成就事業的根本之途。一個人，不管你有多大的本事，儻若與天作對，與時作對，則必然碰得頭破血流，一事無成。衡之前朝前代，此種人不勝枚舉，衹是他們沒有看到這一點罷了。』

張之洞爲官幾十年，敢於在他面前如此大言犖犖的年輕人很少。是身爲巡撫公子，一向自大慣了？還是初生牛犢不怕虎，不識深淺反而易於放言高論？抑或是真正不同流俗，驚異的衹是別人，在他自己却是自然而然的流露？張之洞邊聽邊默默地想着。

『就拿眼下來說吧，我們正面臨着一個巨大的變化。合肥相國雖然有些事做得不愜人意，但他的頭

腦還是清醒的。他有一句話說得最妙不過。他說中國正處在三千年一大變局之中。一個「變」字最是深刻地概括今日國家的局勢。既然局勢變了，一切也應隨之而變。有句本不是晚輩應該說的話，但久蓄於胸，平素無機會一吐，今日在大人面前，儘管有可能受狂妄之譏，我還是忍不住要說出來。』

『什麽話，你說吧。』張之洞和藹地鼓勵。

『大人，以晚輩所見，當今中國最大的問題便是因循守舊，而不知變革維新。』

『變革維新』！『變革』與『維新』本是兩個古老的舊詞，現在由年輕的譚嗣同加以組合吐出，讓五十五歲銳意進取的湖廣總督爲之一震。他開始對眼前這個名公子另眼相看了。

『這一點在官場最爲突出，湖北官場尤爲典型。不瞞大人說，家父便是一個因循守舊的人。這句話，晚輩也曾當面對家父說過，家父也承認這一點，說像他這樣經歷和年歲的人，還是因循守舊最爲保險。』

張之洞不由得笑了起來，說：『足下父子能這樣傾心交談，實不容易。』

『這種交談太難得了，衹有在他心情極爲舒暢時纔可偶爾言之。家父一生很少舒暢，他總在忙碌憂慮中度過。不是晚輩袒護，像家父這樣的人，當今官場還不太多見，最多見的是武昌知府和江夏縣令一類人。他們真的是曾文正公五十年前所說的推諉、顢頇式的官員。大人要在湖北辦洋務大事，依晚輩愚見，最主要的還不是缺資金，最主要的是要如何對待一大批這樣昏瞀的官吏。』

這番話使張之洞又是一震。他先是對譚嗣同這種狂放的姿態頗爲不滿。最主要的不是什麽而是什麽這一類的話，衹有子青老哥、閻丹老那樣的人纔可以說的，作爲二十多歲的子侄輩，豈可當我之面說這種話？拘謹重禮的譚敬甫，怎麽生出這樣一個不知天高地厚的兒子來。真是咄咄怪事！然而轉念

一想，這個年輕人説的也有道理。近來令他氣悶、憤慨，甚至沮喪的兩件事，又的確都是因爲官吏的昏瞶而造成，並不是因爲銀錢的缺短。張之洞不得不佩服譚嗣同目光的犀利。從心底裏來説，張之洞是喜歡這種人的：玫瑰雖有刺，但有好看的花朵，蔓藤儘管柔順可親，却一點用處也没有！

他放下架子，以一種近乎平等的姿態問：『你説的有道理。依你看，老夫來湖北辦鐵廠、辦礦務局，湖北官場和民間究竟是支持的人多，還是不支持的人多？』

譚嗣同没有立即回答，他思索半晌後説：『大人若要聽我講實話的話，湖北省無論官場和民間對大人辦的事，理解和支持的都是少數，大部分人都在觀望。當然，黄鶴樓上看翻船的人也不多。』

張之洞凝神撫鬚，望着譚嗣同没有吱聲，心裏却在仔細掂量這幾句話。

『不過，大人不必因此而有所顧慮，從古以來雄圖偉業都是由少數幾個先知先覺做起，然後再得到多數人的襄助，最後纔有普天之下的響應，蔚成大舉。比如孔夫子創立儒家學派，又比如天竺國的釋迦牟尼創立佛教，都是這樣的。晚輩是完全贊同大人的這番事業的，衹是因爲家父一再要晚輩參加今年秋天的恩科鄉試，不然，晚輩早就回到原籍瀏陽去，做傚大人辦兩件大事。』

張之洞很感興趣地問：『回瀏陽辦兩件什麽大事？』

『做傚大人在兩湖書院設置西洋學問的做法，回瀏陽辦一西學館，以算學、天文、測量等爲主，招收幾十個聰穎子弟加以培植。』

『好。』張之洞立即答道，『你這個想法太好了，我先向你預定，你培養多少我接收多少，我這裏正需要這樣的人才。』

譚嗣同高興地説：『有大人支持，我辦西學館的興頭更足了，也不愁没有人來就讀了。』

『第二件呢？』

『我的老家瀏陽是個山區，田少山多，老百姓生活艱難，世世代代瀏陽人都認爲貧苦是命，改變不了。自從大人決定在江夏開煤，在大冶採鐵後，我就想起十年前看到瀏陽縣誌上記載，普迹寺僧人從明代嘉靖年間起，便在後山下挖一種黑石塊當木柴用來燒水煮飯，一直到康熙末年，黑石塊用完了，纔燒柴。現在我想，那裏的石塊不就是煤嗎？』

『不錯，那一定是煤。』張之洞大爲高興起來，『鐵政局的洋礦師説：有的煤就在表層，叫露天煤，普迹寺的黑石塊很可能就是露天煤；露天煤燒完了，他們不知道往深裏挖。你的想法很好，看來你們瀏陽會有大量的煤。』

『我就是這樣想的。』譚嗣同臉上泛起真情的光彩，『所以，我想請行家去我們瀏陽查勘，説不定除煤外，可能還有鐵、銅等礦石。我們把這些地下的寶藏挖出來，不就給瀏陽百姓帶來財富了嗎？』

『好好，我支持你。你什麽時候去，我叫鐵政局派兩個英國礦師陪你去，幫你查勘。若有的話，今後就在瀏陽再建一個煤礦局，由湖南巡撫衙門來負責辦。若他們不熱心的話，你再找我，我來辦。挖出的煤就運到武昌來煉鐵，無非就是遠一點，多點運費而已。』

這番話頓時把兩代人的心拴到一塊。譚嗣同心裏湧現出一股多年來少有的痛快，他敞開胸懷對張之洞説：『大人，晚輩跟你説句心裏話，這辦算學館、開礦，我以爲尚是第二位的事，要使老百姓富裕，國家强大起來，第一位的是要變革維新。變革維新的榜樣便是西洋各國，開礦煉鐵造機器製槍砲等等是具體本事，當然要學習，更要學習的是他們的政令法律，也即是説我們要來一次新的變法，變革祖宗成法。如此，中國或許有希望。否則，任何好的技藝到了中國來都會變味，猶如橘變成了枳。』

『變法』，一聽到這個詞，張之洞立即想起了車裂的商鞅、放逐的王安石、鞭屍的張居正，這可不是隨便談論的話題！譚嗣同布衣青年，他可以童言無忌，身爲封疆大吏對這等大事是不能隨便說的，他決定轉一個話題：『橘過淮北則爲枳，這是一個很有趣的故事，我們以後再說。老夫聽楊鋭說，你文思敏捷，爲文下筆千言，吟詩七步成篇。』

『叔嶠誇獎了。』譚嗣同笑了笑說，『不過，若是不以太高的標準來要求，隨便吟一兩首還是可以的。』

『好。老夫就試試你如何？』張之洞指了指對面書架上的西洋座鐘，『你就當着我的面，用一刻鐘的時間吟一首七律。』

『請大人賜題。』譚嗣同毫不含糊地說。

張之洞略思片刻：『就以眼前之景爲題，吟一首《登黃鶴樓覽武漢形勢》吧！』

『晚輩領題了。』譚嗣同說完這句話後便不再吭聲，呆坐在木靠椅上，面無表情，兩隻略爲下陷的眼睛死死地盯着那座鎏金發亮的洋鐘。張之洞望着瘦小的譚公子，覺得他眼下這個神態決不像達官貴公子的模樣，那木訥的面容，像是內心愁苦的入定僧；瘦小的身材，像是終年飢餓的放牛娃；那微凹的雙眼，像是荒山坡上的兩隻小洞穴。張之洞越看心裏越不好受：這孩子要麼是心靈上蒙有常人所沒有的極大創痛，要麼是體內藏有未察覺的暗疾隱病，或許難保永年……

『大人，晚輩借你的紙筆用用。』正在張之洞胡思亂想的時候，譚嗣同已起身了。

『好，好。』張之洞也跟着起身，指着書桌上的文房四寶說，『你寫吧！』

譚嗣同來到書案邊，提起筆來，蘸了墨後，在一張空白信箋上龍飛鳳舞地寫起來。張之洞跟在他

的身後看，一邊輕輕地念着：

黃沙卷日墮荒荒，一鳥隨雲度莽蒼。
山入空城盤地起，江横曠野竟天長。
東南形勝雄吳楚，今古人才感棟樑。
遠略未因愁病減，角聲吹徹滿林霜。

譚嗣同放下筆，拿起詩箋，雙手遞給張之洞：『大人是詩界巨眼，晚輩獻醜了。』

『不錯，不錯。』張之洞接過詩箋說，『這首七律通篇都不錯，尤其首聯兩句最好。前人說陳思王最攻起調，看來你寫詩學的是曹植一路。接下三聯略嫌傷感了點。年輕人嘛，雖有點坎坷挫折，畢竟年富力盛，前途遠大，宜樂觀激揚爲好。這種憂思重重的風格，大概也是受曹植的影響吧！』

譚嗣同說：『大人所論極是。我在吟詩的時候，彷彿覺得自己就是一隻孤單失群孤立無援的小鳥，隨着浮雲在莽蒼蒼的天際上喫力地飛呀飛呀，不知何處是歸宿。』

『喔！』張之洞斂容望着譚嗣同，一時無語。他做學政多年，學生數以千計，像這等身處富貴之家而憂心忡忡的年輕人還是第一次遇到。他原本想叫仁梃與嗣同交個朋友，以便仁梃有一個文武兼資的同齡榜樣，但此刻打消了這個念頭。他怕這個思想不羈而心緒愁苦的撫臺公子給兒子帶來不利的影響。

這時，梁敦彦急匆匆地走進來，附着張之洞的耳邊悄悄說了幾句話。衹見張之洞臉色陡然陰沈下來，對譚嗣同說：『四少爺，老夫有急事要辦，對不起了。回去後轉達對令尊大人的謝意，請他多休息幾天，待病完全好後再辦公事不遲。』又對大根說，『你送送譚公子。』

三　古老的蘇格蘭情歌，勾走了辜鴻銘的魂魄

送走譚嗣同後，梁敦彥又回到小書房，關起門來將剛纔説的事對張之洞説了個詳細。原來，他説的這件事發生在辜鴻銘的身上。

自從諒山大捷前夕，辜鴻銘從香港來到廣州，進入兩廣總督幕府以來，已經在張之洞身邊八九年了。從兩廣到湖廣這八九年間，他的身份是翻譯科主辦。主要做的事情，一爲充當總督衙門與廣州、漢口的英、美等國領事館的聯絡與翻譯，二是檢索每天送到衙門裏的各國洋文書報，將重要內容摘録出來交給張之洞。張之洞對此事很重視，每天清晨起來的第一件事，便是閱讀辜鴻銘昨天爲他準備的洋文報刊摘録。辜鴻銘的本職事情做得很好，無可挑剔，但他的缺點很多，常常成爲幕友們議論的對象。

要説辜鴻銘這人，也可真説得上總督衙門一道獨特的風景。首先是他的那副中西結合的古怪模樣引人注目，這點自不必提了，單就他那一身打扮那一副神態，也格外地招人議論。

他一年到頭穿長袍馬褂戴瓜皮帽，他説他走遍全世界，惟有這種服裝最高雅最舒服。這一高論博得周圍人的一致贊同。但大家看不順眼的是他脚下穿的不是人們通常穿的厚底布鞋，而是地地道道的洋人穿的皮鞋。

另一特色便是一根西洋拐杖不離手。中國人非老者不策杖，辜鴻銘初進督署不過二十幾歲，便一天到晚提着一根拐杖，很令人看不慣。同寅問他，他回答説拐杖不是爲幫助走路，是一防歹人，二防惡狗。久而久之大家也看出了，他其實也不是防歹人惡狗，而是故意做出一種異於别人的做派。

每天早晚兩次，人們可以看到一個身材瘦高，兩肩後仰，右手拿一根不停晃動的手杖，脚底下不停地發出『踏踏』響聲，一副趾高氣揚眼中無物的怪人，不用問，此人即辜鴻銘。他那高視闊步、不加檢束的神態，與幕友房裏所有其他人的謙卑收斂、彬彬有禮形成鮮明的對照。辜鴻銘剛來的那一段時期裏，大家都不喜歡他，很少有人跟他交談。

但後來，幕友們慢慢發現他的許多可愛之處來。首先是他特别的勤勉敬業。他每天都是最早來，最晚走。他一天做的事比誰都多，却從無一句怨言。再則是他特别的坦誠直爽，表裏一致。他有話當面説，從不背後説人的不是；説起話來是清水觀魚，竹筒倒豆，既不掩飾，也不留幾分。凡事説了就過去了，不藏心裏，不記仇恨。尤其令人佩服的是，他的中國學問的進展之快，使得幕友房的許多耆宿驚嘆而自愧不如。

剛進督署那陣子的辜鴻銘，不要説中國學問了，就連中國話也講不地道，寫出的中國字來，不是少腿，就是缺胳膊，要邊看邊猜纔能認全。幕友們在一起閒聊時，常常會説起前代舊事，本朝掌故，辜鴻銘聽了很有趣，但他插不上嘴，因爲他幾乎不懂中國歷史。大家也會津津樂道唐賢的詩宋人的詞，辜鴻銘常會爲那些美麗的詩詞而入迷，但他也不能置喙，因爲他知道的前人詩詞很有限，至於同僚們的詩詞唱和酬答，他更是沾不上邊。

他終於認識到，離一個真正的中國人，他還差得太遠，尤其在這人文薈萃的總督衙門，更有一種自慚形穢之感。辜鴻銘是個極爲好强的人，既然回到中國，既在督署做事，就要做一個名副其實的中國士人。他不能容忍自己這種被人譏嘲落在人後的狀態。十多年的西洋求學史，使他對自己的天賦和才華有充分的信任，他決心在很短的時間內迎頭趕上。他更堅信祇要有個三五年的攻讀，他就可以在

中國學問上，超過周圍這一批自認爲才學滿腹的書生們。

有人告訴他，求中國學問，不用找別人，身邊的總督便是中國學問的泰斗，無論經史子集，無論文章詩詞，他都是當今海內少有的大家。於是進督署半年後的一天，他走進簽押房，問張之洞，欲探中國學問之寶，路在何處。張之洞送他一套自著的《輶軒語》，說你先讀讀這本書，一個月後再來找我。

辜鴻銘將《輶軒語》捧回，每天傍晚從督署回家後便挑燈夜讀。全書不到三萬字，他反反覆覆讀了十遍，大部分都能背下來。這部爲四川學子撰寫的書淺近平易，語言流暢，很好誦讀。每天晚上，仿佛張之洞手執教鞭，就站在他的面前，對他講士人的德行、人品、志向，講讀書作文，講經史，講諸子百家，一步步地將他領到中國學問的門檻邊。他想像裏面一定是一片花香鳥語、祥雲景星的極樂世界，他急盼張之洞帶他早日跨過門檻去領略其間的萬千風物。

一個月後，他將《輶軒語》送還給張之洞，請求總督再予賜教。於是張之洞又送給他自己的另一部著作《書目答問》，對他說，兩個月後再來見我。

一連六十個不眠之夜，辜鴻銘沈浸在《書目答問》之中。他敬佩總督的博覽群書，好學深思，他又驚嘆自己的祖先原來爲他準備了如許多的文字財產。他愧疚自己的淺薄無知，却同時又在這一望無際的汪洋大海面前困頓迷惘：這麼多的書如何讀，莫説一輩子，就是十輩子也讀不完呀！至於窮究深研，更是無從下手。茫茫書海，舟楫何在，航綫何在，彼岸何在？絕頂聰明的中西混血兒被自家的學問所震懾了，從一向狂傲自信的心中生出幾分恐懼感來！

張之洞聽完他的這一番感慨後，對他這種渴求上進的心甚是滿意。他看出這是一個罕見的值得培

植的人物：此類人不是通常意義上的英才，頗爲類似古代的王勃、李賀，是異才鬼才，不常出，不易見，乃可遇而不可求。張之洞在《書目答問》列舉的二千二百餘種書中圈出五十個書目來，其中包括十三經、二十四史、老、莊、韓、荀、楚辭、文選及李、杜、蘇、韓等人的詩文。笑着對他說，這是你五年的功課，把這五十種書讀懂讀熟，你的中國學問的基礎就打下了，但這還不等於你就是一個有見識有本領能辦大事的人。在中國，讀熟讀懂這五十種書的數以萬計，但其中真正能做大事的却微乎其微，這中間有一個關鍵的環節，就是讀通了還是沒有讀通。能不能通，通到什麼程度，這不僅在勤於閱讀，更在於有沒有天賦。古人説運用之妙，存乎一心。這存乎一心之妙，不關乎後天的學習，而在於先天的秉賦。你先不去管這些，先去讀吧。每一個月可到我這兒來一次，我抽出半天來爲你傳道授業解惑。

從那以後，辜鴻銘就一頭扎進中國文化的經典。每隔一個月，他便帶着平時所積纍的各種問題，向張之洞請教。張之洞每問必詳盡作答，毫無倦意。每次都讓辜鴻銘滿腦袋疑惑而來，一肚子歡喜而去。冬去春來，星移斗轉，辜鴻銘在中國學問的海洋裏揚帆猛進，破浪前行。

或許是因爲從小漂泊海外，親身感受過異域的冷漠，因而愛國情感比國人更强烈；或許是熟諳西方文化，深知其炫人光芒下的陰暗面；也或許是一種天生的本性，促使他易於認同、樂於皈依東方精神，總之，辜鴻銘一旦進入中國經典後，就完全被她博大的胸襟玄妙的智慧迷人的魅力所折服。就像多年浪跡江湖、飽受辛酸的遊子回到母親温暖的懷抱，憩息於寧馨的家園，辜鴻銘在這裏得到了無窮無盡的樂趣。他不僅認爲華夏文化是世界偉大的文化，甚至認爲是西方不能望其項背的文化。他毫不掩飾自己的這種認識，到處都說，逢人便講，以至於到了偏執極端的地步。

那正是洋學問仗着堅船利砲，以它磅礴不可阻擋的氣勢向東方湧來的時候；是朝野上下竭力巴結討好西方列强的時候；那也是崇洋媚外情結在年輕一代的心裏悄然滋長的時候。辜鴻銘以在海外二十多年，通曉十國洋話的身份而表現出的這種態度，令人驚訝，使人不可理喻。但張之洞對之特别欣賞。他常常當着衆幕僚的面誇獎辜鴻銘，不僅誇他敬業勤學，更誇他這種崇尚中國學問的態度。張之洞對幕僚們説，不要看我張某人天天在辦鐵廠、買洋人機器，看我口口聲聲在説向洋人學習，其實我學習的祇是洋人的技藝，是拿來爲我所用，要説真正的學問，西方豈能比得上我泱泱中華。我們的學問好比長江大河，他們頂多祇是湘江漢水，我們好比是汪洋東海，他們頂多祇是雲夢洞庭；我們好比參天大樹的主幹，他們頂多祇是一些枝枝葉葉而已。

有了總督大人的支持，辜鴻銘的這種態度更爲堅定了。也由於辜鴻銘以親身經歷在總督面前揭露西方的薄弱短處，同時也更使張之洞認爲自己對中西文化的這種比較是正確的。

現在辜鴻銘已把中國的學問拿下來了。幕府的師爺，無論是談經史還是談詩文，他辜鴻銘都可以與他們談得融洽而深入。由於他的過人聰明和機警，他常常會冷不防地出些怪點子來卡住那些侃侃高談的師爺們，讓他們突然噎住以至於翻白眼，於是他和周圍的人便會捧腹大笑，其樂無窮。人們早已不敢小視這個辜洋務了，他不僅是個中西雜交的混血兒，他更是一個中西會通的學者。

他除了滿腹中西學問外，人們發現他還有一個獨特的性格：風趣幽默。在中國的士人中，不乏學富五車的耆宿，不乏博古知今的通人，不乏七步成詩的捷才，更不乏剛正嚴謹、矜持穩重的君子，但少見風趣幽默的快樂人。這或許是中國文化的特徵，然而，這的確是一個缺陷。

公務閒暇，辜鴻銘常常會將他自己所編造，或從外文書報上看到的有趣故事説給大家聽，又時常

會發表一些驚世駭俗的怪論，成爲衆人飯後茶餘叙説不休的談資。

有一天午飯後，衆師爺在院子裏曬太陽，一邊喝濃茶抽水煙，一邊天南地北瞎聊天。辜鴻銘對衆人説，我在洋人的報紙上看到了一則趣談，諸位要不要聽。師爺們見辜洋務要説外國人的故事，立刻來了興致。大家圍在他的身邊，敦促他快講。

他説有個英國人叫濮蘭德，曾在總税務司赫德手下做過幾年録事司，平時愛給英國報紙上寫點中國風土人情，但大多是皮相之見，無甚看頭，祇有近日寫的一篇議論中國官員衣服上的黼黻小文頗值一讀。濮蘭德説，西洋跟中國打了幾十年的交道，爲了打通中國市場，西洋費了很大的力氣，耗費數不盡的軍餉。在戰場上西洋每戰每勝，中國不是對手，但是到後來與中國官員辦交涉，却又每一次都處於下風，反而是中國獲勝了。這是什麽緣故呢？西洋人納悶不解。要説中國官員的才智勝過西洋人嗎？他們一個個都木木訥訥笨頭笨腦的，即使叫這些人去給西洋人看門都勝任不了。要説中國官員品行勝過西洋人嗎？他們一個個都虚僞貪婪，見錢眼開，人品實在卑污。但就是這種無才缺德的人，爲何西洋的欽差領事一和他們相遇，便心裏恐懼，惶惶不安，最後在中國人步步進逼中不由自主地步步後退，使本來該得到的好處大大減少呢？西洋許多專家研究來研究去，都不得其解。最後讓這個濮蘭德給解開了。原來，這是中國官員衣服上的黼黻在作怪。他説中國官員衣服上的那些奇奇怪怪的花紋，其實都是人所不識的咒語。這些咒語包圍着一個個不同的動物圖案，一旦與外國人談判，這些咒語便會自動驅使動物圖案發出磨牙般的尖刻聲音。這種聲音使得談判的西洋人頭腦發脹、神態昏亂、恐懼發抖，寧願喫點虧早點結束談判，擺脱痛苦。濮蘭德説，他問了許多有過和中國官員談判的西洋領事欽差，都説聽到過這種令人恐懼的磨牙聲。所以，他向西洋各國政府建議，今後，若與中國官員

[illegible]

們談判，不准中國官員穿他們的官服，要他們改穿我們的窄袖短衣，聳領高帽，他們的鬼魅伎倆就無法施展，我們在談判桌上就不會喫虧。

衆師爺聽後都開懷大笑。他們明知這是對洋人的調侃，却樂意用來暫撫被洋人傷害的心靈，求得一時虛幻的自慰。

又有一天，一位年輕的師爺在做事的時候，突然放了一個響亮的炸屁，安靜的文案房經此干擾，立時不安靜了。隔壁房間的辜鴻銘也聽到了，他端起一杆紫銅小煙壺慢慢地踱過來，對衆人説，我説個故事給你們聽——

有個西洋人名叫軌放得苟史，是個研究格致學的專家。因爲聽説近年來中國南方各省常患瘟疫，死了許多人，他心裏憐憫，想把瘟疫病源找到，對症下藥，搶救得此病的無辜中國人。他遊歷瘟疫盛行的幾個省份，詳細調查研究，最後終於弄清楚了。軌放得苟史説，中國的疫症來源於狗屁。狗之所以放屁，是因爲狗得了病。而狗之所以得病，是因爲狗喫了不該喫的東西。這些東西在狗的肚子腸子裏發熱作爛，狗性本凉，凉熱相雜，則成結滯之病。狗一得此病，五臟六腑中的污穢之氣便不能下通，積久爲毒，鬱而成氣，毒氣從狗的肛門裏排出，則成了狗屁。狗屁蔓延，瘟疫發作。

衆師爺聽了這個故事，笑得前俯後仰。那位年輕師爺笑後説：『辜洋務，你是駡人不着痕跡，駡我放的是有毒氣的狗屁。』

辜鴻銘却正色道：『年輕人，你理解錯了，這位軌放得苟史先生的故事，不是駡放屁的，而是諷刺今日中國做官的人。他的本意是説今日中國百病叢生，皆由管理者不當，而這些管理者都是些狗屁不通的人。』

幕府師爺們大多有點真才學，衹是官運不濟，不能自己掌印把子，嫉妒之心由此而生。想得到而又得不到，所以對於官場，他們比普通百姓更爲反感，故而他們聽了辜鴻銘這個『狗屁不通』的故事十分開心，廣爲傳播。没有多久，武漢三鎮的官場裏都知道西洋有個研究狗屁的軌放得苟史的人。

辜鴻銘便這樣常常給周圍那些拘謹有餘、放鬆不够的師爺帶來樂趣，慢慢地大家也就不把他的古怪高傲太當成一回事，而願意與他往來。

後來，幕友們又發現辜鴻銘的另一大缺點：貪女色。他已經有了妻子，并且爲他生了一個女兒。兩夫妻感情很好，但這並不影響他在外面拈花惹草。好女色，這是男人的常見病，本不奇怪，奇怪的是辜鴻銘喜歡的不是在容貌上，而是在脚上。興許是在西方時間久了，從小長到大，他没有看見過纏足的女人。一踏上故國的土地，看到的都是裹成三寸金蓮的女人，走起路來，一步三摇，顫顫巍巍。在辜鴻銘的眼裏，這簡直是人世間最美妙最不可言狀的形態，相比起來，西方女人那種大步流星的動作，就顯得非常的粗野，缺乏美感。他的太太的脚比一般女人的脚都要小，故他特别喜歡。他在外面尋的那些花花草草，也都是些長相一般而脚特小的女人。辜鴻銘並不隱瞞他這種獨特的嗜好，也不在乎别人對他的譏笑，我行我素，任性所爲。關於男女之間的結合，辜鴻銘還有一個奇怪的觀點：一個男人娶幾個女人是天經地義的。男人好比茶壺，女人好比茶盃。一把茶壺必須配幾個茶盃纔合適。反過來，一個茶盃配好幾把茶壺就不合適了。辜鴻銘的這個比喻貌似有理，其實荒誕，但它新鮮有趣。一經出口，立時傳遍三鎮，很快又傳到海外，成爲當時中國的一句名言。這次梁敦彦告訴張之洞的事，就是因爲女人而引起的。

三個月前的一個假日，辜鴻銘過江到漢口去玩，信步閒逛到江漢關旁邊，被一棟乳白色的小洋樓

的心中，銘心刻骨，永誌不忘！

突然，江面上飄過來幾滴雨點，將辜鴻銘從往事的追憶中甦醒，他奇怪地發現，那首露莎喜歡唱的情歌，還在被人唱着。他明白過來，原來是身邊的歌聲把他帶回了愛丁堡大學時期的那段浪漫歲月。他定定神，發現這首蘇格蘭情歌是從小洋樓裏傳出來的。這就對了，這樓上一定住的是蘇格蘭人。你看這房子風格，這周邊的環境，都在告訴你主人的國籍。是的，這裏應是漢口的英租界。

『外面的先生，你聽了好久的歌了，你能聽得懂嗎？』陽臺上出現一個年輕的女子，她揮着手與樓下的辜鴻銘打招呼。

『聽得懂，聽得懂！』辜鴻銘快樂地回答。『你唱的是蘇格蘭古老的情歌《牧羊歌》。』

『你是英國人？』女人定睛看了一眼辜鴻銘，突然改用英語問道。

辜鴻銘覺得稀奇，那女子明明是一個地地道道的中國人，怎麼可以說出英語來？難道她在英國留過學，或許她根本上就是英籍華人？

『不，不是，我是中國人，我在蘇格蘭愛丁堡大學讀過四年書。』

『哦，太好了。』那女子顯然也很興奮。『天下雨了，先生，你要不要到我這裏來躲躲雨，我們一起聊聊。』

辜鴻銘是個見了可愛的女人便情緒亢奮的男人。一個中國女子能唱英國歌，說英國話，素昧平生却如此大方地邀請他進屋，這有多可愛！辜鴻銘渾身血液奔騰起來。他高興地說：『謝謝您，謝謝您，您開門吧，我就進來。』

一會兒，一個女僕出來，把鐵門打開，辜鴻銘進了洋房一樓的客廳。客廳寬敞明亮，廳內的擺設

完全是英國式，墻壁上掛的是鎏金雕花寬框大油畫。正打量間，剛纔在陽臺上說話的年輕女人下樓來了。那女人顯然給臉上補了妝，又換上一件合體的黑底金花絲絨旗袍，雖不很漂亮，却生動光亮。尤其令辜鴻銘興奮的是，那女子有一雙特小的纏足，走起路來裊裊婷婷，搖搖晃晃。辜鴻銘立時被她徹底俘虜了。

『歡迎您來做客，請問先生尊姓大名。』在女僕端上咖啡的時候，女主人有禮貌地問着。

『見到您，我很高興。我姓辜，名鴻銘，字湯生。』辜鴻銘不知這女子結婚與否，在『太太』和『小姐』之間拿不定主意，乾脆用『您』來稱呼。

那女子笑笑：『我看您的模樣，以爲是英國人，却原來是道地的中國人。』

『不道地。』辜鴻銘笑着說，『我父親是中國人，我母親是英國人，我是個混血兒，用中國話來說，是個雜種。』

那女人大笑起來，露出一口潔白的牙齒，連聲說：『先生是個很有趣的人，很有趣的人。請喝咖啡。』

『我應該怎麼稱呼您？』放下咖啡盃後，辜鴻銘問。

『我叫蘇巧巧，是一個完完全全的中國人。我的丈夫是個英國人，他叫費格泰。你叫我費太太吧！』

『費太太。』辜鴻銘趕緊恭維，『您的蘇格蘭民歌唱得很好。調子唱得準，歌詞也唱得很清楚。您的英文很好，您一定在英國住過多年。』

費太太莞爾一笑：『我一天英國也沒去過。這歌是我丈夫教我的，除了這首《牧羊歌》外，我還

可以唱幾首英國小調，但我的英國話説得不好，祇能説幾句簡單的。』

『費太太真聰明，没有去過英國，能唱這麼好的英國歌，太不容易了。請問費先生是在領事館做事嗎？』

『不，他是做生意的，上個月回英國去了，要兩三個月後纔回來。』

辜鴻銘心裏怦然一動，想着：這兩三個月裏如果我能天天伴着她就好了。

『費太太，您剛纔唱的《牧羊歌》我也會唱，我唱給你聽吧！』

『好，好！』辜鴻銘正要唱的時候，她又突然説：『等一等！』

費太太轉身走進房裏，出來時手裏抱了一把三尺來高的琵琶：『我來給你伴奏。』

這太有趣了。中國的琵琶爲蘇格蘭的情歌伴奏，辜鴻銘還是第一次遇到。費太太信手彈了兩句，果然從琵琶弦上聽來的西洋曲子又別有一番味道。辜鴻銘按捺不住滿腔的激情，在費太太的客廳裏引吭高歌起來。那純正道地的蘇格蘭語言，那深厚雄壯的男中音，伴隨着清脆激越的古老的中國琴韻，真是動聽極了。

辜鴻銘在這棟小洋樓裏足足呆了兩個小時，出來時興猶未盡。回到家裏，費太太的小脚、琵琶弦上流出的《牧羊歌》時時在他的腦中浮現，如同一把火在心中燃着，燒得他心神不寧，渾身燥熱。苦苦地熬過三天，他實在熬不住了，便去找協理總文案梁敦彥請假。梁敦彥那年和陳念礽等人入督署時，被安置在電報房。梁爲人樸實不愛出風頭，在電報房一呆兩三年，並不受重視。有一天傍晚，京師總署突然來了一份緊急電報，電報房裏所有的人都已不在了，惟獨梁敦彥一人在房裏讀書。張之洞便叫他翻譯，梁很快便譯出來了。張之洞很高興，跟他多聊了幾句，這纔發現原來梁是一個十分勤奮

敬業的人，第二天便撤換原電報房的頭目，讓梁敦彥代替。不久又提拔他做了協理總文案，協助總文案梁鼎芬主管洋務、翻譯兩科。梁准了假，辜鴻銘匆匆過江來到漢口。他先去珠寶行裏花一百多兩銀子買了一根珍珠項鏈，項鏈的中部還懸着一塊翠綠暹羅寶玉。他把它藏在衣袋裏，然後敲開費家的鐵門。費太太見到他，也同樣很高興，説了一陣話以後，辜鴻銘邀請費太太到英租界一家英國人開的餐館裏喫晚餐。在跳躍的燭光下，在亮閃閃的刀叉間，他們邊喫邊聊，談得十分愉快。

辜鴻銘趁興拿出項鏈來，懇切地請求費太太收下。費太太並没有講客氣就收下了，並當着辜鴻銘的面把它戴在頸脖上。辜鴻銘很高興。夜很深了，過江的輪渡也早已停開，費太太邀請他今夜住在她家，辜鴻銘大喜過望。這夜，他和費太太恩愛纏綿了大半夜。第二天，他坐在首班過江渡船上，想起昨夜的事來，心裏又喜悦又有點害怕。這女人不是别人，她是英國商人的太太，儻若被那英商知道，他决不肯罷休，就此收場罷。但是到了傍晚，辜鴻銘又心猿意馬起來，神差鬼使般地再次渡過長江來到英租界，費太太早已精心妝扮在家苦等了。辜鴻銘知道後，暗暗責備自己的膽怯。從那以後，辜鴻銘隔不了兩三天就要過江與費太太幽會，原先的怯意早已丢到九霄雲外。辜太太知道丈夫有了新的外遇，却奈何他不得。辜鴻銘爲女人捨得花錢，辛苦掙來的銀子源源不斷地流入費家。

四　偷情的辜鴻銘被英國商人扭送到領事館

相處時間久了，費太太説了實話，原來她並不是費格泰的太太，祇是他的情人。她原是蘇州窑子裏的妓女，被費格泰看中贖出來的。至於費格泰，也不是個正經商人。二十多年前，他以一個無業遊民的身份從英國來到中國投靠戈登，編在戈登的洋槍隊裏。後來戈登回國，洋槍隊解散，費格泰便留

在中國。那時中國官場的幾個大人物急於藉洋務自強，費格泰抓住這個機遇，利用自己能講中國話、熟悉中國官場的有利條件，往返英美與中國之間，做起軍火生意來。他從中牟取暴利，很快發了橫財。費格泰在英國有個太太，在上海、廣州兩處各置一個家，包一個女人，這棟小洋樓連同蘇巧巧在內是他在中國的第三個家。蘇巧巧說她其實並不愛費格泰，他又老又醜一點不可愛。蘇巧巧還告訴辜鴻銘，這一兩年來，費格泰都在與湖北鐵政局做生意，鐵廠所需要的各種重要機器，都由他經手，到英國去訂貨。此時的辜洋務已對鐵廠機器都不感興趣了，他的興趣祇在蘇巧巧一人身上，他惟一的願望就是費格泰晚一點從英國回來，最好是永不復返，讓他長享與蘇巧巧的偷情之樂。

正所謂樂極生悲，離蘇巧巧告訴他費格泰返回中國的日期還有半個月的一個深夜，正當辜鴻銘和蘇巧巧兩人在床上翻雲覆雨的時候，費格泰突然回來了。辜鴻銘赤條條地被當場抓住，他羞愧得無地自容。蘇巧巧被費格泰狠狠地揍了一頓，嚶嚶哭泣。費格泰將辜鴻銘捆綁起來，第二天一早送到英國駐漢口領事館。辜鴻銘操一口熟練的英語和領事館的領事談話，承認自己對不起費格泰先生，願意受懲罰，並說自己曾在英國留學，又在湖廣總督衙門洋務處做事，今後可以幫費格泰先生的忙。

英國領事和費格泰聽後頗爲喫驚。他們本能地意識到這是個奇貨可居的人物，便馬上招來一個攝影師，給辜鴻銘拍了不少照片，以便留下不可否認的真憑實據，然後解開捆在他身上的繩索，對他以禮相待。英國領事和費格泰在另一個房裏商量好半天後，對辜鴻銘說：『我們準備釋放你，但要總督衙門派個有身份的人前來領取，你看叫誰來？』辜鴻銘想了想，覺得叫梁敦彥來最合適。一來他是協理總文案，翻譯科歸他管轄且又懂英文，二來他爲人寬容厚道，好說話。

就這樣，一封發給湖廣總督衙門協理總文案的短函到了梁敦彥的手裏。他覺得這是件很棘手的事情，便過來請示張之洞。

當得知辜鴻銘是與人偷情被逮到英國領事館，而那女子的丈夫又是英國人的時候，張之洞很是惱火，狠狠地罵了一句：『混賬東西！』

『香帥，英國領事館很可能會在辜鴻銘身上做點文章，要我們答應些什麼，他們纔會放人。』梁敦彥一副愁眉苦臉的模樣。

『噢，很有可能。』張之洞思忖一會說，『辜鴻銘做了缺理的事，後果應由他一人承擔，與我們無關。念及辜鴻銘人才難得，如果對方要他賠償一筆款子，他又拿不出的話，一萬兩之內，我們可以替他付，以後從他的俸金中扣還；若超過一萬兩，則不能答應。』

梁敦彥領了張之洞的鈞旨，匆匆過江來到漢口英國領事館，副領事萊姆出面接待。梁敦彥請求先看看辜鴻銘。萊姆領他走到另一間房子，祇見辜鴻銘一手端着咖啡盃，一手拿着一本英文雜誌，正在悠閒自得地看着。梁敦彥又好氣又好笑，斥道：『湯生，你倒没事兒似的，香帥爲此事很生氣哩！』

辜鴻銘若無其事地對協理總文案說：『費格泰的女人蘇巧巧自願跟我好，按英國法律，治不了我的罪。我不會去坐班房，大不了要我出點錢，出就是了，我自認倒楣，何況蘇巧巧並不是他的太太，祇是情人而已。之所以請你來，可能是他們不相信我是督署的，要你來驗證下，麻煩你證明一下我的身份。錢我自個兒出，我想我不會給香帥添太多麻煩！』

『好吧，你看你的雜誌吧，我去跟他們談判。』見辜鴻銘没有受到虐待，心情也好，梁敦彥放心了一大半，既然他自己願承擔一切責任，這事就好辦多了。

萊姆見梁敦彥儀表軒昂，操一口流利的英語，對他頗爲客氣，請他坐下，侍者又給他端上咖啡。

梁敦彥説：『這是一件遺憾的事。辜鴻銘先生是湖廣總督衙門的一位洋務幕僚，他平日生活失於檢點，以至於有這次對不起費格泰先生的事情出現。我奉張制臺之命協理幕友房，辜先生是我的下屬，我負有管教不嚴之責。我今天以他的上司身份向費格泰先生賠禮道歉，請貴副領事代爲轉達。』

萊姆笑了笑説：『梁先生這種態度很好，我很欣賞，我會將你的話轉告給費格泰先生。但費格泰對此很氣憤，領事館也認爲我們大英帝國的子民在貴國受到侮辱，我們有責任爲他作主。』

萊姆雖然面帶笑容，但從話裏看出他的態度强硬，不好打交道。梁敦彥在美國學的是工程建築，既不懂法律，又没有外交經歷，辦這種事還是第一次；衹是因爲他畢竟在美國留學多年，見過世面，一般的常識性的知識還是懂得的，湖廣總督衙門這塊牌子也給了他一些膽氣。他努力讓自己鎮定下來，從容地説：『費格泰先生的心情我們可以理解。我剛纔見到辜先生，他對我説的兩點很重要，請貴副領事注意到：一，那位女人是自願與辜先生相好的；二，那女人並不是費格泰的太太，衹是他的情人。』

『不。』萊姆臉上的笑容没有了。『費格泰先生堅持説蘇巧巧就是他的夫人，他這次回國另一目的就是辦理與他原先太太離婚的事宜，一旦辦妥，就會與蘇巧巧女士正式登記結婚。照此情況，蘇女士應視爲費格泰先生的太太。另外，我也要告訴梁先生，據蘇女士親口所説，你們的辜先生多次對她進行勾引，她並不情願，也就是説她不愛你們的辜先生，蘇女士是被强迫的。』

萊姆的這番話顯然是不能成立的。蘇巧巧既未與費格泰有婚約，就不能視作太太。她是一個成年人，有獨立處理事情的能力，勾引、强迫之類的話不能自圓其説。但是梁敦彥從一開始便抱着理虧的心態踏進英國領事館，又聽萊姆這樣説，自思將蘇巧巧視作費格泰的太太也有道理，衹是對『强迫』一説作了反駁。

萊姆説：『强迫一説雖有點勉强，但蘇女士對她丈夫痛哭流涕表示悔恨這是事實，至少説明她不愛辜先生。正因爲此，大英帝國領事館將不把辜先生帶上法庭，爲了兩國的友好關係，願意慎重處理此事。』

老實的梁敦彥聽到這話，立時感到鬆了一口氣，忙説：『貴國領事館的好意我們心領了，不知你們將打算怎樣來處理此事。』

『也不知是誰已把辜先生的事透露出去了，今天上午已有幾家西方和日本報紙的記者要到領事館采訪，並想爲辜先生拍幾張照片。因爲辜先生在歐洲留學多年，現在又是張制臺所器重的洋務幕友，也算是貴國一個有頭臉的人。出了這種風流案子，最是記者求之不得的新聞，發表出去，記者出了名，報紙也出了名。』萊姆一邊説着，一邊從桌上的雪茄盒裏抽出一支雪茄來遞給梁敦彥。

『謝謝！』梁敦彥摇了摇手，説，『副領事先生，事情没有處理好之前，請你們不要接待那些招惹是非的記者。』

萊姆劃一根火柴，將雪茄點燃，自己吸了起來。『辜先生在敝國愛丁堡大學讀過四年書，也可以算是我們大英帝國培養出來的人才。再説，張制臺對我們也很友好。爲了辜先生的臉面，也爲了兩國的友誼，我們没有接待那些記者，不想把這樁事擴散出去。』

梁敦彥又忙着道謝。

『我們與張制臺合作了兩三年，我們很想與張制臺繼續友好合作下去。張制臺辦鐵廠，辦槍砲廠，辦煤礦，我們都很支持。這兩年，費格泰先生和其他幾個英國商人，都爲湖北從英國買回不少機器。

我們想請湖廣總督衙門保證今後所有的大型機器都從英國購買，而不從別的國家購買；當然，我們會確保質量和提供優惠的價格。』

梁敦彥想：這兩年來鐵政局都在與英國做生意，也沒聽說出什麼大問題，衹要機器好，向美國買、德國買和向英國買是一回事，他們無非是想和我們把生意做下去，這條件也不算苛刻。於是點頭說：『我想是可以的。』

『這一條是我們英國領事館的想法，還有一條是費格泰先生本人提出的。』萊姆彈了彈雪茄灰，不緊不慢地說，『費格泰這次帶了二十萬兩銀票回倫敦買軋鋼機，但發現廠家生產出的機器質量不合要求，廠方重新製造，需要半年時間纔能出廠。如此，有違與鐵政局簽的合約。費格泰希望鐵政局看在他的面子上，不以違約處罰廠方，同意半年後再將機器買定運回，這二十萬兩銀子他已預先交給了廠方。』

梁敦彥想：這事也怪不得費格泰，費格泰能堅持機器須達到設計要求，這也是他對鐵政局負責的表現；現在辜鴻銘做了對不起他的事，給他一個面子不追究英國廠家，也是可以說得過去的。於是說：『這事我看也可以。』

『好。』萊姆高興起來。『我們已草擬了一個文件，請你帶回去，讓張制臺在這上面簽個字，我們即刻放辜先生。』

萊姆從抽屜裏抽出一張紙遞給梁敦彥。梁敦彥接過，看上面有中英兩段文字，說的是同一個意思，至於辜鴻銘偷情被逮一事則沒有寫。梁敦彥覺得畢竟是英國領事館擬的東西，還算得體面。便沒有再說什麼，將它帶回督署。

下午，梁敦彥把這個文件送給張之洞。張之洞看後，兩條粗短的濃眉立時緊皺起來。

『這兩條都很厲害。第一條是要把我們捆死在英國人身上，今後別的國家就是機器比他的好，價格比他的便宜，也不能買，所有買機器的錢都由他們賺。』

『香帥說的是，但現在爲了贖辜鴻銘出來，衹得簽字了。且卑職想，這兩年我們大部分機器都是從英國買的，英國貨也還行。再說，英國在長江沿綫經營幾十年了，我們今後做事免不了要跟他們打交道，保持友好是很重要的。何況，今後真有別國的機器比英國好，我們變通一下也還是可以從那個國家去買的。就憑這一張紙把我們鎖住也不可能。』

『唔，這條就依了他吧！』張之洞指着中文部分的第二段說，『你知道費格泰在這中間要的花招嗎，他估計湯生拿不出多少錢，所以不叫湯生賠錢了，將這筆錢轉移到鐵政局的頭上。』

梁敦彥說：『這點我没細想，請香帥說明白。』

『當初合約上說，若延期三個月，廠方賠償損失百分之五，延期半年，賠償損失百分之十，百分之十即二萬。這二萬銀子費格泰是要叫廠方出，衹是放到他的腰包裏去了，這是一。第二，這二十萬銀子他或許是存入銀行，或許私自去放高利貸，或許自己拿了去做短期買賣。總之，這二十萬便由他使用半年。他多則可憑此賺一二萬，少也可賺七八千。爲了贖回辜鴻銘，我們損失了二三萬銀子。哎，這個不爭氣的辜湯生呀！』

梁敦彥很佩服張之洞的精明，但他已在萊姆面前表了態，生怕張之洞不同意，便說：『湯生是不爭氣，但事已至此，也没有別的辦法可想了。若不同意，他們會把這事通過洋人的報紙捅出去的。對湖廣總督衙門，對鐵政局也没有好處。再說，湯生這人也確實是個少見的人才，經此番風波，他會更

感激香帥的。今後罰他加倍做事，將功補過。』

張之洞板着臉孔，好半天纔開口：『我不在這樣的文件上簽名！』

梁敦彥急了：『香帥就寬恕他這一次吧，我爲他求您了。』

『我不簽名，不是說我不寬恕他。』張之洞面孔依然緊繃。『你在這上面蓋個湖廣總督衙門的官印吧。你去對英國領事館說，說不定哪一天張大人奉旨調到別的地方去，不做湖廣總督了，簽名有什麼用呢？蓋官印更好，以後不管誰來做湖廣總督，誰來辦鐵廠、辦洋務，都照此辦事，買他英國的機器，不更好嗎？』

梁敦彥不敢和張之洞爭辯，祇得蓋上湖廣總督衙門的紫花大印，又過江到了英國領事館。好在萊姆不計較這個，收下蓋了印的文件後，便叫他把辜鴻銘帶回去。一路上，梁敦彥將這個經過告訴辜鴻銘。辜鴻銘既爲自己闖下這個禍而愧疚，又深爲感謝張之洞對他的寬恕。

一回到督署，辜鴻銘便來到簽押房，向張之洞坦陳自己的過失，並表示對他的謝忱。

張之洞冷冷的目光端詳辜鴻銘半天，一直不做聲，直看得辜鴻銘心裏發涼，渾身不安。

『不必謝我，要謝你就去謝梁崧生吧！』

這一句話猶如一瓢涼水澆到辜鴻銘的頭上。他知道總督大人已十分惱火他，再呆下去，彼此都會不舒服。

『那我就告辭了。』

辜鴻銘說完這句話，轉身便走。

『你慢點走。』

辜鴻銘轉過身，重新來到張之洞身邊，垂手侍立。

『早幾年我就聽說你有狹邪行之癖好，你的太太因爲此受了很多委屈。這次不僅你本人臉面丢光，也使我們湖廣督署蒙受羞耻。這些你都清楚，我也不再多指責你了。』張之洞覺得有點疲倦，他拿起鼻煙壺，在鼻孔下來來回回地移動幾次，感覺精神比方纔好多了。

『湯生，你是個天分極高聰明絶頂的人，但自古以來，天分極高的人往往幹不成大事業，聰明反被聰明誤。這中間有着許許多多的原由，一時給你講不清。你曾經問我，汗牛充棟的中國書籍中，是否也有一本書能讓人讀後一通百通。我過去没有告訴你，是怕你今後祇讀一書而廢除其它書。高高的塔尖，要靠寬闊的塔座作爲基礎，參天大樹祇能生長在豐厚的土地上，一通百通境界的到來，不是祇靠一本書，它要立在博覽群籍喫透百家的基礎上。今天，我要告訴你這一本書了。這一是你已打下中國學問的基礎，二是你的確尚未通，在立身處世這樁大事上，你遠不是一個通人，所以纔沈湎於這種鴆酒之樂中。』

聽說果然有一本能使人一通百通的寶書，而且此刻就得知，辜鴻銘大喜至極。昨天的羞辱彷彿已過去了幾十年，他以一種往常少有的恭順態度說：『大人請賜教吧！卑職永世記得大人的教誨之恩。』

張之洞冷笑一聲，說：『這本書並非秘書，而是人人皆知，個個盡曉的六經之首《周易》。』

『《周易》！』辜鴻銘不由自主地復述一遍。

『是的，《周易》。』張之洞嚴肅地說，『《周易》想必你讀過多遍，你讀没讀通，通到何種地步，這我就不知道了。我今天告訴你，這是中國群書之首，經典之最。你以這個認識再去讀它十年八年，或許大有進步。孔子五十讀《易》，以至於韋編三絶，又說假我數年，於《易》可彬彬矣。以聖人之

資，五十歲讀此書，還説要讀幾年之後纔能明瞭其中的奧妙，你天資再高也高不過孔子，故讀十年八年不爲多。』

辜鴻銘静静地聽着。

『以我讀《周易》的經驗，當先讀《繫辭》。《繫辭》文不長，但字字千鈞，每一句都够你細細咀嚼，好好體會。比如説開篇幾句：「天尊地卑，乾坤定矣；卑高以陳，貴賤位矣；動静有常，剛柔斷矣；方以類聚，物以群分，吉凶生矣。在天成象，在地成形，變化見矣。」這短短的幾句説盡萬象萬物最本質的東西，乾坤、貴賤、剛柔、吉凶、變化，你過細想想，天地之間，有哪一事哪一物能離開這些範圍，弄清了這些，世事不就通了嗎？』

辜鴻銘聽得入神了。

『光《繫辭》就是一座取之不盡、用之不竭的寶藏。隨便再説幾句吧。你在西方很多年，應當知道西方教民天天講喜樂，講博愛，但如何能做到内心喜樂至誠博愛？我看他們的《聖經》没有説清楚，我們的《繫辭》却説清楚了。樂天知命故不憂，安土敦仁故能愛。八個字：樂天知命，安土敦仁。就能做到喜樂、博愛。』

辜鴻銘早已將《聖經》讀得滚瓜爛熟，《繫辭》他也讀過，但他就没有這樣比較過。真的如總督所説的，《聖經》拉拉扯扯地講了許多故事，也没有讓人弄懂如何做到喜樂博愛，而《繫辭》這兩句話一鍬便挖出了泉水！辜鴻銘彷彿被一根魔杖點化似的，心裏明亮了許多。這《周易》的確是中國學問之巔峰，一定要認真攻讀不可。

『書你自己以後慢慢地讀，細細地領悟，我就不多説了。我衹提醒你注意《繫辭》中的一句話：

「作《易》者，其有憂患乎？」許許多多讀《易》的人都忽視了這句話，其實這一句最爲關鍵。爲什麽有這部《周易》出來，這部《周易》爲何引起聖人的高度重視，爲什麽《周易》説盡了人世間一切至微至隱的道理，全部奥妙都在這「憂患」二字上。湯生，願你讀通《周易》後，從此能有一個新境界，不要沾沾自喜於才子，要做一個通人。』

張之洞的這番話使辜鴻銘甚爲感動。他體會到張之洞玉成他的一片苦心，從而心裏更感到愧疚。帶着贖罪的心情，辜鴻銘決定將一件久藏的秘密説出來。

『張大人，我告訴您一件事。』

『什麽事，坐下説吧！』張之洞想這種時候要説出的事一定非同一般。

『那個蘇巧巧曾給我説過這樣一樁事。她説費格泰有一次曾經很得意地跟她説，漢陽鐵廠財務處的那批官員都是混賬東西，既貪婪又無知。這兩年跟他們打交道的過程，光招待他們喫飯的銀子就不少於千把兩，他其實喫得很少，每次都藉他的名，全處十幾個人都來喫，一頓飯就二三十兩，全部由賬房處報銷了。而且一個個都索賄，見到洋貨就眉開眼笑，辦事就一路順利。費格泰常常從英國買一些便宜的小禮品送他們，他説這是魚餌。一個魚餌可以釣一百倍的大魚。最壞的是收支股的主辦蒙索。這兩年做的百萬兩銀子的生意，他至少喫了十萬兩銀子的回扣。不過費格泰所得更多。費格泰往往在財務處面前擡高價格，在廠方面前壓低價格，他起碼從中賺了三四十萬兩銀子。按這樣的計算，一百萬兩銀子，用來買機器的其實不過五十萬兩左右。而在英國，完全不是這樣，一百萬兩銀子，至少有九十萬兩用在機器上。費格泰有次冷笑道，中國的洋務是絶對辦不成的。中國的官員不是在辦洋務，而是在發洋財。』

『不是在辦洋務而是在發洋財』，這話讓張之洞的心怔了一下。對鐵政局和鐵廠的微詞，張之洞已聽到不止一次了。微詞較多地集中在銀錢方面，比如回扣、受賄、索禮、浪費等等方面，收支股蒙索的閒話最多。有人說他是粟殿先的拜把兄弟。還有人說他與革職的趙茂昌關係密切。趙茂昌爲他牽綫，在上海的錢莊裏替他開戶頭。鐵廠的公款都存在那個錢莊裏，利息則歸他們兩人私有。前不久，有一件事也讓張之洞記憶猶新。

一天，鄭觀應忽然來到總督衙門門房，說是剛從下江來，請求能讓他見一見總督大人。門房報告後，張之洞請他進來，鄭觀應還帶來一位三十多歲的年輕人。他向張之洞介紹，此人名叫張謇字季直，是江蘇南通人，曾在直隸提督吳長慶手下做過多年西席，仰慕香帥，尤其敬服漢陽鐵廠的籌辦，特不遠千里從上海來到武昌，想去鐵廠看看，今後擬在原籍也做點洋務事業。張之洞早就聽說吳長慶家裏有個博學的西席，見張謇儒雅軒昂，氣度不凡，果然與傳聞相符，張之洞很高興與他相見。交談一番後，得知他真的見識不俗，便要梁敦彥陪鄭觀應和張謇去看看鐵政局和鐵廠。晚上，又在督署宴請他們二人，請他們談談參觀的體會，尤其希望他們能直率地指出些不足。

鄭觀應和張謇說了許多恭維話，張之洞聽了很高興。張謇還提出一個建議，說湖北的棉花和苧蔴海內聞名，應該利用這個有利條件，在武漢建紗廠、紡織廠和製蔴廠。紗織業工藝簡單，耗資較少，但贏利很快，正可以用此贏利來彌補鐵廠的虧損。張謇的建議給張之洞很大的啓發：是的，應從速將紡織業發展起來。在張之洞的再三要求下，兩位沒有進過官場染缸的明白人給鐵政局和鐵廠各自提了一條意見。鄭觀應說，鐵政局和鐵廠人浮於事的現象嚴重，過於講排場。參觀者祇有二人，陪同的人將近四十，且品級都不低，光候補道就有十來個，都有隨從、跟包，侍候在旁，完全是衙門做派。鄭觀應建議，鐵政局和鐵廠非技術性的管理人員，可以三成裁掉二成，這樣不僅撙節開支，且辦事減少糾葛。他去過西洋不少國家，看過他們的工廠、礦區，他們管理人少效率高。張謇說在參觀的過程中，他隨便問了問身邊的人，便發現鐵政局和鐵廠存在一個不容忽視的問題，即裙帶風嚴重。所問的人，都是因親屬關係而進來的，有的一家堂親表親六七個都在這裏做事。可見此地有任人唯親之弊。任人當惟賢而不惟親，這是歷來辦事取得成效的根本一條，請總督大人力剎這股風氣。

張之洞聽了鄭觀應、張謇兩個人的意見心裏也動了一下：看來鐵政局和鐵廠需要整肅整肅。但過後一忙，此事便又忘記了。現在，辜鴻銘說的英國商人的這些話，同樣暴露出鐵政局所存在的嚴重隱患，是非得要動手解決不可了。但眼下鐵廠的建設正在緊張時期，江夏煤礦在順利開工中，大冶鐵礦的礦石也已在大量開採，急切希望鐵廠早日竣工投産。尤其是另有一件大事，更使得鐵廠務必不能受絲毫的干擾。想到這裏，張之洞對辜鴻銘說：『你說的這事我知道了，你就再也不要跟別人說起。我會騰出手來處理的。你這幾天冷靜地回想一下這件事，檢討檢討，但願能接受此次教訓，痛改前非。過幾天，我要跟你談一樁大事，茶館說書人有句話，說是淘盡三江五湖水，難洗今日滿面羞。你今日也是滿面之羞了，這樁大事裏面有三江五湖水，就看你能不能淘盡它，爲你洗刷羞慚。』

聰明過人的辜鴻銘却被總督這番話澆得滿頭霧水：何來的三江五湖水，又怎地洗去我的滿面羞？

五　俄國皇太子將要參觀漢陽鐵廠，這可是一樁揚國威振民氣的大事

張之洞說的這樁事，就是去年辜鴻銘從英國《泰晤士報》上看到的俄皇太子訪華的事。總署已正式來文通知，今年十月俄國皇太子尼古拉將要來武漢參觀漢陽鐵廠。十天前楊銳從北京發來一封密

信。楊銳信上說：俄國皇太子訪華一事，朝廷看得很重。這不僅因爲俄皇年事已高，太子不久即將即位，還因爲這位皇太子對中國較爲友好。俄國是個軍事强國，又是一個野心勃勃的貪婪之國，他一直覬覦我國東北和西北與之接壤的廣闊領土，千方百計地欲將它佔爲己有，對中國威脅最大。難得有這樣一位對中國友好的太子，儻若跟他建立友誼的話，無疑要減輕來自東北和西北的領土威脅。因此朝廷準備趁俄皇太子訪華之機，予以傾心結納。俄皇太子早已知道武漢正在興辦鐵廠，他要親自來看看。楊銳說，這無論是對恩師本人，還是對湖北的洋務，都是一個千載難逢的好機會，比如可以藉此向户部多要點銀子，確保鐵廠到時完工等等，好處多得很。

張之洞接信後立即給楊銳回了信，告訴他，有關俄皇太子訪華的事，今後凡有所知，儘量詳細報告；武漢這邊，會做好充分準備，將這位皇太子接待好。

俄國皇太子將來武漢參觀漢陽鐵廠，這對張之洞來說，不啻是一個難逢難遇的福音。無論於國於己，都要牢牢抓住這個機遇，把這篇文章做得珠圓玉潤，花團錦簇。

對俄國這個國家，張之洞早在京師做洗馬小官時，便因爲伊犁談判而對它有過深入的研究，越研究越服膺林則徐當年流放新疆時所説過的一句話：俄國是中國的心腹之患。林則徐這話説得最爲深刻中肯。防俄，是應該傳之於子孫後世的長久國策。固然日本也對我國，尤其是關東一帶有領土野心，但畢竟國小力不强，還加之隔着海洋，不像俄國，千里邊界綫上，任它鐵騎長驅直入，真是可怕。至於英、美、德、法這些國家，張之洞心裏清楚，它們對中國的傷害，主要體現在生意場上的不公平交換，並没有領土要求，早兩年英法聯軍打進京没多久便撤退的事實是最好的說明。從那時起，防患俄國而利用英、美、德、法的外交策略，便在張之洞的腦子裏形成。這實際上是『遠交近攻』的中國傳統外交策略，在新形勢下的運用。張之洞認爲這是一個很簡單明白的事理，但當軸者往往看不清楚。海防、塞防之争便暴露出這個問題。李鴻章主海防，重在防日本，左宗棠主塞防，重在防俄國。在張之洞看來，根本無須争論，海防也好，塞防也好，都很重要，要同時並舉，這是因爲不管是俄國，還是日本，都是對中國領土垂涎三尺的强國，都需要認真對待，衹是在什麼時候應該特别强調哪一點罷了。

如果説十多年前，張之洞雖看事明瞭却没有權位，不足以影響國家外交方略的話，那麽今日，身爲湖廣總督的洋務後起之秀，則要積極參與這場事關重大的中國外交活動，决心以自己的實力對中俄關係以影響。

與楊銳的想法不同，對俄皇太子參觀鐵廠這件事，張之洞第一個反應便是要藉鐵廠來揚我國威。俄國也好，其他西方强國也好，這幾十年來在我們面前耀武揚威，無非是因爲他們國力强大，武器精良，儻若我們能在這方面顯示出自己的實力的話，必然可以殺一殺他們的威風。鋼鐵業是西方工業界的龍頭，也是他們强大國力的重要基礎，而中國恰恰於此一片空白。漢陽鐵廠的興建不僅填補了這個空白，而且它是以世界第一流的規模爲目標，是一個巨型鋼鐵廠。它將在顯示中國發展的潛力同時，也以這種巨大的存在明確告訴外國人：中國已經爲自己的工業奠定了雄厚的基礎，要不了多久，就可以迎頭趕上西方列强。

張之洞還想到，光有鐵廠還不够，正在籌建的槍砲廠也要加快速度，趕在俄皇太子來漢之前建成投産，讓這位未來俄國皇帝親眼看一看咱們大清帝國自己製造出來的槍砲子彈，從此以後，不要在邊界綫上再生是非，老老實實地和平相處。

在西方，俄國是個疆域寬闊的大帝國，一向處於很重要的地位，俄皇太子眼中所看到的鐵廠和槍砲廠，必定會通過他本人及他的隨從人員，以各種途徑傳播給西方各國。他們去說比我們自己說要好得多，更能增加分量。如此，漢陽鐵廠和槍砲廠就成了威懾洋人的重要武器，就成了捍衛大清的護國神祇。作爲鐵廠和槍砲廠創辦者，我張某人就成了洋人關注的大人物，成了大清國的英雄，今後外交內政，什麽事都好辦了。

想到這裏，張之洞興奮萬分。傍晚，他特爲邀請桑治平到家裏來小酌一盃，向好友談及這件事和自己的想法。桑治平也同樣欣喜不已，他似乎從中看到自己半生爲之奮鬥的理想，就要通過這位好友的手予以實現。想起賢良寺與張之洞的初識，想起古北口的應允出山，想起這十餘年來謀畫計議、南北驅馳，表面是報知遇之恩，其實從骨子裏來說，是在爲自己年輕時失落的抱負而奮鬥。啊！這是多麽令人欣慰的事：辛苦十多年，終於看到結出碩果的一天了。

桑治平建議張之洞動員一切力量，確保在俄皇太子來漢之前做到鐵廠出鐵、槍砲廠出槍砲，拿出鐵傢伙擺在他們的面前，要勝過千百萬言的外交辭令！同時接受楊鋭的建議，立即給總署上道條陳，請他們大力支持，撥款一百萬兩銀子。張之洞欣然接受桑治平的這兩個建議。

第三天，由鐵政局出面，召開鐵廠、槍砲廠、煤礦局、鐵礦局的高層會議，張之洞在會上發表重要的講話。他以總督兼湖北洋務督辦的身份要求所有高級管理者與全體匠師、工人一道，努力拚搏，務必確保在俄皇太子來漢前出鐵出槍。猶如三軍統帥向將士們發出征伐號令似的，張之洞從宣揚國威、振作民氣、展我才華等方面，談到這次提前出鐵出槍的重要意義，縱有天大的困難也要克服，沈舟砸鍋，背水一戰。張之洞的講話鏗鏘有力，慷慨激昂，說到動情之處，他聲淚俱下。總督有聲有色的動員令，把全體與會者都給感染了。

第十三章　外賓訪鄂

他的話剛一結束，大會堂裏立時響起雷鳴般的掌聲。

最先站起來，以極爲熱烈的情緒表示完全擁護堅決照辦，提前出鐵出槍一定能實現的，就是鐵政局協辦兼鐵廠後勤部門主辦粟殿先。他情緒似乎比總督還要激動，愛國之心似乎比總督還要强烈，他代表後勤部門全體人員向督署保证，從明天起開始加班加點，晝夜苦幹，拚死拚活爲國争光，爲張大人争氣。張之洞對粟殿先甚爲滿意，頻頻向他投去讚許的目光，心裏想：粟殿先真是一個好官員，平時雖有失檢點之處，關鍵時刻却能挺身而出顧全大局，難能可貴。粟殿先講完後，張之洞帶頭爲他鼓掌！

粟殿先受此殊榮，臉上紅光滿面，喜氣洋洋。緊接下來的便是收支股主辦蒙索。他的高調表態，也贏得了張之洞的帶頭掌聲。於是其他股處頭目見此情景，都紛紛站起來，一個接一個地表示完全擁護，堅決照辦。張之洞都一律帶頭爲他們鼓掌。但是，提前投産的關鍵部門——技術股處的頭目却没有哪個站起來響應。此外，還有一個最爲重要的人物——鐵政局、鐵廠的真正靈魂蔡錫勇，却一直緊閉嘴唇。他表情嚴肅，對每個人的發言都認真傾聽，臉上却没有一絲興奮的表現，心裏也没有一點想發言的衝動。協理總文案梁敦彦看着這情景有點着急，他不敢去驚動蔡錫勇，徑直走到鐵政局協辦兼鐵廠技術部門主辦陳念礽面前，悄悄地對他説：『你站起來説幾句吧，張大人很想聽聽你們技術部門的看法。』

陳念礽一直處在矛盾狀態中。從一開始聽張之洞的演講，他便有心跳血湧的感覺。後來見各股處的頭目一個個起身發言，贏來了一陣接一陣掌聲，二十八歲的青年陳念礽心裏躁動不安。他很想也站

起來說一席話。他有很多話要說，說他在美國求學時如何親身感受到美國人對中國的歧視，如何因此而立下學好本領報効國家的壯志，後來又如何突然中斷學業，被朝廷强行召回國，回國後賦閒鄉居，所學的知識一無展佈之時，那種報國無門的苦悶是如何的沈重；自從遇到張大人，參與張大人的洋務大業後，這些年來如何努力奮發，尤其是鐵廠開辦以來更爲他施展才幹鋪設一個宏大的舞臺，無論是爲國盡力還是酬答張大人的知遇之恩，都應該傾注全力，促使提前投産的目標順利實施。他相信他的這些肺腑之言，會比其他發言者更爲動情更爲精彩，更會贏得張大人的鼓勵，贏得滿堂熱烈的掌聲。真情實感與年輕人的激情相互激蕩，使得陳念礽滿臉通紅，渾身燥熱不安，幾次想站起，側過臉去看一眼蔡錫勇，他又失去了這個勇氣。一來他覺得自己雖是技術部門的主辦，但技術部門掌舵人是蔡先生，他是老前輩，他不發言，一個年輕輕的後生輩怎能僭越？二來作爲一個受過嚴格科學訓練的工程技術人員，陳念礽也覺得提前投産這種事，不是說大話就可以做到的。許許多多具體的困難，都得脚踏實地去解決，能不能提前投産，他没有把握。

現在，協理總文案來催促，又說張大人很想聽一聽技術部門的看法，一種受寵信的榮耀感在激勵着陳念礽，他突然來了勇氣，刷地從座位上站起，激動地說：『剛纔張大人說我們辦鐵廠，辦槍砲廠，辦鐵礦煤礦，以及今後辦織布、紡紗各種廠子，富民是我們的重要目的，而强國却顯得更爲重大。我完全擁護張大人的這個講話，他說到我陳念礽心坎裏去了。我在美國留學八年，對國弱受欺負、國强纔有尊嚴的感受，可以說比在座各位都要强烈。我想俄國皇太子要來武漢看鐵廠槍砲廠，參觀是個幌子，他的真實目的是來查看。一看我們是不是真的有這樣的廠子，是否謠傳。洋人瞧不起中國，他心裏對我們有没有能力辦鋼鐵和兵工是持懷疑態度的。二看廠子的規模到底如何，够不够對他們形成威脅。我對洋人很清楚，他們歷來是欺弱怕强，重實力不講情義。廠子現在已在建，我們不怕他看，問題是要把規模弄大，並要實際出産品，這纔能鎮服他們。所以我們一定要遵照張大人的旨意，不管有多大的困難，也要搶在俄國皇太子來之前，把規模建起來，把産品生産出來。這不衹是一個投産的事，這更是一個揚我國威長我志氣的壯舉！』

『說得好！』陳念礽的話剛一講完，張之洞便忍不住大聲喊了一句。總督大人的這一反常舉動，把大家都弄得驚訝了。其實，這纔是張之洞的本色。十多年前做清流時，他與他的朋友們便常常這樣使情任性，高聲喊叫，毫不掩飾地表示自己的態度，衹是後來出任封疆，他纔努力壓抑自己，力求做出一副矜持穩重的大員神態來。今天他見這位年輕人是如此理解他的心情，如此真心實意地與他配合，不禁喜從中來，情不能已。

當大家回過神來後，會堂裏立即響起了暴風驟雨般的掌聲。陳念礽激動萬分，臉上神采飛揚。他在坐下的時候，特意瞥了一眼蔡錫勇，却看見蔡督辦仍然是剛纔的面無表情，兩隻手硬硬地下垂，一個巴掌也未拍。陳念礽心裏陡然凉了一下。

散會之後，他便被蔡錫勇叫到一旁。蔡錫勇輕輕地却是語氣嚴厲地訓道：『你瞎起哄什麽？張大人是總督，自然要說些威風呀、志氣呀一類的話。後勤、財務那些人不學無術，他們邀寵固榮的手法，便是討好上司。至於辦不辦得成，他們根本就不會去想；他們不懂技術，真的辦不成與他們也毫無關係。你是受過嚴謹科學訓練的人，怎麽這樣無頭腦！從現在算起到俄皇太子來漢，衹有三個月時間。三個月建成投産，這不是燒得說昏話嗎？你是技術部門主辦，别人没有責任，你可是千斤重擔挑在身上，到時没有兑現，看你如何交代？千夫所指，不疾而亡！念礽呀念礽，你太不曉事了！』

蔡錫勇説完這番話後，氣呼呼地甩手走了。這邊陳念礽呆呆地站着半天回不過氣來！

鐵政局、鐵廠好比前方戰場，前方戰場的取勝不能缺少後方倉庫的支援，這後方倉庫的鎖鑰便握在巡撫譚繼洵、藩司王之春、臬司陳寶箴等人的手裏。

第二天，張之洞又在湖廣衙門議事廳裏，舉行隆重的大會，邀請的便是譚繼洵、王之春、陳寶箴，再加上鹽法道、糧道、兵備道、漢黄德道、漢陽知府、武昌知府等人。昨天的演講，他今天又重講了一遍，因爲聽衆都是頗有從政之道的高中級官員，張之洞的神情没有昨日的激動，議事廳裏的反響也遠不如昨日會堂裏的熱烈。張之洞演講的主要内容是兩個字：籌款。户部的銀子半個月二十天到不了，投産在即，一天也不能延誤，湖北省務必要緊縮各項開支，在十天内籌出一百萬銀子來，户部來銀後再歸還。除開王之春、陳寶箴表示努力想辦法、積極籌措外，與會者再没有第三人發言。衆道府大眼瞪小眼，大小眼睛又一齊望着巡撫大人。自從馬鞍山煤礦事件之後，七十歲的譚繼洵對洋務一事在原先的『冷淡』之上更增加一層恐懼感。他現在對洋務是避之惟恐不及，聽到兒子稱讚鐵廠時，他也會想到自己是不是老了，跟不上潮流了？他有時甚至還萌生致仕回籍的念頭，祇是因爲盧氏、王氏、魏氏三個小妾堅決反對，他纔不敢説解甲歸田一類的話。他近來身體不大好，神志懶散，對於張之洞的那一套一點興趣都没有，俄皇太子來漢也罷，鐵廠、槍砲廠竣工投産也罷，似乎都與他無關。至於銀子，他有一條規定，不能隨便拿出來給張之洞。洋人的那些黑機器，在他的眼裏就好比無底黑洞，任你多少銀子也都填不滿，而且一點回音都聽不到。來督署後得知總督的用意，他便抱定一個宗旨：不説硬話，不表硬態。

大家都不再説話了，場面頗爲尷尬。張之洞便勉强擠出一絲笑容來對譚繼洵説：『譚大人，你看有什麽法子可想，能凑出百把萬兩銀子來嗎？』

隔了好長一會，譚繼洵纔開口説：『湖北銀錢一向匱乏，這點張大人您是很清楚的。這十天半月，莫説籌集百萬兩銀子，就是二三十萬也很難呀！』

張之洞的臉刷地沉了下來，極不高興地説：『譚大人，你是湖北之主，鐵廠也好，槍砲廠也好，都設在湖北。早日竣工投産，不祇是我張某人一人的事，也是爲湖北爲您譚大人臉上貼金的事。您莫推辭了，無論如何要籌集百萬銀子出來，待户部銀子一到，即刻如數歸還。』

譚繼洵心裏冷笑道：户部的銀子還是天上飛的一隻鳥，你就把它當作桌上的一碗菜了！到時没有銀子下來，我湖北還不是白白地賠了一百萬？但望着張之洞那張峻厲的面孔，聽他帶刺的話，他知道這話決不能説，否則真要把這個任性的名士制臺惹得老羞成怒不可。他壓下心中的不快，使出他慣常的圓滑做派。

『大人的廠辦在湖北，的確是給湖北的臉面上貼了金子，譚某人理應支持，祇是一時要拿一百萬，這實在是强人所難。湖北的錢糧，都在爵堂方伯的手裏握着，他又是一腔熱血願盡力設法，此事大人你就交給爵堂方伯好了。祇要他拿得出，譚某人決不半點爲難，盡數借過大人便是了。不過，爵堂方伯也要替湖北負責，請鐵政局出示一張借條，此張借條便存入藩臺衙門吧！』

譚繼洵耍了個縮頭術，把挑子撂給了王之春。王之春當然也知道，湖北要在短期内籌集百萬銀子，是件根本做不到的事，但是他剛纔説得堅決，毫無保留地支持督署的決策，此時又怎能改口呢？王之春是個聰明人，他早已看出洋務在中國很快就會是一樁最時髦的事，中國祇有全盤學習洋人的技藝，纔會有出路。

從私人感情來説，他與張之洞也淵源極深。無論於公於私，他都要堅定不移地站在張之洞的一邊，即使籌不到百萬，也要硬着頭皮，竭盡全力去籌措四十五十萬的。當下王之春笑着説：『既然譚大人這樣相信我，我就盡力去辦吧！也希望各位道府予以支持。』

在座的各道府見譚繼洵發了話，王之春又接過了挑子，便一個個開口『好説好説』，但心裏都在想：我們的那點銀子金貴得很，怎麽能給你鐵廠去糟踏？肉骨頭打狗，有去無回的事，要做你王爵堂去做吧！

儘管鐵政局的督辦蔡錫勇對這一宏偉決策没有把握，但鐵廠和槍砲廠上上下下已經掀起了聲勢浩大的建設高潮，一座座廠房在日夜修建，一座座烟囱在天天加高，一架架機器在快速安裝，一船船煤鐵在不斷地運來，兩個緊挨的工廠工地上，一派熱火朝天、人聲鼎沸的景象。

儘管湖北省的最高長官譚繼洵以及大部分道府態度消極，但王之春、陳寶箴支持有力。王之春掌管銀錢藩庫，陳寶箴控制江湖黑道，生財都有路子，半個月便籌集到五十五萬銀子，保证了施工不致中斷。然而，户部却一點響動都没有。

原來，户部的態度正如譚繼洵預料的：根本不把張之洞的設想當一回事。户部現在是翁同龢的一統天下，滿尚書熙敬不過掛個虛名而已。撇開翁同龢對張之洞的成見不説，户部多年來便是在捉襟見肘的狼狽處境中過日子，國庫收入年年減少，除救荒賑災等常務外，鐵路、電綫、購買洋槍洋砲這些新的開支年年增加。慈禧雖然住進頤和園三四年了，但園工並未停止一天，浩繁的開支常使書生氣頗濃的狀元公心疼。他翁同龢即便有點鐵成金之術，也應付不了每天雪片似飛來的索銀奏報和四面八方的巨大開銷！

看到由外奏事處轉來上面批有『户部閲』硃批的湖廣奏摺，翁同龢衹是淡淡一笑，對着身邊的司官説，一個俄國皇太子來順便看一看鐵廠，就值得這樣小題大做興師動衆嗎？張香濤做了十多年的督撫了，還不改當年好出風頭的舊習，真是拿他没法子！説完，將它存入櫃子中，再没有下文了。

一個月了，還不見户部的批文下來，張之洞急得不得了，發四百里快函給楊鋭，叫他打聽下户部的消息。楊鋭通過在户部做員外郎的一個朋友得知：奏摺在户部給淹了。接到楊鋭的回信後，張之洞氣得大駡：『翁同龢是個誤國的權臣！』

户部這條路給堵了，總還得再設法弄些銀子來呀。借！萬般無奈之下，衹有這一個辦法了。向誰去借呢？姐夫鹿傳霖那裏已借過一次，不好意思再開口了。

桑治平告訴他，當年他提拔的太原知府馬丕瑶已擢升廣西巡撫了，可以請馬幫幫忙。張之洞想想也是，但廣西是個窮省，比山西好不了多少，不能叫别人太爲難。便寫封信給馬丕瑶，請他斟情騰借十五萬。即使馬丕瑶答應借，缺口還很大。放眼海内各省，再没有哪個巡撫過去於自己有特别交情了。

王之春説：『官銀借不到，乾脆借私銀算了。』

張之洞説：『你是説到票號去借？總督衙門向票號去借錢，傳開去會成爲百姓的談資，不合適。』

『不向票號借，向私人借。』

『商人的銀子都在周轉中，叫他馬上拿出幾十萬來怕不可能。』

王之春笑道：『也不向那些商人去借，他們都胸無大志，鼠目寸光，即使一次拿得出，他也不會借給你，他怕你不還他。到時你是總督，他又不敢跟你打官司，與其將來喫虧，不如現在不借。』

張之洞搖了搖頭說：『爵堂，這我就弄不清楚了，不是票號又不是商人，還有什麽人家裏藏着幾十萬兩銀子等着你去借？』

王之春依舊笑笑地說：『有一個人，中西結合，亦官亦商，海內一大能人奇人。我想香帥如果向他去借，定然不會碰壁。』

『這人是誰？』張之洞一邊摸着鬍鬚一邊想着。『你是不是説的盛宣懷？』

『正是他。』王之春哈哈笑起來，『香帥不是説過，那年您從廣州來武昌，船過上海時，他專門從天津趕來，跟您談起湖北的煤鐵礦藏的事嗎？現在湖北煤鐵遇到困難，我看他不會袖手旁觀的，您不妨試試。』

『叫他借三十萬，他拿得出嗎？』

『我想他拿得出。』

『好吧，試試看吧。』張之洞説，『現在衹剩下這條路了。』

『還有一條路可走。』王之春頗有成竹地說，『官銀私銀之外，尚有洋銀可借。』

『啊，是的，你提醒了我。』張之洞的心情開朗起來。『馬丕瑶、盛宣懷那裏若借不到的話，我們就向香港滙豐銀行去借。衹是湖北的關税收入不如廣東，擔保的條件不硬。』

『我們握有一個很硬的條件呀！』

張之洞一喜：『你説的是什麽？』

『香帥，』王之春的雙眼裏閃着亮光，『我們可以拿今後煉出的鋼鐵來擔保哇！』

『爵堂，你真有辦法。』

張之洞拍了拍王之春的肩膀快樂地笑了起來，心想：這人心眼兒真是活絡得很，可惜，兩湖這樣能辦事的官員太少了！

没有多久，馬丕瑶回了親筆函：『十五萬借款單理應遵命照辦，衹是廣西實在貧困不堪，千方百計，纔衹湊出九萬兩，剩下六萬兩當再過兩個月籌措。敬希寬諒。』

張之洞知馬丕瑶是個實誠君子，便回函説有九萬已很感激了，廣西窮困，剩下的六萬不必費神了。

至於王之春推薦的借主，其爲人則遠比馬丕瑶要複雜得多。住在天津的盛宣懷，此時已升任天津海關道兼津海關監督和中國電報總局督辦，輪船招商局督辦，集中國最肥的官缺和最賺錢的洋務企業頭目於一身。他上得李鴻章的寵信，下靠包括鄭觀應在內一批人才的襄助，精明强幹，長袖善舞，把個亦官亦商的事業做得轟轟烈烈紅紅火火。若論個人資財而言，説他富甲天下並不過分。早在二十多年前他便看中了湖北的煤鐵，知道那都是能發大財的好東西。那年專程去上海拜訪赴任途中的張之洞，便是衝着那些黑金子的，若張之洞同意，讓他來辦更好，即使不同意也給張之洞備一個案。所以當後來張之洞謝絶了他的要求後，他並不後悔此行。這幾年來，他一直以極大的興趣關注着龜山脚下的那座鐵廠，不止一次地感嘆張之洞的見識和魄力不僅遠在一般平庸督撫之上，而且駸駸然直追李鴻章。張之洞比李鴻章年輕二十多歲，如此看來，執明日督撫牛耳，領將來政壇風騷的，豈不正是這顆冉冉而升的新星麽？盛宣懷多麽想和張之洞拉近關係，可張之洞不像李鴻章，清高而自負，難以靠攏。

去年鄭觀應陪同張謇從武漢回到上海後，又到天津去了一次，向盛宣懷談起了鐵廠的狀況。這位《盛世危言》的作者眼光比世人尖利高遠，如同他能從常人眼裏的盛世背後看出潛在的巨大危機一樣，

他也看出了表面風光的鐵廠背後存在的許多弊端：衙門做派，無人真正負責，人浮於事，鋪張浪費嚴重，技術工匠缺乏，管理渙散，整個鐵廠好比一隻蒙着虎皮而沒有血肉的假老虎。鄭觀應預料這個鐵廠很難辦得成功，今後不是負債纍纍，便是中途夭折，難有別的好出路。盛宣懷儘管沒有親自去看，但他相信鄭觀應的分析不錯。這正中了他的預見。盛宣懷辦了二十多年的洋務，也與許多外國企業家有深交，積自己的經驗和別人的研究，他清醒地認識到，洋務這個從洋人那裏傳過來的玩意兒，衹能按洋人那套辦法去做；若衹知從洋人那裏移來機器和技術，而不把洋人成功的管理措施移過來，所謂的洋務便徒有外殼而沒有內質，徒有皮毛而沒有靈魂。張之洞把鐵廠辦成今日這個樣子，恰恰是因爲他不懂這個道理而沿用官場一套的緣故。

當然，鐵廠尚未建成投産，存在的這些弊病目前還不至於形成大的障礙，也衹有鄭觀應這樣的人纔看得出。正在興頭上的張之洞可能根本發現不了，即使看出些，估計他也不會太重視。有一次他跟李鴻章略微說了說。李鴻章冷笑道，張香濤那人一貫大言欺世，他辦鐵廠，煉不煉得出鋼鐵是次要的，他圖的是虛名。

盛宣懷知道李、張二人成見甚深，李鴻章說的是挖苦話。鐵廠即便今後辦不成功，但張之洞本人的氣魄還是可嘉的。盛宣懷對張之洞在湖北辦的洋務局廠仍投入很大的關注。

現在這位號稱理財能手的湖廣總督因銀錢的困窘，來向他借錢了。通常人面對借錢的事都頭痛，盛宣懷對張之洞的借錢却是高興得很。這主要還不是因爲張之洞日後會取代李鴻章而預爲張本，而是因爲他看準漢陽鐵廠不管是成是敗，都會是一個巨大的存在。他樂意插手其間。

接到張之洞的借款信函，他的第一個反應是乾脆送他三十萬兩，不要還了。但轉念又想，是不是

太巴結了，李鴻章知道後又會怎樣看待自己呢？如此贈送好比捐款，自己不成了慈善家嗎？四海之內，盼望捐款的人千千萬萬，你今後如何應付？要不，不要張之洞的利息？想想也覺得不妥，無息貸款在國外是用來扶助貧窮，建鐵廠並不屬於此類。最後盛宣懷決定按票號利息的一半借三十萬銀子給湖北。這是屬於低息貸款的範疇，彼此之間既顯示友好又不至於傷自尊心。

張之洞接到盛宣懷的信後，果然大爲高興。

經過兩個多月的突擊搶建，兩個主要廠：煉生鐵廠與煉熟鐵廠都已初步建好，煉生鐵廠已安裝好購自比利時的高爐兩座，煉熟鐵廠也已裝好購自英國的攪煉爐一組四座。其他如機器廠、魚片鈎釘廠、造鐵貨廠、軋鋼軌廠已經基本建成，烟囱已高高地竪起八座，大冶的鐵礦石、馬鞍山的煤也在工廠空坪上堆起了六座小山。又配備大小斗車四十五輛，各種料車大平板車四十輛，還有載重吊車四輛。張之洞每隔八九天要親自來鐵廠視察一次，對工廠的進度很滿意。每次來他都要讚揚蔡錫勇一番，鼓勵他再接再厲。蔡錫勇雖有一肚皮不合時宜的話，面對着熱情似火的總督，衹得把它藏在肚裏不說出來。看看離預定日期衹有一個月了，蔡錫勇實在忍不住要說話了，因爲面臨的許多難題非得要總督本人纔能解決。

又一次視察完畢後，蔡錫勇將張之洞請到督辦辦公室裏，焦急地說：

『香帥，有幾件大事，非得請示您定奪不可。』

『什麼事，你說吧！』張之洞一邊摇扇子，一邊說。

『這都是刻不容緩的事情。』蔡錫勇拿手巾擦了擦額頭上的汗，說，『最大的是煉鋼廠的兩座高爐。因颱風的緣故，已停在香港半個月了，就是明天啓航，也要二十天的時間纔能到漢陽，這兩座高爐是

裝不好了。没有高爐，所有其他附屬機器都裝好，也不能稱之爲煉鋼廠；當然，也就更遑論煉鋼了。』

其實，煉鋼廠纔是整個鐵廠的真正核心。停在香港的兩座高爐，是利物浦機器廠專爲漢陽鐵廠設計建造的貝塞麥轉爐。爲造這兩個爐子，該廠花了一年的時間，得知俄皇太子將來漢陽的消息，鐵政局即刻發電報給駐英公使館，由駐英使館再電告利物浦必須在九月中旬運至武漢。工廠日夜加班，按期將這兩座高爐運上船，駛出了愛爾蘭海，預計兩個月後可抵達龜山，却不料受阻於颱風。

老天爺不合作，張之洞真是一點辦法都没有。他沈吟良久後説：『煉鋼廠的事先擱着，其他的事呢？』

『煉鐵用的是焦炭，不能直接燒煤。前天我們將馬鞍山煤煉出的焦炭進行化驗，結果證明不合格，馬鞍山的煤不能用。』

這可真是樁大事。辛辛苦苦開採出來的馬鞍山煤却不能用，而且直到這個時候纔發覺，張之洞惱火起來：『當初大家都説可以，爲何現在又用不得了？』

望着張之洞峻厲的目光，作爲一個技術上的最高決策人，蔡錫勇覺得自己有不可推卸的責任。他語氣沈重地説：『這事卑職有責任。當初化驗時用的煤是早些年英國礦師提的存煤，幾項大的指標勉强合格。這一年來大量的煤是從另外的煤井出的，外表看來没有區别，以爲可以用，没有提前再化驗，這是我的失職。』

這個問題可就大了。馬鞍山的煤不能用，今後怎麽辦呢，又用哪裏的煤呢？張之洞的心也立刻沈重起來。總結教訓，尋找出路是以後的事，當務之急是要應付俄太子。

『有補救的辦法嗎？』

『有。』蔡錫勇肯定地回答。『我已訪到上海碼頭上存有五千噸德國威斯伐利亞焦炭。這是世界上頂好的焦炭，開平煤礦的上等好煤都煉不出這樣的焦炭來。』

『那就趕快去將它全部買來！』張之洞斷然拍板。

『衹是價格貴了點。』蔡錫勇嘴裏有點囁嚅。

『怎麽個貴法？』

『一噸焦炭，要二十兩銀子，與買一噸生鐵的價一樣。』

張之洞喫了一驚，如此説來，我還開什麽鐵廠煉什麽鐵，不如拿銀子直接去買鐵好了，今後若長期用二十兩銀子一噸的德國焦炭來煉鐵，豈不是白白地將朝廷銀子化爲水，給天下人一個大笑話！這種事决不能長期做，但眼下救燃眉之急也衹得這樣了。『那就先買一千噸吧，對付過這一次，以後再説。』

燃料的事算是解决了，蔡錫勇略微鬆一口氣。

『還有一件事，煉生鐵廠的高爐昨天檢查時，發現有一座爐子的爐底風口至爐身中部有一道半寸寬的裂縫。這道裂縫若不堵死，則不能使用。』

『有辦法可以堵死嗎？』

『有是有，但我們這裏不行，一是没有這個技術，二是缺堵縫的材料。用電報與停泊在香港的利物浦廠運爐子的船聯繫，船上説他們有辦法，技師和材料都有，但至少要二十天後纔能到達，不知來不來得及。』

張之洞説：『這不要緊，若來得及更好，來不及我就用一個爐子。有一個爐子出鐵，我也是竣工

投産了。』

到底是總督，魄力宏闊，不像自己這樣拘泥，蔡錫勇放心了。

『香帥，這兩個月來卑職全副精力都用在鐵廠上，昨天陳念礽纔告訴我，槍砲廠無論如何不能投産。』

『爲什麼？』張之洞又是一驚。

『江南製造局不願賣機器給我們，説多餘的機器一個都没有。』

『這一定是李少荃在刁難！』張之洞憤憤地説。

槍砲廠本是訂的德國克虜伯廠的機器，但要明年春天纔能交貨，趕不上迎接俄皇太子，於是張之洞臨時決定就近去上海，從江南製造局裏轉買。江南製造局是李鴻章在同治四年署理兩江總督時，在上海創辦的一家機器廠，後來逐步發展成爲中國最大、設備最爲齊全的軍工廠，專造槍砲子彈，廠裏的所有設備都是從英、美、德等國家買來的。張之洞估計匀一點出來給湖北没問題。誰知他想得簡單了，機器是可以匀得出的，但他們不願意匀，因爲他們不希望看到今後有一個强大的對手出來，與他們競争，這正好比同市之賈一樣的心態。江南廠雖然一直與李鴻章關係密切，但這事他們並没有請示李鴻章，由督辦本人作的決定。張之洞因爲跟李鴻章不和，便懷疑他在作梗，其實錯怪了李鴻章。

『怎麽辦呢？』不管是誰在刁難，反正機器落空了，鐵政局的督辦很爲此事心焦。

張之洞一時也没辦法，説：『煉鋼廠的事，槍砲廠的事，這兩件事你就别操心了，我來處理。你現在趕緊買一千噸德國焦炭回來，再精選幾千噸好鐵礦，先在生鐵廠試煉兩次，衹要生鐵廠能流出鐵水來，就算大成績了。』

『您説得對，是得先試驗試驗，這是頂重要的。』

『還有，』張之洞想起了一件事，『你安排栗殿先他們去做一件事，把鐵廠和槍砲廠的環境好好佈置一下，路要拓寬鋪平，買一些花草樹木來栽上。幾個主要的工廠廠房都要用石灰粉刷好，尤其是你們督辦、主辦那座樓更要裝飾好。此外還要佈置好一間寬大的接待室，以供客人休息談話，這間房子要豪華氣派些。』

『好。』蔡錫勇説着，正要起身，張之洞又想起一件事，説：『給鐵廠槍砲廠的所有員工每人做一件新褂子，到那一天都穿上。』

『需要這樣嗎？』蔡錫勇神色遲疑。『這要花一筆額外開支的。』

『多花點錢不要緊，顯示我們湖北鐵政局的氣概是最重要的。』張之洞拍了拍蔡錫勇的肩膀，得意地笑起來。

六　在愛國之情的鼓動下，鐵廠槍砲廠以高昂的熱情造假

金秋十月，是中國大地的收穫季節，也是一年中最爲美好的時期。從南到北，到處一片菓熟香飄，天碧水澄，尤其是地處荆楚要塞的武漢三鎮，告别了爲期三四個月的難耐暑氣、滚滚熱流，人們如同從蒸籠熱鍋中掙脱出來似的，有一種喜獲新生的感覺。彷佛衹有這個時候，纔能有點心情來享受造化和歷史給這座名城的慷慨賜予。

武漢三鎮其實是有它的獨特魅力的，僅僅一條滔滔長江就給了它無限的蓬勃生機。在秋日碧淨如洗的天際下，江面顯得格外的寬闊壯觀。那是華夏之母博大豐厚的胸襟。江水東去，波光叠映，那流

的是她的香甜乳汁。你看那龜蛇二山隔江相望，猶如兩個護江之神，兢兢業業，恪盡職守，歷千秋萬代而不老。再看那禹王磯、黃鶴磯，更是兩座鎮江之寶，將河妖水怪壓在流沙之下，不讓它們興風作浪，保佑這一段河道良田受惠，舟旅無驚。

今天，三鎮江面上將要迎接來自歐洲的遠方貴賓。一大早，特使桑治平和總督衙門的代表梁敦彥率領着一批人馬，登上裝飾一新的購自英國的神女號艦艇，開出江漢關下游三十里處的白沙灣等候。

十時整，張之洞率領着湖北省撫藩臬三憲、各道府官員以及駐守湖北兩鎮的總兵副將等一批高級文武，蟒袍鮮明、翎頂輝煌地來到漢陽門碼頭。文武官員們個個形容整肅，如臨祭祀一般，一改往日聚會時高聲大語誇誇其談的混亂，偶爾的交談也祇是附着耳朵的竊竊私語。倒是張之洞神態自若，一副舉重若輕的大將風度。一切他都準備好了，該彌縫的也已彌縫了，正如技藝高超的伶人渴望在高規格場合中獻藝一樣，張之洞盼望的也正是在高規格人物的面前展示他的洋務政績。今日的中國是土不如洋。地方上的堂堂道府，不如一個傳教士；京師威風凜凜的軍機大臣，可以被西洋公使的一句脅迫之辭聽得兩腿發抖。毫無疑問，不久便要加冕的俄皇太子，正是眼下中國境內規格最高的洋人。鐵廠、槍砲廠讓此人來參觀，其影響程度甚至高過太后、皇上的駕臨。自認爲湖廣地窄不足以供其迴旋的張之洞，是多麽希望能藉這次朝野矚目中外關心的機會，大展一下他的雄圖遠略。他笑着和坐在一旁的辜鴻銘聊天：『湯生，你没有在俄國住過，俄國話是怎麽學來的？』

『我在愛丁堡大學讀書的時候，學校要求除英語外，還要修三門外國語，我就選修了拉丁語、希臘古語和俄語。有人説，你是中國人，漢語本身就是一種外語了，何必還要多修三門歐洲語。我説我喜歡語言，班上有幾個俄國同學用俄語交談，我聽起來挺有味的。』

第十三章　外賓訪鄂

這幾個月來，辜鴻銘爲了做好這次接待的翻譯事宜，除了閱讀大量有關俄羅斯的文獻及俄國皇室資料外，還特別注意加强口語的溫習，盡可能做到流暢準確，完美無憾。

『我們中國有很多方言，都不好懂，我做了五年粵督，還是聽不懂廣東話，外國也有方言嗎？假若這個皇太子説方言呢，你聽得懂嗎？』

辜鴻銘笑了起來，説：『這點外國跟我們中國也差不多。同一個國家，同一個民族，因地域不同，語音也會有區別，比如説美國南部的語言跟北部就有明顯的不同，但是不像我們國家方言之間的差距大。另外，他們也像我們中國一樣，有官場通語，有上流社會交際語言。就拿俄國來説吧，首都聖彼得堡的上流社會裏，便有一種他們習慣的言語聲調，你要進入上流社會圈，先得把那套言語聲調學好，不然你一開口，就露了馬脚。别人會譏笑你是土包子，瞧不起你。至於在俄國宫廷，則以講法語爲時髦。俄國皇室成員，法語都很好，這位俄國皇太子曾在巴黎求學五年，能説一口流利的正宗法語。』

張之洞感到奇怪：『他們爲什麽這樣擡高法語？』

『法語被公認爲是世界上最嚴謹的語言，它的一個詞一個字就衹能有一種解釋，没有歧義。所以世界上兩個國家訂合約，除他們各自的文字外，還要有一份法文本作爲共同的依據，萬一今後遇到分歧，則以法文本爲準。』

『噢。』張之洞點點頭説，『訂合約用這種文字很好，但若用這種語言寫詩，則會變得單調。詩無達詁，一個字一句詩，包含的内容越多越好，若一百個讀詩的人，能得出一百種不同的感受來，那這一首詩就是最好的詩了。』

第十三章　外資訪問

從外國的語言文字談到自己擅長的詩文，張之洞的興致大爲高漲，對着旁邊一群洗耳恭聽的高級官員，侃侃高談起來：『湯生，你讀過李商隱的無題詩嗎？那些詩真寫得好，濃艷綺麗，撲朔迷離。滄海月明珠有淚，藍田日暖玉生煙。湯生，你知道玉谿生這兩句詩要說的是什麽嗎？』

『不太清楚。』在這樣一種場合下，張之洞居然還有如此閒心吟起李商隱的情詩來，辜鴻銘既爲總督好整以暇的氣度所欽服，又深感詩文在其心中的分量之重。他心裏暗暗想：或許，舞文弄墨纔是這位大帥的本色。

『所以，後人有「詩家都說西崑好，可惜無人作鄭箋」的嘆息。過幾年我致仕回籍，不做別的事，專門來做玉谿生的箋釋。』

『大人做義山詩的箋釋，那將是詩壇上功德無量的事。卑職也最愛讀義山詩，到時我來給大人做助手。』王之春興致勃勃地插話，半是實話，半是討好。

張之洞聽了這話很高興，指着王之春對辜鴻銘說：『王藩臺的詩寫得不錯，你今後可拜他爲師學寫詩詞。』

當着衆人的面誇獎自己的詩才，王之春很爲總督給他面子而感激，忙說：『論詩，自然是香帥獨步天下，無人可及的。湯生要學詩，還是拜香帥爲師爲好。』

辜鴻銘說：『我早想學詩了，衹是沒有遇到好老師。藩臺稱香帥獨步天下，香帥稱藩臺詩寫得不錯，看來，二位大人都是詩壇射雕手。我今天當着衆位面，就拜二位大人爲老師學詩詞，你們可不要推辭。』

說罷，起身，先向張之洞作了一個揖，又向王之春鞠了一躬。張之洞和王之春都快樂地大笑起來。

第十三章　外賓訪鄂

因辜鴻銘這個舉動，原先拘束的氣氛一下子變得活躍起來，於是三三兩兩談詩談文談洋人。有一個見多識廣的巡撫衙門幕友便談起俄國皇室秘聞來，悄悄地告訴大家：百年前俄國有個女皇名叫葉卡捷琳娜，統治俄國三十多年，開疆拓土，功勞最大，她的面首成百上千，數都數不清，武則天跟她比起來，那是小巫見大巫。這些官員大都昧於外事，對海外一向孤陋寡聞。這俄國皇室的風流故事讓他們聽得津津有味，如同喫了西洋大餐似的一快朵頤，紛紛催促這個幕友再多講一些西洋宮廷艷史。正在這時，有人指着遠處江面說：『俄國皇太子來了！』漢陽門碼頭接官廳頓時安靜下來。

三艘軍艦從下游溯江而上，慢慢地越駛越近。人們看清楚了，在前面領航的是湖北的神女號，後面兩艘的船頭分別寫着保民、測海，那是南洋水師艦艇。前後兩艦的桅杆上高高飄颺着杏黃色的大清三角龍旗，中間保民號的桅杆上並列飄着兩面旗幟，除龍旗外，還有一面白藍紅三色旗，那是俄國的國旗。於是人們知道，俄皇太子是在這艘艦艇上。

長長的汽笛鳴叫聲中，神女號引導保民號、測海號緩緩地靠近漢陽門碼頭，張之洞站起身來，譚繼洵、王之春、陳寶箴也跟着起身。張之洞在前，其他三人在後，都邁着蹣跚的外八字步伐，踏過臨時鋪上紅地毯的跳板，走上保民號，辜鴻銘跟在張之洞的身旁。梁敦彥忙用英語對客人們說了幾句話，客人們立時起身，走出豪華氣派的特等艙。

張之洞這一舉動，是他的一時興起。原來的安排是：俄國皇太子在桑治平、梁敦彥的陪同下，由艦艇上下來，張之洞等人在碼頭上等候；當客人的腳一踏上碼頭時，主人立時迎上前去。不料，張之洞一時高興，竟然忘記了事先的約定，親自走上船來。

剛一登上保民號，張之洞便發現兩旁分別站着八個身着戎裝的高大洋人。他想到這很可能是俄國

皇太子的衛士，一時間他不知道如何與這些衛士打招呼，再看這些衛士，也都面面相覷，神色緊張，一個個木樁似的立着。顯然，他們也不知上來的是什麽人，該如何對待。

辜鴻銘見狀，忙向領頭的那位胸佩兩排勛章的人走去。他估計這是衛士長，用熟練的法語對此人說：『這是我們的最高統帥，你們應以迎接貴國元帥之禮對待。』

衛士長點頭，對着兩旁的衛士嘰哩咕嚕高聲說了幾句。衛士長的話音剛落，全體衛士立時雙脚緊靠，發出一聲乾脆利落又整齊響亮的皮靴相碰聲，然後十六隻右手同時舉到右臉太陽穴上。衛士長轉向張之洞，又嘰哩呱啦地說了幾句話。辜鴻銘小聲對張之洞説：『俄皇太子的衛士向大人行軍禮致敬，剛纔説話的是衛士長。他說皇太子殿下衛士長四品武官伊萬諾夫向最高統帥報告，一切準備完畢，請最高統帥檢閱。大人您可以揮動右手對他們微笑致意！』

張之洞正在爲局面的尷尬而犯難，不料辜鴻銘一句洋話便馬上解決了。他輕輕舉起右手，面帶微笑地揮動着，兩旁的俄國衛士筆立着紋絲不動，右手像被釘死在太陽穴上似的，目送張之洞一行緩緩走過。張之洞雖說做了七八年的制軍，多次檢閱過綠營兵士，但外國洋兵在他面前畢恭畢敬地舉手行禮，有生以來還是第一次。一種極大的自豪感滿足感油然而生，心裏不免對辜鴻銘湧出感激之情來：若不是他的臨機應變，何來這種榮耀！

此時，梁敦彥陪着客人已走了過來，雙方在相距一步距離的地方停下來。梁敦彥對身邊的一個洋人說了句英語，那洋人走出半步；張之洞估計此人是太子了，便也走出半步。梁敦彥介紹：『張大人，這人便是俄國皇太子尼古拉殿下。』

張之洞微笑着說：『歡迎皇太子殿下光臨，武漢三鎮蓬蓽生輝。』

說話的同時，將客人仔細看了一眼。這位俄國皇太子大約二十五六歲年紀，身材足比張之洞高出一個頭，淡金色鬈髮在陽光下閃閃發亮，皮膚白淨得比撲上粉的中國女人還要好看，高高的鼻梁上是一對灰亮的眼睛，合體的黑色西服中最爲顯眼的是領下那根紅底黑條領帶，渾身上下透露出一股逼人的高貴之氣。中國制軍心裏暗暗喝起彩來。張之洞親眼見過成年的同治皇帝，若拿同治帝與眼前的俄國皇太子相比的話，除開那一身價值數萬兩銀子的龍袍要比他的西服華貴外，論長相，論氣概，不知要輸到哪般田地去了。一刹那間，張之洞有一絲自卑的悲哀，但很快便過去了。

皇太子指着旁邊那個比他矮半個頭的人說了一句洋話，梁敦彥一愣，他聽不懂。梁敦彥祇懂英語，剛纔在船上彼此都是用英語交談，沒有障礙，現在見到張之洞，皇太子認爲這是正式的外交活動開始了，遂改用俄國宮廷所視爲高雅而正規的法語。見梁敦彥在一旁發呆，辜鴻銘輕輕地對張之洞說：『皇太子在介紹他的表弟。他表弟是希臘維德森公爵的兒子，名叫凡納。希臘公爵，相當於我國親王，您可叫他凡納世子。』

張之洞微笑着打招呼：『一路辛苦了，凡納世子，歡迎你！』

說話間也用心看了下這位希臘世子：年紀約爲十六七歲，一頭火紅色的頭髮，一對藍色的眼睛，一臉尚未脫盡的稚氣，笑容中略帶靦腆。

當辜鴻銘用流利的法語翻譯的時候，尼古拉太子和凡納世子都用一種驚訝的眼神看着他。他們倒不是驚訝辜鴻銘的法語嫻熟，而是驚訝眼前的這個怪人：乍一看是個中國人，瓜皮小帽，長袍馬褂；細看又不像，眼睛灰藍，眼窩深陷，鼻梁高聳，皮膚雪白。兩個洋兄弟口裏不說，心裏都在嘀咕：這到底是個中國人，還是個西方人，張總督的身邊怎麽會有一個這樣的怪人？

『張制臺，一向好嗎？』這時，從尼古拉太子後面突然走出一個人來，大大咧咧地對張之洞笑着打招呼。

張之洞看時，這人二十多歲年紀，五短身材，身穿一襲石青色單龍江水海牙親王服飾。他心裏一驚：這多半是滾單上所寫的肅親王，剛纔一時怎麼忘記了他，沒有先打招呼，真是不應該！

桑治平忙介紹說：『這位是代表朝廷陪同俄皇太子的肅親王。』

張之洞忙向肅親王行大禮：『下官失禮了，請王爺海諒。』

肅親王哈哈笑道：『貴客遠道而來，自然應該先見客人。我一向於禮儀疏略，不必介意。』

這位年輕的肅親王名叫善耆。光緒七年張之洞離開京師時，他纔十二三歲，是個終日不出王府門的讀書郎。張之洞不認識他，自是情理中事。肅王是滿人入關之時封的八大鐵帽子王之一，第一代肅王是太宗皇太極的長子豪格。傳到善耆這一代，已經是第八代了。善耆這個人官做得並不大，但在中國近現代史上還是一個頗有名氣的滿人，使他成名的是兩件事。一是二十年後，他在做民政部尚書時寬待謀殺攝政王的汪精衛，頗得革命黨的好感。二是他生了一個漢奸女兒川島芳子。此人以格格身份國色之姿而甘心認賊作父，充當日本間諜，幹盡了損害中華民族的壞事。據説抗戰勝利後，判川島芳子死刑，執刑者因她的絕頂美貌而心亂目眩，以至於忘記開槍。

此時的善耆雖貴爲親王，但在王室中並無地位。他似乎也無從政野心，熱中的是喫喝玩樂，尤其對皮黃戲感興趣。不僅喜歡聽，而且自己也能唱。他常邀一批名伶進王府唱戲，自己也粉墨登場，和伶人同臺演出，稱兄道弟，並不擺王爺架子。俄國來的是太子，理應皇阿哥陪同，但大內至今尚無一個皇阿哥，祇得從王府中遴選，二十六歲的善耆既是親王又愛玩又無實際職守，自是最佳人選。

張之洞見過善耆後又將譚繼洵、王之春、陳寶箴介紹給客人，三人分別和客人打過招呼後又都拜見善耆，主客之間寒暄幾句後，張之洞便陪他們下船。在精心收拾好的驛館裏休息用過餐後，便按預定計劃參觀鐵廠和槍砲廠。

午後，神女號載着俄皇太子、希臘世子和肅王等人，由張之洞率領的湖北高級文武陪同，浩浩蕩蕩地橫渡長江，向着江北漢陽的龜山脚下駛去。剛剛靠近碼頭邊，一陣陣震耳欲聾的鞭砲聲，便從龜山脚下接連不斷地響起。隨即，一股股青灰色的硝烟向四面八方擴散，很快，直衝山頂，草叢樹木之間便彌漫着霧似的煙氣。俄太子和希臘世子還是第一次看到如此壯觀的燃放鞭砲的場面，他們彷彿親臨砲聲隆隆的戰場似的，湧出一股强烈的新鮮感和刺激感。鞭砲聲剛過，鑼聲、鼓聲、鐃鈸聲又接着響了起來，冬冬聲、哐鏘聲有節奏地交錯着，彼伏此起，熱鬧歡快。俄皇太子望着這些頃刻之間便能把喜慶氣氛造得這等濃烈的中國樂器，極感興趣。就在這一片鬧騰中，張之洞陪着貴客們走下神女號，來到歡迎的人群面前。鐵政局督辦蔡錫勇走上前來，用流暢的英語致歡迎詞，隨後按照西方的禮節，兩名可愛的小女孩向俄皇太子和希臘世子獻上鮮花。兩位洋王子十分高興，手捧鮮花向衆人揮舞。通往廠部的臨時用黄沙鋪平的大道旁，站立着二百名手持洋槍的大清士兵，他們正是張彪統率的督署親兵營。看着二百杆在陽光下閃着幽幽藍光的新式步槍，俄皇太子剛纔的滿臉笑容頓時失去，不由自主地整了整領帶，小心翼翼地一步步邁着，直到走出兵戎隊後，纔覺得一顆心平静下來，又恢復先前的笑臉。

『尼古拉殿下，我們已經到了鐵廠的廠部。』張之洞不無自得地指了指前方。

當聽完辜鴻銘的法語翻譯後，俄皇太子開始掃射這一片他還在聖彼得堡皇宮裏便得知的聞名世界

的漢陽鐵廠。啊，真是個聞名不如親見；從小起便以貧困落後孱弱受欺的形象留在他腦海里的古老中國，竟然會有這等氣勢雄偉的鋼鐵廠！

此時，十幾個巨大烟囱的頂部正黑煙衝天，一座座小山似的礦石邊，各種斗車正在忙忙碌碌地裝貨奔跑，大大小小高高低低的廠房裏不時傳來機器轟鳴聲。廠區內，一條條平整的馬路縱橫交錯，來來往往的員工人人身着統一的工裝，並不在乎外國的皇儲在身邊走過，不露聲色地做着自己的事情。尼古拉太子四處掃射了一下，估計鐵廠的佔地面積不會小於二百公頃。他也曾在本國及歐洲其他國家看過不少工廠，從鐵廠的規模來說，在俄國可算是大工廠，在英法德等國中，也排得上中等偏大的位置。一邊走着，督辦蔡錫勇一邊給俄太子介紹：這是鈎釘廠，這是軋鋼廠，這是化驗室，這是抽水房，這是鋼軌廠，這是修理房，這是繪圖房，這是機器房。俄太子不停地點頭，開始還能記得幾個，到了後來，各種廠呀房呀在他腦子裏打混，最後連一個名詞也没記下。至於希臘世子，他跟着表兄來中國，衹是想看看風景，喫喫中國飯菜，對廠房機器，他一點興趣都没有，一路上東張西望，根本就没有聽蔡錫勇在説些什麽。蔡錫勇帶着客人和主人一大幫子人馬，從這個廠房裏進，從那一個廠房裏出，但見座座廠房都在緊張地工作，機器隆隆，馬達聲聲，一派生産繁忙的模樣。蔡錫勇興致勃勃地一一介紹，張之洞是滿腔熱情地要向客人展示自己的政績，他們並不覺得太累，首先疲勞不堪的是譚繼洵。走了一半便發覺今天來鐵廠十分失策，幾次想不走了，找個地方歇歇，但他又是個拘於禮儀的人，這種場合下，那種舉動他又做不出，於是衹好咬緊牙關，拖着兩隻如同灌了鉛塊的老腿，勉强跟着隊伍。再一個深覺勞累的是肅親王善耆。從小養尊處優長大的善者，出生以來没有走過這麽多的路，更何况他的興趣衹在演戲聽曲的玩樂上，做日常正經事，一點勁都提不起。這個機器那個廠房在

他眼中，枯燥乏味至極，若按他的性子，早就要躺倒不走了，但作爲朝廷的代表，他到底不好意思如此失禮，也衹得硬着頭皮挺着。

穿過十幾間廠房車間後，來到了最主要的工廠——煉生鐵廠了。一走進廠房，兩個丈把高的煉鐵爐便矗立在衆人眼前，好像兩座烏黑的鐵塔，又好像兩個大肚子黑金剛，頓時把客人和主人都吸引住了。一個年輕人走過來，問蔡錫勇身邊的陳念礽：『可以出了嗎？』

『出。』陳念礽點了點頭。

那年輕人走過去，對着圍在兩個鐵爐旁邊的工人們一揮手，衹聽見『哐啷』一聲，兩個鐵爐的肚子突然開了，露出兩個臉盆大的圓孔來。就在同時，兩股沸騰鐵水從鐵爐的肚子裏衝出來，直向爐子底座旁邊的兩個大鐵桶裏傾瀉。濺起無數火花，猶如點燃了衝天花砲，又像夏夜的繁星墜落人間。這兩股鐵水火紅火紅的，就像火焰山逃出的兩條赤龍，又如同老君八卦爐裏流出的兩道丹液，帶着巨大的熱量、灼人的光焰，直向周圍的人群衝來，七八尺遠外的參觀者都受不了它們的强大迫力，情不自禁地向後倒退。

俄皇太子爲這兩條源源不斷的熔化鐵水鼓起掌來。本已疲憊不堪的譚繼洵和善耆見到奔流的鐵水後，也因高興而振作起來了。張之洞見兩個鐵爐首次展現在外人面前，便能有這種壯麗非凡的表演，心中十分得意。他自豪地告訴客人：『高爐一天一夜可出鐵水八次，日産生鐵五十噸，現在還在試産階段，再過段時期，日産量可達一百噸。』

『好，好！』俄皇太子頻頻點頭。『了不起，了不起！這樣的煉鐵廠有幾座？』

蔡錫勇説：『煉生鐵廠目前衹有一座，設計有三座。每一座兩個高爐，第二座明年開工。第三座

後年開工，全部建成後，日産生鐵五百噸。還有一個煉熟鐵廠，設計安裝攪煉爐二十座，分爲五組，已安裝好的一組，今天也在煉鐵，我們過去看看。』

『煉鋼廠呢？』希臘世子突然插了一句話。在冶金領域裏，這位十七歲的世子要比他的表兄知識多些。他知道，生鐵、熟鐵與鋼是不同的，鐵廠的關鍵在於煉鋼廠。

真是哪壺不開提哪壺。對於這次參觀，鐵廠的心腹憂慮就在於煉鋼廠。鐵廠裏真正見成果，讓人看了喜悦的就是生鐵、熟鐵、煉鋼三個廠，因爲它們都是滚滚紅流，可以造成一股奪目的氣勢。本來，鐵廠因另一個爐子出現裂縫，祇有一個爐子可出鐵水，幸而從英國來的工匠在五天前趕到，將裂縫補上，於是有了今天的兩個爐子出鐵。熟鐵廠有一組攪煉爐可以工作，勉强能對付過去，但煉鋼廠是無論如何都不能投産，怎麽辦呢？萬一客人提出來要看，如何回答？若説煉鋼爐尚未裝好，作爲一個以煉鋼爲主要目標的鐵廠，這不等於説鐵廠尚未建成嗎？不以實相告，又如何糊弄過去呢？

在鐵廠這個有着三千員工的特大號工廠裏，如果説有本事能煉出鋼的人没有幾個的話，那麽，玩花招變戲法弄虚作假的人却多得很，並没有費多大的力氣，辦法就出來了。

蔡錫勇指着相距三十多丈遠的一個廠房説：『鋼廠就在那兒，我們去看看吧！』

王之春不知内情，心想：不是説從英國買來的煉鋼爐還没有安裝嗎，帶客人去看什麽呢？

蔡錫勇帶路，善耆和張之洞等人簇擁着尼古拉太子和凡納世子來到鋼廠。一進廠房，衆人都覺得奇熱無比。原來，環繞着一個高大的顯得有點灰蒙蒙的煉鋼爐旁邊砌着十幾個洋磚爐子，每個爐子裏都燃燒着熊熊的焦炭火，爐口邊的焦炭都已燒得紅艷欲滴。那情景，仿佛當年后羿射下的紅日全都落到這些爐子裏來了似的。頃刻間，所有的人都汗如雨下，燠燥難耐。善耆是個虚胖子，此時裏衣全部汗濕透了，心裏在咒駡：這是個什麽鬼地方，就像下了油鍋似的！譚繼洵已熱得口焦唇燥兩眼昏花，真恨不得立時走出這個煉獄。尼古拉和凡納也有點納悶：爲何此處要擺這麽多火爐子，它們作什麽用？思忖間，兩人身上早已大汗淋漓了。他們都穿着緊身的襯衣，繫着緊緊的領帶，外面的黑呢西服也都扣得整整齊齊。儘管熱得渾身極爲難受，但身份和教養都不允許他們有絲毫解衣搧風狀，心裏却巴望早點結束這個活受罪。

蔡錫勇微笑着對大家説：『很抱歉，這一爐鋼還要半個小時後纔能出爐，請諸位稍稍等候。』

善耆、譚繼洵等人聽了這話，心裏叫苦不迭，參觀的人群中已有好幾個人忍不住這酷熱，走出廠房門。辜鴻銘把這句話翻譯給俄皇太子聽，太子的眉頭皺了起來，看了看他的表弟，那神態更爲不安。他擡頭看了看火門，然後輕聲對辜鴻銘説：『這裏太熱，就不要等它出爐了吧！』

辜鴻銘一樣地熱得難耐，便藉此機會説：『那我們就出去吧！』

希臘世子巴不得這句話，忙説：『不看了，到外面去透透風。』

辜鴻銘走到張之洞的身邊，轉達兩位客人的意見。張之洞立刻滿臉笑容，高聲説：『應客人要求，我們現在出去透透風，半個小時後再來看鋼水出爐。』

衆人如同領得大赦令，從死亡綫上獲得新生似的，紛紛走出鋼廠。一股秋風從漢水上刮過，穿過龜山的花木草叢，來到鐵廠，輕輕地撫摸着這群中外參觀者。大家仿佛有生以來第一次享受這樣的快樂，第一次覺得涼風的可愛。

蔡錫勇趁熱打鐵，對兩位貴客説：『槍砲廠就在鐵廠的旁邊，我們去看看吧！』

從心裏來説，尼古拉、凡納不想再去看槍砲廠了，此刻他們最大的希望是洗澡換掉濕衣服，躺下

休息休息。但這一內容是早就由他們自己提出的，又不好意思拒絕，便祇得遵照安排，穿過鐵廠的右側門來到槍砲廠。

槍砲廠的占地面積雖祇有鐵廠的一半，但仍然是一個很大的工廠。這裏也有五六個高大的烟囱和十來個廠房，蔡錫勇依舊精神抖擻地一一向客人介紹：零件廠、子彈廠、運輸處、修理部……但包括兩位客人在內，所有的參觀者都已沒有剛纔的興致了。

當蔡錫勇提出一一看時，尼古拉太子說：『祇看看組裝成槍的那個廠吧！』

蔡錫勇說：『好，那我們去看看裝配廠。』

衆人於是徑直來到槍砲廠裏的最大廠房。一進廠房，便看到一排排嶄新的步槍擺在工作檯上。蔡督辦指着槍支介紹，這些槍都是我們廠造的：這是倣造的英國毛瑟槍，這是倣造的德國克虜伯槍，這是倣造的英國波利槍。太子和世子既不是帶兵的將領，又不是做槍砲買賣的軍火商人，根本就不懂這個槍、那個槍的，祇得胡亂點頭叫好。陳念礽在一旁用英語補充：『鐵廠大門兩旁衛士手中的槍，也全都是我們這個槍砲廠自己造的。』

尼古拉太子的眼睛睁得亮亮的，剛進門時那種肅殺的氣氛給他留下了很深的印象，憑直感，他覺得那些槍的殺傷力不小。他擡起頭來將車間前後左右看了一眼，車間裏擺了幾十座工作檯，每座工作檯上都擺滿各種槍上的零部件。穿着一色工裝的工人都在忙碌着，熟練地裝配槍支，『咔嚓、咔嚓』的清脆響聲從各個角落裏傳來，把一個裝配車間弄得像演兵場樣的殺氣騰騰，隨時都會有刀出鞘、彈出膛的廝殺局面出現。

尼古拉太子心裏想：用不着再看了，這裏正在生產做歐美各國的最新槍支，估計僅這個車間一天

裝配一千支槍不成問題，若照此推算，年產量將有三十萬支以上，三年下來便足可以裝備一個國家的軍隊了。如此一想，年輕的俄國儲君不禁生出幾分敬畏之心來。

其實，這個洋太子完全被中國人給蒙了。

槍砲廠雖然建成了廠房、烟囱，安裝了不少機器，還有近一千號員工和十來個洋匠，但正經製造槍砲子彈的機器，從英、美定購的還沒有運來，向江南製造局買又沒有買到，這些槍支子彈怎麽能生產得出來？儘管若干年後漢陽槍砲廠紅得發紫，曾經在一段相當長的時間裏成爲中國第一號兵工廠，它所製造出的數以百萬計的漢陽造，二十年後成爲反清革命志士手中的精良武器，四十年後又爲抗日戰爭立下汗馬功勞，然而，在當時，它確實還祇是有其名無其實。

今天展現在洋太子面前的這一切，全是湖北綠營的表演，這幕戲由已升爲參將銜親兵營頭目張彪一手導演。他將親兵營二百五十名兵士全部派到槍砲廠。其中二百名士兵荷槍列隊迎接客人後，便分散在廠部各處巡邏站崗，一方面防備意外，確保安全，一方面也製造出一種凛然不可侵犯的氣氛，給俄皇太子一點精神上的壓力。另外一百五十名便全派到裝配車間。在駐防武漢三鎮的綠營處，張彪收集了二千杆新式步槍，一大半擺在廠門進口處做樣子，一小半被換上工裝的士兵拆開散在工作檯，然後在客人來的時候，再一支支地裝上。這些士兵爲此訓練了半個月，明知這是在弄虛作假，但在一種『滅敵人威風，長自己志氣』的宣傳鼓動下，一個個心中充滿着愛國的激情，仿佛大家所做的正是一樁捍衛國家尊嚴、打擊洋人囂張氣焰的莊嚴神聖的大事，與平日的虛假蒙騙有本質上的不同。

從槍砲廠出來後，尼古拉太子懷着很大的敬意，一本正經地對張之洞說：『總督先生，您所創辦的鋼鐵廠是亞洲的第一大鋼鐵企業，整個亞洲，再也找不出第二個這樣的工廠了，就是我們俄羅斯，

甚至包括歐洲大陸，也很少有幾個在規模上能與此處相比的鋼鐵廠。一年多的時間裏能造成這樣大的鋼鐵廠，您毫無疑問創造了東方的奇跡。您是當之無愧的中國英雄，我佩服您，我要向世界宣揚您的成就。您的槍砲廠也很了不起，一年造出的武器可以裝備一個集團軍，三五年後貴國所有的軍人手裏拿的都將是您造出來的槍砲，您對中國的貢獻太大了！』

辜鴻銘把這些話一字不漏地翻譯出來。張之洞聽後無比興奮激動，一種揚眉吐氣、宏圖已繪的豪情勃然興起，嘴裏却有節制地說道：『太子殿下誇獎了，無論鐵廠，還是槍砲廠，都還在剛剛起步的階段。太子殿下下次再來的時候，我們的事業將會更宏大，更興旺。』

第二天上午，由肅王善耆和藩司王之春及協理總文案梁敦彥等人陪同，客人遊覽了武漢三鎮的名勝風景。下午四時，以湖廣總督衙門名義所舉辦的盛大宴會在晴川閣舉行。

離鐵廠大約五里處的龜山東端，巨石突兀嶙峋，直劈長江波浪，這便是禹功磯。它上面的禹王祠、禹柏、岣嶁碑等，都是武漢三鎮有名的前人遺跡，尤其令人留連的是，此處佔盡山川之勝。風和日麗之時，登禹功磯，眺望對岸高聳的黃鶴樓、雄踞的黃鶴磯，眼中長江之水滔滔東去，一瀉千里，隨風起伏的波濤上白帆片片，江鷗點點，真令人心曠神怡，豪情滿懷。遠在明代，范仲淹的十一代孫范子箴出任漢陽太守時，便在禹功磯上建了一座二層樓房，四面皆空，設茶坊酒店於上層，刻唐賢宋人詩詞於楹柱，以利客人坐在桌上便可感受獵獵江風，極目楚天形勝。范太守極喜崔灝《登黃鶴樓》中的『晴川歷歷漢陽樹，芳草萋萋鸚鵡洲』句中的『晴川』二字，將此樓命名爲晴川閣。得知俄皇太子要來武漢後，晴川閣便定爲設宴之地，予以重新修繕。

此時，武漢三鎮罕見的盛宴已經擺開。首席上一張大圓桌，第一號客位坐的便是兩年後登上沙皇寶座的尼古拉太子，左手邊坐的是肅親王善耆。肅王既是接待尼古拉的主人，又是光臨武漢的貴賓。挨着善耆坐的是譚繼洵，以下王之春、陳寶箴、桑治平。第二號客位坐的是希臘世子凡納，凡納之下依次坐的是梁敦彥、蔡錫勇。與尼古拉對面相坐的是今日宴席的主人湖廣總督張之洞。爲便於翻譯，辜鴻銘坐在太子和世子之間。團團圓圓的席上，可謂客人尊貴，主人高雅，滿桌陪伴者盡皆三楚精英，華夏俊才。

今天上席的全是地道的鄂菜。這鄂菜雖不列中國的八大菜系，算不上名菜，却也自有它的味道。突出的特色是味重色香，講究的是火候工夫，尤以煨湯名聞海內。湖北的煨湯用的是不上釉彩的黑土瓦罐，將要煨的新鮮食物洗淨，連冷水一道裝進瓦罐，水平罐口。先用猛火煮三滾，這時瓦罐的水溢出三成。再上各種調料平罐口，將罐口蓋好用石頭壓緊，然後再用温火慢慢熬，一直熬到湯衹有三成爲止。此時，打開罐口，濃香撲鼻，倒出的湯鮮美可口，喝下肚去，渾身舒泰，留在嘴裏的餘香，三日不散。而且這種湯什麼都可以煨，貴到山珍海味，賤到蘿蔔紅薯，一樣地都可以煨出超過原味三分的湯來。

今天，主人爲客人精心選擇了四個煨湯：長江喜頭魚（即鯽魚。鯽與吉諧音，吉字乃喜字之頭，故稱喜頭魚），漢水甲魚，洪湖蓮藕，鄖陽木耳猴頭菌。尼古拉貴爲俄皇太子，自小喫的是西餐大菜，奶酪面包。莫斯科凍牛肉，巴黎燒蝸牛，倫敦烤乳猪，羅馬大羊排，一直被他認爲是世界上最好喫的名菜。今日喝了武漢的這四道煨湯，一口口香鮮美味直沁心脾，把他心中的四道名菜統統壓了下去，嘴裏不斷吐出他今天上午剛學會的中國話：『好，好！』惹得衆人一齊開懷大笑。

凡納世子也將這些中國菜喫得津津有味。

辜鴻銘拿起桌上的酒壺，給兩位貴客斟上，然後對尼古拉說：『酒怎麽樣？好喝嗎？』

『好喝，好喝極了！』與所有的俄國男人一樣，尼古拉太子也十分愛喝酒，今天的酒和煨湯都令他覺得異常新鮮有味。

『比貴國的伏特加如何？』

『比伏特加要香醇，進口時的感覺也比伏特加要好。』尼古拉以行家的口吻答。

『俄國的伏特加不好喝。』希臘世子直爽地插話。『伏特加除酒性烈外，没有别的味道。』

他朝着太子說：『我懷疑你們的伏特加就是白水兑酒精。』

尼古拉並不以凡納貶低伏特加爲意，笑着說：『比起中國的酒來，伏特加是要差些，我這一路上喝的中國酒都比伏特加好。不過，我們俄國人喜歡喝伏特加，就是看中它的酒性烈，一瓶伏特加喝下肚，勇氣一下子就來了，什麽事都敢做，死都不怕。』

辜鴻銘笑着說：『這就是酒的作用，我們中國自古就有烈酒壯起英雄膽的説法。』

尼古拉指着酒壺問：『這酒叫什麽名字？』

『東坡萬壽春。』辜鴻銘答。『東坡就是中國古代的大詩人蘇東坡，他曾被貶在湖北黃州。他喜歡喝酒，也精通釀酒的技術，他把他的釀酒術傳給黃州百姓，世世代代黃州百姓都釀這種酒，爲紀念他，取名爲東坡萬壽春。』

尼古拉點點頭。他不懂中國文學史，也不知道蘇東坡是誰。

這時，一個妝扮俏麗的年輕女藝人，抱着一把琵琶走了上來。這是宴席上安排的一個内容，既請俄皇太子欣賞中國的藝術，也爲酒宴助興。女藝人是湖北漢劇的名伶。湖北漢劇雖不是一個很大的劇種，却是與眼下走紅京師的皮黃戲有着血緣聯繫。它是皮黃戲的源頭之一，腔調優美，很受江漢一帶百姓的喜歡。

女藝人向客人優雅地行了一個禮，然後坐下，輕輕地撥弄絲弦。清脆的過門調奏響後，晴川閣裏的所有雜言細語都停了下來。兩位歐洲貴賓還是第一次聽這種樂聲，覺得十分美妙動聽。女藝人開口唱了起來。歌喉甜潤柔美，歌曲婉轉多變，兩位客人都爲之深深吸引，衹可惜，他們聽不懂唱的是什麽。女藝人退場後，尼古拉請辜鴻銘翻譯出來。

辜鴻銘說：『她唱的是用漢劇腔調譜的一首很有名的詩。詩的作者是一位神童，他在十三歲的時候寫出一篇很受人喜歡的文章。這首詩寫在這篇文章結尾處，這位神童在中國家喻户曉，他的名字叫王勃。』

『王勃。』尼古拉用生硬的腔調模仿辜鴻銘的話。

從這兩個字裏，張之洞聽出剛纔辜鴻銘是在給客人講叙王勃的事，他笑着說：『王勃的《滕王閣序》是靠一位神仙的幫助纔得以問世的。滕王閣開宴席的前一天，王勃還在距南昌府七百里的江面上，根本無法趕到。夜裏馬當神吹來一股風，將他的船一夜之間送到南昌府。第二天上午，他如期到滕王閣，於是有了這篇美文和這首好詩。』

辜鴻銘忙把總督的這段話翻譯給尼古拉聽。尼古拉睁大着眼睛問：『真有這樣的事嗎？總督先生説的神仙真的有嗎？』

聽了辜鴻銘的翻譯，大家都哈哈笑起來。

善耆插話：『這個人太聰明，可惜，壽命不長。二十七歲那年坐船不小心，落水死了。』

辜鴻銘又把善耆的話翻譯給俄皇太子。

皇太子感慨地說：『我們俄國也有這樣一個詩歌寫得好的神童，他活得也不長，衹有三十多歲。他不是落水而死的，他是因爲夫人愛上了別人，他跟那人決鬥，被那人用子彈射死的。他的名字叫普希金。』

這回輪到在座的中國官員睁大了眼睛，一個個在心裏嘀咕：這是怎麽回事？自己的老婆偷了野漢子，反而還要跟野漢子決鬥，被他打死？這俄國怎麽就是這樣的怪風俗！這位神童普希金真是冤裏冤枉丢掉了一條命。把野漢子扭送官府法辦呀！或乾脆，休了她再娶一個呀！在咱們中國，這是再簡單不過的事了，决不會要把自己的命搭上。夷狄真是夷狄，一點禮儀都没有！善耆、張之洞、譚繼洵等人都在心裏冷笑着。

『他在十四歲的時候寫出一首轟動俄國上層社會的名詩。』尼古拉太子懷着對俄羅斯詩歌的太陽無限崇敬的心情，情不自禁地用俄語背誦起《皇村懷古》中名句來：

瀑布好似明珠串成的小河，
從亂石堆成的山包上瀉落，
水中的仙女在平静的湖面濺起緩緩蕩漾開來的水波。
一座座宏偉的宫殿安静肅穆，
一個個圓形的拱頂直聳雲霄。
地上神仙在此把逍遥歲月度過，
這裏是俄國雅典娜的神廟。

座上的中國人，包括精通英文的梁敦彦也聽不懂俄皇太子嘴裏念的是什麽，但從他專注虔誠的神態中可看出普希金及其詩歌在他心目中的地位。待辜鴻銘將它用中文翻譯出來之後，張之洞、王之春這兩位中國官場中的大詩人都很失望：這哪是詩，衹不過一段有韵脚的話而已！

『太子殿下。』辜鴻銘用法語對尼古拉説，『這首詩是普希金的少年之作，此時的他尚不太懂世事，故而對葉卡捷林娜女皇倍加崇敬，讚揚她爲俄國的雅典娜。據我所知，成年以後的普希金，對葉卡捷林娜的豐功偉績却不以爲然，十年後，他再寫皇村的時候就衹寫風景，不談歷史了。』

俄皇太子没有想到，這位翻譯竟然對普希金有如此多的瞭解。他以三分驚奇七分挑戰的神態對辜鴻銘説：『看來，辜先生對普希金很有研究，不知你剛纔説的十年後的皇村詩能記得一兩句嗎？』

『我可以全部背誦給你聽。』辜鴻銘得意地笑了笑，然後用純正的俄語背道：

美好的盛情與往日的歡樂的守護者啊，
哦，你啊，
槲樹林的歌者早就熟悉的保護神，
記憶啊，
請你在我的面前描繪出那些我用心靈生活的迷人的地方，
還有那些我曾經熱愛過，我的感情在那兒發展成長的樹林，
在那兒，我們童年和最初的青春融合在一起，
在那兒，由於受到大自然和幻想的撫養，
我認識了詩歌、歡樂與寧静……

『辜先生，請不要背下去了。你的俄語和你的記憶力都令我驚訝不已，佩服不已。你對普希金詩歌的熱愛，更讓我感激。普希金是我們俄羅斯的驕傲，我没有料到在中國，能遇到一個普希金的熱愛者。你愛普希金，就是愛我們俄羅斯，我太謝謝您了。』

俄皇太子激動起來，話説得懇切而真摯，他的態度也讓辜鴻銘激動：一個懂得珍惜自己文化的民族，纔是真正强大的民族！

太子用俄語説完這番話後，又伸出大拇指，用中國話説：『好，辜，好！』

張之洞等人從俄太子的神情和這三個中國字裏已聽出辜鴻銘和客人談得十分融洽，並且贏得了客人的讚揚，這正是宴會所需要的氣氛。於是，他乘機舉起酒盃來，對客人説：『爲了中國和貴國的友好，請太子殿下乾了這一盃。』

『好！』聽了辜鴻銘的翻譯，尼古拉一口把盃中的酒喝乾。

『喫菜，喫菜！』善耆拿起匙子給太子和世子各舀了一勺湯。

凡納悄悄地用希臘語對尼古拉説：『辜先生的法語和俄語都説得很好，不知他會不會説希臘話。』

誰知，這兩表兄弟的悄悄話讓正在斟酒的辜鴻銘聽到了，他立即改用希臘語笑着對凡納説：『我當年在愛丁堡大學讀書時，主修的是希臘文，法文和俄文還在其次。』

凡納大喫一驚，對辜鴻銘準確的希臘語很感意外。他不好意思地説：『辜先生，你真是語言奇才，一個中國人，能説這麽多歐洲語言，舉世少見。』

辜鴻銘繼續用希臘語説：『古希臘是歐洲文化的發源地，我研究歐洲文化，不能不懂希臘語，古希臘神話和荷馬史詩一直令我景仰。我雖説離開歐洲十年了，但荷馬史詩，我還能背誦一些。』

『真的？』希臘世子興奮地説，『那你背兩句《伊利亞特》給我聽聽。』

『行。』《伊利亞特》是荷馬史詩中的最重要的一部，辜鴻銘略微想了想，背道：

赫克托耳回答説：
保衛特洛亞是我的職責，
有關戰争的一切，
都是我分内的事，
如果我赫克托耳像懦夫一樣逃離戰場，
豈不要被特洛亞的英勇的兒子們
和穿着長袍的婦女所耻笑。

『背得好，背得好！』凡納到底年紀小，快樂得竟然鼓起掌來。

衆人雖聽不懂希臘話，見辜鴻銘的一通洋話博得世子的掌聲，猜想他一定用卓越的表現獲得了客人的歡喜。希臘雖是小國，但他既是俄國的親戚，也就不能輕視，也不能排斥眼前的這個十多歲的貴族子弟，有執掌希臘王權的可能性。想到這裏，善耆帶頭，大家也輕輕地鼓了兩下掌。

尼古拉來中國一個月了，從北京到天津到上海，沿途與不少翻譯打過交道，像辜鴻銘這樣的語言天才和記憶大師，他還是第一次遇到。這個怪模怪樣的中西混血兒贏得了他發自内心的敬重，他從西服上衣口袋裏掏出一隻懷錶來，對辜鴻銘説：『很高興在中國遇到你這樣了不起的人才，我願與你交個朋友。這塊懷錶，是父皇所賜，送給你聊表我的誠意。』

説完雙手遞了過來。

這是一塊小酥餅大的鑲着名貴鑽石的瑞士懷錶，是瑞士國王送給尼古拉的父親亞歷山大三世的國禮。尼古拉二十歲生日時，亞歷山大三世將它送給了兒子。在夕陽的照耀下，這塊瑞士名表閃爍着五彩寶石光，將在座所有人的目光都吸引過去了。

面對着這份價值昂貴的禮物，辜鴻銘猶豫了一下。回國近十年來，他深深感覺到中國的等級觀念遠過於西方，尤其是官場上。『官大一級壓死人』，這話是一點都不錯的。今天的這個官方宴席，論地位則肅王善耆最高，論實權則總督張之洞最大，這塊懷錶，送給他們兩人中任何一個都可以，却不能送給他這個沒有品級的幕友翻譯。如果接下，便立即有失禮之過。但是，人家皇太子的一番誠意，又怎能不接受呢？辜鴻銘畢竟聰明，稍一猶豫，便接過來用法語說了聲『謝謝』，然後捧着懷錶來到張之洞的身邊，利用雙方都聽不懂的有利條件，對他說：『香帥，俄皇太子在上海時就聽說您是很有名的詩人，他又仰慕中國書法，現在他特爲送這塊他父皇送給他的懷錶給您，希望您送給他一首親筆寫的詩。』

張之洞聽了辜鴻銘的這番話後，心裏爲俄皇太子看重他的詩和書法而高興，便說：『我可以送他一首詩，但不必拿這麼高的代價來換。』

辜鴻銘正想再說兩句，善耆一把從他的手裏拿過懷錶說：『張大人，你不必客氣了，這塊懷錶是真正的皇家珍寶，多少銀子都換不來。他既然願意，你何不樂得收下。』說着，仔仔細細地把玩起來。

和當時京中所有的王公貴族一樣，善耆也是個西洋鐘錶迷，家中英國的、法國的、德國的、瑞士的鐘錶堆了兩屋子，坐的、立的、掛的、大的、小的、圓的、方的，各種形式的都有，但這種正經八百的外國宮廷珍品却沒有。他對這塊懷錶喜愛至極，衹是礙於身份和客人的面子，不好意思問張之

洞要。

張之洞已看出了善耆的心思。善耆既然喜歡，不如收下轉送給他，這種人跟他貼近親乎總是有用的，說不定哪天他就成了御前當差王大臣，也說不定哪天就成了軍機處領班，於是笑着說：『好，你跟跑堂的說一下，叫他們擺出一張桌子來，弄好筆墨紙硯，我今天就在晴川閣賦詩一首。』

辜鴻銘馬上把這個話翻譯給俄皇太子，又說總督先生的詩如何如何好，書法如何如何精妙，說得俄皇太子滿心歡喜。

一會兒，一切都準備停當。

聽說張大人要賦詩了，主席、陪席上的喫喝全部停下來，大家滿懷興致地要一睹這難得的盛況。

張之洞的確是個出色的詩人。他喜愛吟咏，也勤於吟咏，十二三歲時便能寫出很好的詩來，直到外放晉撫前三十年間，他寫過上千首詩。他景仰蘇東坡，詩文寫作也走的蘇氏路子。豪放灑脫，不過於斟字酌句，而注重整篇的氣勢雄健。他推重唐風宋骨的詩風，自己素日的創作則偏重於宋人風格，用字質實，造語渾重，用典精切，立意獨創。京師詩壇，從翁方綱開始，一直流行學人之詩，重肌理格調。張之洞的詩以厚重寬博的特色甚合學人胃口，故最爲官場士林看重，所作詩歌廣爲傳誦。自出任山西巡撫後，政務繁忙，詩興索然，十多年間他一首詩都未寫過。有時，清夜捫心自問：一首詩文不作，哪裏是翰林出身者所爲，豈不與軍功捐班同流了！一早醒來，盈尺簿書、煩雜錢穀又等着他去處理，中宵萌生的一點詩意立刻蕩然無存了。

此時，面對着雄闊壯美的三楚風光，想起洋務事業的初具規模，多年消失的詩情突然在張之洞胸中湧冒出來。吟一首吧，讓這位俄國的皇太子將它帶回俄國，帶到沙皇的宮廷中去，讓他們知道中國

有一個張之洞，有一個正在做富國强兵實事的湖廣總督，從今以後，不能對中國有非分之想。是的，這詩非寫不可，這還不衹是我張之洞個人的詩，這關係到中俄兩國之間的大事。想到此，他認爲也應該爲那位希臘世子寫一首，其意義也一樣的重大。他對王之春說：『爵堂，我多年未做詩了，詩路枯窘，我會勉强凑出一首來，還有一位希臘貴客，不能冷落他，你就代我做一首送給他。我們一道來應付這個差事。』

王之春正要藉這個大場合展現一下他的詩才，遂滿口答應。

在大家殷殷期待的目光中，張之洞終於走到桌子邊，提起筆來。尼古拉太子、凡納世子忙過來觀看，善耆、譚繼洵、辜鴻銘等也圍了過來，衹有王之春正在遥望長江西頭的那一輪血色落日，搜腸刮肚地構思着。

善耆很高興，不顧王爺之尊，一邊撫摸着手中的懷錶，一邊大聲唸着出現在宣紙上的詩句。

海西飛軑歷重瀛，儲貳祥鐘比德城。
日麗晴川開綺席，花明漢水迓霓旌。
壯遊雄覽三洲勝，嘉會歡聯兩國情，
從此敦槃傳盛事，江天萬里喜澄清。

張之洞剛收筆，王之春便得意地走過來說：『香帥，我的詩也出來了，也是一首七律，與香帥不謀而合。』

『好極了，你唸我寫。』

張之洞拿過另一張宣紙，隨着王之春抑揚頓挫的吟誦聲，紙上又現出張之洞一行行遒勁的書法來。

乘輿來寧楚畹芳，海天旌旆遠飛揚。
偶吟鸚鵡臨春水，同泛蒲桃對夜光。
玉樹兩邦連肺腑，瑶華十部富縑緗。

停了一下，王之春接着唸：『漢南司馬展雄圖，多感停車問七襄。』

張之洞手中的筆停住，說：『八句詩句句都好，就是這「展雄圖」三字改一改，我都快花甲之年了，還展什麽雄圖，雄圖讓你們後生輩來展吧。』

王之春說：『大人不老，正是大展雄圖的時候。』

張之洞摇了摇左手，右手下又現出兩行詩來。將王之春所吟的詩句作了小小的改動：

漢南司馬慚衰老，多感停車問七襄。

寫完後，又分別在兩首七律的左側寫上『贈俄國皇太子尼古拉殿下。』『贈希臘公爵世子凡納帳下。』

張之洞對兩位貴客說：『詩雖寫好了，但要裱糊纔能懸掛。』

善耆忙說：『這事就交給我吧，我叫人裱好送給他們。』

張之洞借機笑道：『那就有勞王爺大駕了，俄皇太子所贈的這塊懷錶，就請王爺笑納，算是我的借花獻佛。』

『好，這是你張制臺的盛情，却之不恭，我收了。』

善耆邊說邊將手中的錶放進衣袋裏。晴川閣内外，響起一片笑聲，中外貴客皆大歡喜。

七　江湖郎中從武當山帶來九截罕見的焦桐琴材

俄國皇儲尼古拉太子與希臘公爵凡納世子離開武漢不久，英國人辦的中文版《字林西報》，便以重要位置連續兩天報導俄皇太子一行在武漢二鎮參觀的情況，着重介紹了漢陽鐵廠和槍砲廠，稱讚漢陽鐵廠是亞洲第一大鋼鐵企業，又説漢陽兵工廠年産新式步槍三十萬支，而這些讚譽用的都是俄皇太子的原話。並隨文刊載了好幾幅工廠正在生産的實況照片，又詳細報導了晴川閣的盛宴，而且刊登了張之洞贈送給兩位貴賓的詩。

《字林西報》是一家很有權威的報紙，西方各國公使對於中國的事情，一般不相信從北京發出的京報，認爲那純是朝廷的御用工具，反而相信設在上海的《字林西報》，説它公正，不存政治偏見。因爲洋人看得起，朝廷便跟着看得起。於是，這家外人辦的報紙，反而比中國人自己辦的報紙更有分量，説的話更算數，真令中國人尷尬難堪。不幸的是，這種現象竟然延續多年，成爲近代中國諸多悲哀中的一個。

《字林西報》的這篇報導，特别是它對漢陽鐵廠、槍砲廠以及湖廣總督張之洞的讚揚，立即在海內海外朝野上下引起轟動。朝廷中過去有些人經常指摘張之洞好大喜功、揮霍糜費，現在也緘口不言了。支持他的人，遂藉機讚揚張之洞辦的是强國富民的實事，爲國家争了臉面，應當大力支持。這些人明顯佔了上風，户部下文，允許張之洞從上交鹽課中截取八十萬兩銀子，用於鐵廠和槍砲廠的興建。英國、法國、德國駐漢口領事館都派人前來總督衙門，商談如何將本國的機器賣給湖北。英國領事館仗着辜鴻銘的那段往事明顯地占了優勢。他們又主動提出低息借二百萬港元，以江漢關關税作抵押，這無疑是雪中送炭的得力之着。

有了八十萬鹽課和二百萬洋款，張之洞真個是如虎添翼，藉長袖而起舞了。第一步，便是將籌措多年的織布局廠房興建起來。

早在兩廣總督任上，張之洞在籌辦鐵廠的同時就醞釀建廣東織布局，並擬以向闈賭商派捐的辦法來籌款，先一年派捐四十萬兩，第二年派捐五十六萬兩。銀子還没有收上來，張之洞便奉調武昌。李瀚章不願辦鐵廠，也不想辦織布局，於是張之洞連鐵廠一起將織布局遷到武昌。

因爲湖北經費緊張，必須仰仗廣東的銀子，張之洞遂與李瀚章商議，粵鄂共辦織布局，廣東省以九十六萬兩銀子捐款作爲股份入局。但李瀚章對織布局能否贏利無信心，反覆磋商後同意拿出五十萬兩銀子入股。張之洞不得已在湖北東挪西借，又凑了三十萬，纔將英國機器的訂購款付清，去年機器已運到武昌來了。但一則缺經費，二則忙於鐵廠、槍砲廠分不過心，於是這些機器便衹好鎖進倉庫。這下好了，張之洞從中拿出五十萬兩銀子來，立即在武昌城文昌門外興建廠房。

接下來，張之洞便着手創建紡紗廠。湖北天門、潛江一帶歷來便是有名的産棉區，所産棉花量多質優。民間紡紗工藝粗糙費時，好棉花却得不到好的使用。那年張謇、鄭觀應向張之洞建議，棉花是湖北一大財富，不利用太可惜了。現在織布局辦起了，棉紗便有了固定的銷路。用湖北的棉花紡湖北的紗，用湖北的紗織湖北的布，再將這些布匹向各省銷售。紡紗、織布兩局都贏了利，又可以補貼鐵廠和槍砲廠，還可以辦别的事，這是一條正經八百的生財致富之道。於是挨着織布局的旁邊，一座規模宏大的廠房又動工興建了。

這時，上海有個絲業巨商黄佐卿，看中了張之洞是個有氣魄辦實事的官員，他極想將已在江南開

創並收效甚好的蠶絲事業，藉張之洞的權力在湖北發展，於是從上海來到武昌，提議與湖北合辦繅絲局：湖北官方出銀八萬兩，他出銀二萬兩，所得利潤同樣八二分成。張之洞欣然贊同。於是湖北繅絲局的廠房便在武昌水菓湖旁邊也熱氣騰騰地興工了。黃佐卿又向張之洞建議，湖北苧蔴種植面廣，將這項資源開闢出來，也是一件利國利民的好事。張之洞也採納了他的建議，委託他派人去日本購買製麻機器，物色技師，一待繅絲局建成投産後，便來全力籌建湖北製蔴局。

張之洞雄心勃勃，希望通過布、紗、絲、麻四局的建立，在湖北形成一套用洋機器生産的紡織工業體系，既直接造福於湖北農人，方便全國百姓，又將開中國新式紡織風氣之先，使沿襲幾千年的手工織布，從農人家中走出來，變爲大量生産的社會商品。

隨着洋務事業的蓬勃發展，張之洞越來越感到洋務人才的短缺。他和蔡錫勇等人商量，在鐵政局旁邊興建一所洋務學堂，取名自強學堂。聘請蔡錫勇兼任學堂總辦，以陳念礽爲提調、梁敦彦爲總教習，聘請所有從美國回歸的留學生爲教習。自强學堂設方言、格致、算學、商務四科。以方言爲基礎科，方言科以西文爲主，分英文、法文、俄文、德文四門。

因爲布、紗、絲、麻四局的原料均來自鄉村，農學已成爲一門必須研究的大學問，又因爲鐵廠槍砲廠急需一批操作工，張之洞又相繼辦起湖北農務學堂和湖北工藝學堂。

這期間，煉鋼爐已安裝好，槍砲廠的機器也全部從美國、德國等國家運來，鐵廠和槍砲廠名副其實地投産運行了。

短短的一年多時間裏，湖北的重工業、輕工業從無到有勃然興起，新式學堂由少到多全面興辦，以漢陽鐵廠爲代表的湖北洋務事業如一股大潮，衝擊着一向保守閉塞的荊楚官場士林、城鎮鄉村，引起各界震動，從而使得兩湖風氣大變。它又如一道虹霓，閃耀着七彩光亮，高懸在江漢天穹，備受朝野內外、東西南北的矚目，成爲時論輿情的熱點、府衙廛市的談資，或譽或毁，或慕或嫉。總之，都不能輕覷小看，更不能無視它的存在。

看着這一切，身任十餘年艱巨的張之洞心中泛起一股自得自慰之感，也就在這時，他突然有了一種疲倦感。

珮玉對丈夫說：『早該歇歇了，即便是一尊羅漢，這樣没命的辛苦，也要鬧出病來的。趁着休閒的這些日子，把孩子們的大事給辦了。我看你，都把這事丢到腦背後去了吧！』

這怎麽可能呢？仁梃、準兒的母親都不在了，娶婦嫁女的大事，理應由他這個做父親的一手操持。早在徐致祥參劾案之前，他和佩玉就商量過小兒女的婚事。參劾風波平息後，張之洞正兒八經地將此事提出來，分頭與桑治平夫婦、準兒和念礽談起，令他欣慰的是大家都没意見。

桑家夫婦喜歡仁梃是意料中事，連準兒都相中念礽的人品才學，不嫌他大自己十二歲，張之洞對女兒的擇人眼力甚是滿意。

於是張之洞和桑治平商量，決定先訂婚，兩年後再結婚，一則是四個年輕人中三個都尚小，過兩年正好，二則因爲張之洞曾託付吳秋衣辦的事，還得過兩年纔有消息。

原來，小兒女們訂婚的先一年，在吳秋衣離開武漢準備繼續漫遊天下的前夕，張之洞託老友爲他尋覓幾塊好琴材。吳秋衣問他做什麽用。他説準備幾張琴，今後兒子娶婦、女兒嫁人，不送銀錢，每人送一張琴。吳秋衣拍手笑道：『好個高雅的總督，這禮物再好不過了。』兩人約好，三年後的中秋節前再在武漢相會，吳秋衣一定設法帶幾塊好琴材來。

現在離三年約期衹有兩個多月了，那個浪跡江湖的郎中還記得這件事嗎？無論吳秋衣返不返武漢，琴材有没有覓到，今年秋季是一定要將小兒女們的大事辦了的。

就在中秋節的前幾天，歸元寺的小沙彌給總督衙門的大門送來了一封總督親啓的信。張之洞拆開信一看，原來是吳秋衣的親筆，説是三天前已重返武漢，現仍住在歸元寺裏，已覓到上等琴材，欲送上衙門，請定一個時間。

張之洞想，讓一個江湖郎中進衙門來找他總不太合適，便隨手寫了兩句話：定於明天傍晚在歸元寺會面，純是朋友晤談，萬不可驚動寺院僧衆。封好後交歸元寺的小沙彌帶回。

次日傍晚，身着便裝的張之洞與桑治平、大根三人悄悄地來到歸元寺。此時，山門已關，香客和遊人都已散去，喧囂浮躁也隨之被安寧清静所代替。薄暮之中，鼓聲在沈沈地響着，依稀可見香爐中的餘煙尚在裊裊升騰。佛祖和衆菩薩羅漢的金身塑像，在暮色蒼茫和靄靄香煙中，比起白日來更爲神聖莊嚴。

鬧市中的歸元寺，大概衹有這個時候，纔真正像一座叢林禪院。四年前，監院上告方丈與知客僧合謀私賣龜山寺産的事，後來因爲將趙茂昌與張之洞攪和在一起了，湖廣衙門也無人來追查，方丈聽到風聲後，便趕緊破土動工興建羅漢堂。

羅漢堂一動工，一則説明錢是用在正路上，二則衆僧的興趣便都轉到工程上去了，三則工程一開工，一天好幾百人喫飯，好酒好菜跟着進來，厨房熱氣騰騰的，全體僧人也都沾了油水。這樣一來，方丈和知客僧得到擁護，監院反倒孤立了。没多久他便灰溜溜地一個人外出雲遊，至今未歸。三年後羅漢堂建成，但再無錢給五百羅漢塑像，衹好將堂空着，以後有了錢再説。僧衆們看着這間空殿堂，

也不再有什麽意見，有人建議將殿堂收拾好，下雨下雪天，大家乾脆到這裏來活動活動，聚在一起聊聊天練練拳脚也好，於是衆皆擁護。羅漢堂就變成了和尚堂，泥菩薩暫時讓給活菩薩快活快活。

張之洞一行從西側門進寺院，經過空空的羅漢堂，來到雲水堂東邊的一間寬大禪房裏，吳秋衣早已打掃乾淨，燒好熱茶在等着他們。

『秋衣兄，你黑瘦多了，三年來走了不少的地方吧！』大家坐定後，張之洞笑着問。

『我是跋山涉水餐風宿露，面孔自然黑瘦。你做官當老爺，怎麽這幾年也黑瘦多了！』吳秋衣望着張之洞，爽朗地笑起來。

張之洞説：『我這個官老爺做得决不比你這個郎中輕鬆，又要煩心費神，又要視察各個局廠，怎麽不黑瘦？』

桑治平説：『做官比做雲遊客難多了，秋衣兄雖然膚體黑瘦，但頭髮却没有白。你看張大人，都已經鬚髮如銀了。』

『哎！』吳秋衣嘆了一口氣。『像他這樣的官自然難做。不過話説回來，普天之下，又有幾個張香濤？你看官場上的那些大小角色們，哪個不養得白白胖胖的，五六十歲的人，烏紗帽下的辮兒一根根油光水滑的，香濤你也是自找苦喫呀！』

『不説這些了。』張之洞是個倔强人，不高興聽這種泄氣話。『秋衣兄，説説你這幾年的經歷吧。你的上等琴材是哪裏尋到的。』

『我把琴材先拿給你看吧！』

『過會兒吧！』張之洞不想讓吳秋衣覺得他到歸元寺，就是衝着琴材而來的：他來這裏主要是看老

朋友，聽老朋友說話的。『我們好好聊聊，過會兒再看。』

『好吧！』

靜寂的歸元寺雲水堂禪房裏，昏暗閃爍的豆油燈下，吳秋衣對老朋友敘說這三年來的經歷。他略去了許多尋山問道的細節，着重講訪古拓碑尋覓琴材的過程。

吳秋衣那年離開武漢後，順着長江東下，沿途的名山勝水、文物古跡耗去了他半年的光景。次年早春，他從江寧登岸，一路北上，輾轉來到京師。在廣安門內白雲觀住了四五個月，然後離開京師南下。今年初，他從南陽卧龍崗走出，穿過鄧州境內的豫鄂交界口孟家樓，返回湖北境內，來到他向往已久的著名道教聖地武當山。

武當山方圓八百里，是華夏名山之一。它以七十二峰、二十四澗、十一洞、十池、九井、三潭聞名海內，尤其令道人們神往的是，此地有歷代道教名人活動的遺跡和衆多建築宏大的道觀。相傳漢代的陽長生、唐代的吕洞賓、五代的陳摶、宋代的寂然子、明代的張三豐都曾在這裏修煉過。

特別有趣的是此處還有聞名天下的武當派拳術。修煉者以靜坐爲主，然久坐血脈必不暢通，對身體不利，必須輔之以拳脚活動，又因爲身居深山荒野，防盜防獸都要靠自己，於是以强身健骨、護衛僧寺爲主要目的的武術操練便在各大佛寺道觀裏開展起來。出家人心裏寧靜，且無家室之累，做事比世俗易於專精，故此中常出高手。積數百年之功，佛道兩家在拳術上各自冒出一個尖峰，這就是佛家的少林派和道家的武當派。

少林拳以陽剛勁健爲風格，代表北人的豪氣，武當拳以柔韌綿致爲特色，體現了南人的靈氣，各有所長，難分軒輊。少林、武當不僅在方外領了風騷，更在俗世武林中壓倒各路豪傑，成爲習武者的

聖地。

但吳秋衣不習拳，他來武當山不是爲了學武當拳，而是來感受這塊道教聖地的神聖氛圍。當年他在青城山建福宮坐觀的時候，武當山有一個中年道人名叫幻化子來到四川，在建福宮住了兩個月，與吳秋衣很是投緣，吳秋衣還陪他一道遊了峨眉山，據說現在已經做了紫霄宮的道長了。看望幻化子，叙叙別情，也是吳秋衣武當山之行的重要目的。

紫霄宮在天柱峰東北展旗峰下，是武當山諸宮觀中規模最爲宏大的一座。它依山而建，層層崇臺上修築大小殿堂樓宇二三十處。中心建築紫霄殿面闊五間，重檐九脊，翠瓦丹墻，樑柱之上，遍繪彩畫。殿頂藻井，赫然浮雕二龍戲珠。殿前平臺寬闊，楹柱高大。殿內供奉玉皇大帝及真武、靈官諸神。整個宮殿氣勢宏偉，富麗堂皇。吳秋衣没有想到此等大山深溝之中竟有如此殿堂，把它比之如人間仙境，實不爲過。

主掌紫霄宮的幻化子見故人千里迢迢來看他，喜出望外，異常熱情地接待他。二人各自講叙這十多年來的情况，議論人世種種煩惱，暢談方外無盡玄妙，心中都非常喜悦。幻化子陪同老友踏遍武當的峰巒洞澗，領略造化賦予此地的鬼斧神工，不知不覺兩個月便一溜煙過去了。

吳秋衣想起張之洞的所託，兩年多的南北雲遊，直到現在還並没有發現一塊好琴材。再過三個月便是中秋約期了，如何向故人交代呢？吳秋衣心裏不免有點焦急。

他想武當山乃是神山，這裏一定長有上等好材，儻若此處都尋不到，天下還有哪個更好的地方呢？於是，從第二天開始，吳秋衣遊武當，就不再以欣賞山水道觀爲主，而是以尋找良材好木爲目的。

武當山的樹木，儘管多得無數，但二十多天過去了，吳秋衣並沒有發現特別奇特的適於做古琴的樹木。吳秋衣祇得求助於老友。紫霄宮主聽了他的話，面色頓時凝重起來，他指責老朋友不應該插手政事，尤其不應該與這種達官貴人深交。官民之間有一道不可踰越的鴻溝，達官與布衣決不可能有真正的友誼。他不會把你當作真朋友，你也決不可視他爲知己。至於江湖，則更是自成一個世界，與官場其實是水火不相容的。吳秋衣明白幻化子的心思，祇説了一句張之洞與通常的庸俗官吏不同後即不作更多的解釋。他説重然諾講信義，乃我輩立身之本，話既已説出口，不能不努力去辦。

幻化子贊同他這一句話，想了想對他説，天柱峰北麓，在金鎖峰與磨針澗之間有一塊平坡地。唐代貞觀年間，均州太守姚簡祈雨於武當山。祈禱完畢，五條墨龍從天而降，霎時大雨傾盆，足足下了一個時辰，均州方圓百里內旱情頓消，這一年五穀豐登人歡馬叫。姚太守感激龍王爺恩德，在平坡地上建一祠堂，取名五龍祠。並在祠堂後院種下十幾株梧桐樹。

到了宋真宗大中祥符年間，此地又遭遇百年一遇的大旱。掌祠的上乙真人應四方鄉民之請，焚表哀告上天，求五龍再顯，爲民造福。黃表剛焚完，五條黑龍再次降臨此地，興風作雨化除旱象，萬衆歡呼之餘，驚訝天神的靈驗。然更爲令人驚訝的是，第二天清晨，正當旭日東升之時，有五隻彩鳳從天際飛來，落在後院梧桐樹上，約停了半個時辰後纔飛走。上乙真人感激龍鳳呈祥，遂將五龍祠改名五龍靈應觀。

元至正十年，又見彩鳳降落梧林。掌觀三清道長奏報朝廷，惠宗皇帝加封此觀爲大五龍靈應萬壽宮。明代永樂十一年，彩鳳第三次降落，成祖親自爲此觀賜興聖五龍宮。自那以後到現在四百多年過去了，再沒有見過五龍下降、彩鳳棲梧的奇觀。吳秋衣甚爲驚詫，真有這樣的事嗎？幻化子拿出一冊

陳舊的《武當山志》來，果然上面都記載得清清楚楚。吳秋衣相信了。梧桐爲制琴良木，但梧桐樹到處都有，若不是格外的奇異，則未見得可造超凡絶倫的美琴。五龍宮的梧桐曾引來過鳳凰，想必不是凡種。

次日一早，幻化子陪同吳秋衣來到天柱峰北麓，在五龍宮後果見一片梧桐。時值仲夏，但見梧桐樹棵棵幹挺枝秀，葉片碩大碧緑，高大的三丈有餘直插青天，稚嫩矮小的幼樹也不少，枝葉之間，時聞各種鳥雀的歡快叫聲，給静寂的武當山增添許多生命的機趣。但偌大一片梧桐林，何木曾棲彩鳳凰？前代鳳凰落脚處，至今安在哉？面對着滿眼有過不凡傳聞的良木，吳秋衣又不知所措起來。

幻化子説，再住個把月，静待祖師爺的旨意吧！吳秋衣瞪大眼睛望着老友，迷惑不解，但他還是安心住下來。這一天半夜，天柱峰一帶突然電閃雷鳴，狂風大作。幻化子和吳秋衣均被驚醒，他們走出房間，站在屋檐下觀看天色。一會兒，他們看見北麓五龍宮附近火光衝天，藉助偶爾的閃電，還可見團團升起的濃煙。幻化子説，一定是雷劈了老樹，説不定這場雷火燒在梧桐林上，你的琴材可以定了。吳秋衣雖覺得有點玄乎，卻實在喜歡這種與夜半驚雷聯繫在一起的選材經歷。

天亮時，雨停了，吳秋衣和幻化子便急急跑到五龍宮梧桐樹林邊。果然，昨夜的天火燒在這裏，幾株特別高大出衆的梧桐遭此慘禍，被燒得渾身烏黑，令人心痛。幻化子繞着樹林四處尋找。一會兒，他拉着吳秋衣的手説，你跟我來。吳秋衣跟着他走了幾十步，眼前出現一棵特別粗壯勁挺的梧桐。吳秋衣這時纔發現，滿坡桐林，似乎就數這棵最爲偉岸。幻化子指着樹梢頭説，你看那上面。吳秋衣擡頭望時，祇見這株梧桐的梢頂往下，約有三分之一的樹幹被燒焦，眼下正冒着絲絲青煙，而下部三分之二的樹幹卻完好無損。幻化子興奮地説，要找的琴材就是這棵，這真是絶妙好樹，可遇而不

可求，這就是祖師的旨意。

吳秋衣望着這棵樹梢被燒的梧桐，忽然間大悟過來，驚奇地說，這不就是焦桐嗎？真正是老祖的恩賜！吳秋衣說的焦桐，源於《後漢書》上一則有趣的典故。當年，妙識琴理的東漢名臣蔡邕在吳地遊覽，夜宿一農人家，見他家的竈火特別旺烈，木柴的炸裂聲又非常動聽。蔡邕趕緊將竈中的木柴抽出來，原來是一根老桐木，忙將另一頭正燃着的火熄滅，請人將此桐幹制成一張古琴，果然音色出奇的美妙。而這張琴的尾部尚有焦紋，蔡邕將此琴命名爲焦尾琴。

幻化子說，此木生在武當山上，得歷代祖師之靈氣，曾棲鳳凰，現又被天火燒焦一部分，真是天底下難遇難求的絶好琴材。幻化子叫來幾個火工道人，將此木從根部鋸下扛到紫霄殿。幻化子諦視良久說，此木高大，可裁成九截，制琴九張。我本想留下幾把，但看來這是上天專爲張之洞安排的，我不能冒領。整木不好搬移，就在這裏裁好。我打發個徒兒，背着送到穀城。到穀城後，再僱一隻船沿着漢水南下，半個月可到漢陽。

『哎呀，秋衣兄，你竟然給我帶來了如此焦桐木，快拿出來讓我們開開眼界。』張之洞聽到這裏，實在按捺不住滿腹的好奇心，打斷了江湖郎中的長篇叙說。

『好，好。』吳秋衣笑吟吟地答應着，從裏屋搬出九塊長約四尺，寬約八寸，厚約三寸的木板來。

張之洞和桑治平、大根都圍過來，一人拿起一塊細細地看了起來。桐木塊略帶褐黃色，木質細密，紋路清晰。桑治平雖不是操琴高手，却也喜歡琴瑟管弦，他用手指頭叩了叩木板，立時發出一種幽深綿渺的聲音來。他又聞了聞，除開一股淡淡的桐香外，果真有一絲兒焦味，看來這位吳郎中沒有說假話。他對張之洞說：『這確實是製琴的極品桐木，尋常不易得到。』

張之洞對這幾塊木材也非常滿意，笑着對吳秋衣說：『你的這位道友也知道蔡邕焦尾琴的典故，可見他讀過《後漢書》。一個方外人能喜讀史書，確乎難得。』

吳秋衣說：『幻化子雖是道長，却酷愛讀書，除道家典籍外，史書、詩文雜集他都愛讀。每隔三年則外出雲遊半年，雖不插手俗世，但天下大事、民生疾苦都瞭如指掌。』

桑治平感嘆地說：『這纔是真正的得道者。老聃、莊周，表面上看都是韜光養晦，遁跡山林，其實心裏一刻也沒有忘記人世間的生老病死、憂愁疾苦。老聃說民之飢，以其上食税之多也。這話說得有多中肯綮！紫霄宫主得道家真諦。』

吳秋衣笑道：『桑先生真是幻化子的知音。實不相瞞，他雖在武當修道，但也是香濤兄的治下，他對香濤兄這幾年總督湖廣的情況也很清楚。他這次除送香濤兄九截異桐外，還爲你未來的九張琴命了名。』

『有這事？』張之洞顯然很高興。『你將這些名字都告訴我。』

吳秋衣說：『幻化子依次將九張琴命名爲：澄懷觀道、山水清音、蘭馨蕙暢、窈窕深渺、仙露明珠、惠風和暢、鶴鳴九皋、澹泊明志、天下和平。』

吳秋衣每念一個名字，張之洞便點點頭，心裏已將名字記下來了。九張琴名唸完，桑治平微笑着說：『有意思，紫霄宫主學問不淺！』

吳秋衣說：『幻化子對我講，張制臺是大學問家，爲他的琴取名，有班門弄斧之嫌。幻化子也不過是玩玩而已，並不是要香濤兄就採納。』

『我全都採納。』張之洞說，『這名字取得有多好，既深得樂理之妙，又一派仙家風味，我哪裏想

得出！祇是我得把它的次序調換一下。』

『怎麽個調換法？』吳秋衣問。

『你的朋友是道家中人，他把澄懷觀道當作第一要務可以理解。但第一號琴我將自己留下，並傳之張氏長房。我張氏世受國恩，當和國家休慼與共，和百姓命運相連，所以我得將原排第九的天下和平與澄懷觀道對調。你有機會的話，可將我的這番意思轉給你的老友，望他諒解。』

『幻化子本是戲言！你却如此認真，我想他不但會諒解，而且會感激。』

桑治平也說：『這樣調換一下最好。其實，無論是道家還是佛家和儒家，最終的目的都是爲了天下蒼生百姓，天下太平是老百姓的最大願望。以牧民爲職責的一方疆吏，更是應該時刻把這一點放在心上。香濤兄這一調換，正體現社稷之臣的本色。』

張之洞笑說：『你的這位武當山長也不是一個庸常的出家人，他既對世事人生一切瞭然，也跟你說了些什麽心腹話嗎？揀幾條可以對我們俗人說說的，說出來聽聽，也好得點啓示。』

桑治平想起過去作爲一個局外人常有許多看法，這十年來置身事内，反而顯得遲鈍了，便說：『當局者迷，旁觀者清，秋衣兄，你和紫霄宫主都是局外人，一定會有不少真知灼見，說說吧！』

吳秋衣想了想說：『世俗間認可的正事談得少，我和幻化子談道典、談山水較多，偶爾也閒扯過幾句。給我印象深的，是他說過這樣一些話。』

張之洞和桑治平都認真地聽着。

『他有次說這幾十年來，國家的元氣虧損很大。一虧於洋人的入侵，二虧於長毛和捻子的作亂。這還不是主要的，主要的是虧於吏治的腐敗。朝野内外的大小官員十之八九爲自己的私利，爲社稷蒼生

着想的不到十分之一，國家的各級權柄都在這些人的手裏，這個國家的元氣還不虧嗎？』

張之洞不由自主地點了點頭。這話雖不中聽，但說的是實情。他不得不佩服這個方外人眼光的冷峻尖利。

『還說了一些，但那些話我估計你不能聽，所以我也不說了。』

什麽話不能聽？這句話反而刺激了這個一向好强的總督大人，他偏要聽聽：『你說吧，沒有我不能聽的話。』

『好，那我就說了。我有言在先，你可不能怪我。』吳秋衣略停片刻後說，『幻化子說，大清的朝廷可能保不久了。』

張之洞下意識地打了一個冷顫，這可真是大逆不道的話，怪不得他不肯說，但既已開了口，還是讓他說明白。

張之洞不露聲色地說：『他有什麽根據呢？是觀天象嗎？』

『不是天象是人事。』吳秋衣平靜地說，『胡騎憑陵，内亂頻仍，官吏腐敗，民不聊生，這些都不說了，他祇說兩件事。』

深夜的歸元寺雲水堂禪房，死一般的寂靜。

『第一件，辛酉年英法軍隊打進北京，咸豐帝離京出逃，結果死在熱河行宫。自古君王離京師出逃，乃國之大不祥，何況還死在外邊。這不是亡國之兆是什麽？』

張之洞和桑治平彼此對望了一眼，都不能說什麽。是的，他們又能說什麽呢？這是三尺童子都知道的事，祇是誰都沒有將它與『亡國』連在一起來思考罷了。

『第二件，同治帝未及弱冠而崩，沒有留下一男半女。今上大婚四五年了，也沒見生下一男半女。從開國以來直到道光帝，哪一朝的主子不是在這個時候已子女成群了？皇嗣式微，正是國家式微的象徵。』

這也是明擺着的事情，衹是人們都不從這方面去想罷了。

其實，世界上許多事理，稍微往深層去多想一想，就會大不一樣。珠寶很可能衹是被一層淺淺的土灰所掩蓋，稍稍動下手，或許就能得到；但人們習慣於常規常情，就是不願意去撥開這層土灰。真的是天不佑大清嗎？張之洞突然感到一絲恐懼。

桑治平問：『他還說了些什麼？』

吳秋衣望着張之洞說：『他也說到了你。對這些年在湖北辦的大事業也頗有微辭，你想聽嗎？』

『怎麼不想聽？』張之洞打起精神來說，『兼聽則明，順耳逆耳的話都要聽。』

『幻化子說，張制臺這幾年在湖北確實辛苦，又是辦局廠、又是辦學堂，從洋人那裏引來了許多新名堂。張制臺用心當然好，想讓中國跟洋人一樣地富强起來，衹不過恐怕是竹籃打水一場空。』

吳秋衣看了一眼張之洞，見他眉頭皺得緊緊的，知他心裏不高興，但吳秋衣還是覺得應該叫他清醒清醒，不要讓腦子熱得發了昏。

『幻化子說，張制臺可能認爲引來的是洋藥，能讓中國祛病補神，但在我看來，或許不是洋藥，衹是洋服而已。穿起這套洋服，粗看起來跟洋人一樣的體面了，風光了，但經不得細看；細細一看，洋服裏面原來是個病入膏肓、骨瘦如柴的人。若是痼疾不根治，再好看的洋服穿在身上也精神不起來。所以幻化子說，中國寄希望於張制臺的，最關鍵之處不在辛苦辦局廠辦學堂，而是在想辦法根除中國

積澱已久的沈疴。幻化子以爲除中國之病的良藥當在變法。若張制臺藉助自己崇高的聲望和地位，能輔佐皇上來一番大變法的話，中國或許能有一綫希望。如此，張制臺於中國的貢獻，則要遠過於辦洋務。』

幻化子把局廠學堂比作洋服，很令張之洞不舒服，但聽下去，也覺得那位武當山道長的話不無道理。鐵廠也好，自強學堂也好，畢竟是一枝一葉的事，律令法規纔是國家的根本。根本不變，枝葉再好，也不足以改變全局，但變法是何等重大的事情，豈可輕易言之！在中國的史冊上，變法總是與殺頭流血、放逐充軍、身敗名裂等等苦難悲慘聯繫在一起。紫霄宮的道士可以高談療疾、放言變法，武昌城裏的疆吏哪能隨便言及此等事情？

但是，幻化子的這幾句話也開啓了張之洞的心扉：中國積弊已久，元氣傷盡，欲圖富强，的確不能衹靠洋務一途，是得從根本大計上去考慮。然一動根本，又談何容易啊！

他起身對吳秋衣說：『夜深了，我得回去了。謝謝你和幻化子給我尋到這樣好的焦木，還得謝謝幻化子的這一番旁觀之言。你這次在歸元寺多住段時期，下個月小兒女婚嫁，若不嫌棄的話，我請你過去喝盃淡酒。』

吳秋衣忙說：『這是府上的大事，我自當前去祝賀。』

第十四章　署理兩江

一　亘古未有的中西合璧婚禮，在湖廣總督衙門裏舉行

九九重陽節這一天，是張之洞和桑治平商定好爲兩對小兒女：仁梃和桑燕、念礽和準兒的大喜日子。張之洞不想因兒女的婚慶驚動武漢三鎮的官場，更不想看到官場上常見的情形，即藉辦喜喪大量收取別人的賀禮的事出現。他一向以廉潔自律，如今身爲湖廣之主，更要爲官場立一榜樣。他和桑治平都主張一切從簡，不邀請三鎮任何官吏，就連總督衙門裏面的官吏們也不請，爲了表示對幕友的尊重和感謝，決定破例爲督署全體幕友擺三桌，其中兩桌是洋務幕友，但有一條規定，不得送一文錢的禮物。幕友們領下總督的情，但又覺如此太過分，便委託鐵政局督辦蔡錫勇前去轉述他們的意見。

蔡錫勇對張之洞說：『二公子成親，大小姐出閣，兩臺喜事一起做，這真是總督衙門難逢難遇的大事。各位幕友能躬逢盛典，又蒙特爲賞臉宴請，衆人都備覺榮光。大人不收賀禮，以身作則，杜絶官場時下流行的不正之風，幕友們都很能理解且極爲讚賞。衹是幕友們既喫喜酒，却一文錢禮物都不出，於情理太相悖。大家說，總督這樣規定，我們都不好意思去喫喜宴了。』

張之洞說：『雖說是喜宴，我其實是藉這個機會表示對大家的謝意。各位幕友多年跟隨我，不嫌我的粗疏不周，也不嫌衙門薪少事煩，實在難得。』

蔡錫勇說：『梁崧生有個主意，他說念礽在美國多年，對美國人結婚儀式的莊重簡樸很稱讚，尤其稱讚他們在婚典上互贈戒指，彼此祝福這一節。崧生說，二公子和大小姐的婚典上不如加上一個洋程序：互換戒指，當着父母和衆位親友的面說一句表白的話。這兩對戒指便由我們全體幕友出。四個戒指，二十多個幕友，攤下去，一人攤不上一兩。這實在不能算禮物，衹是藉此表示個意思，造出個氣氛而已。香帥看如何？』

張之洞說：『西洋人這個儀式好，又簡單，又意義深遠，我很欣賞。接受各位幕友的建議，加上這個洋程序，四個戒指的禮物我也接了。我們都没有見過洋人的婚禮，送戒指時要講些什麽話，你得先擬好。』

張之洞欣然接受大家的主意，這種從善如流的氣度令蔡錫勇喜慰。他笑道：『外國人在互贈戒指時，彼此說，親愛的，我一輩子都愛你。』

張之洞也笑道：『這話有點肉麻，除念礽外，其他幾個孩子都說不出口，改一句吧！』

蔡錫勇想了想，說：『洋人的婚禮上還有一個程序，是男女雙方向着證婚人盟誓。誓言通常是這樣一句話：無論是貧賤還是富貴，無論是健康還是患病，我都終生愛你，決不改變。』

『這句話好！』張之洞打斷鐵政局督辦的話。『男女結合，携手相伴，開始漫長的人生。生活中最大的考驗，往往在貧病貴賤四字上。有貧窮患病而被拋棄的，也有因富貴而變心的。洋人這句話概括得好，比「一輩子都愛你」這幾個字更要實在些。』

『那我們就將它移植過來，作點改變，把這句話作爲他們互換戒指時的盟誓。』

『行，就這樣定了。』張之洞快樂地說，『這就叫做中西合璧，華洋會通！』

九月九日傍晚，總督衙門松竹廳成了兩對新人的婚禮慶典場所。松竹廳跟平時一樣，並没有多加修飾，衹是在朝南的正面墻上貼了兩個大大的紅紙剪的『囍』字，外加四根一人高的龍鳳花燭。張之洞和桑治平作爲家長出席了婚禮，今晚的婚禮儀式的家長中，還有一位地位低微的人物，那就是念礽的母親秋菱。

一個月前，與小兒子一起住在香山城裏的秋菱，接到大兒子的來信，信上告訴媽媽，婚期已確定在重陽節，請媽媽早點到武昌來。秋菱接到信後，喜得成天合不上嘴。她没有作多少準備，在小兒子的陪同下，立即動身，一路顛簸辛勞地來到了武昌城。

這些年來，兒子跟着總督張之洞，在桑治平的悉心照顧下，從廣州到武昌，做了不少大事情。每當讀到兒子那些充滿着歡快的信件時，秋菱總是止不住熱淚流淌：兒子終於出息了，他辛辛苦苦在美國學的洋學問終於在中國派上了用場。秋菱不去過問鐵廠、槍砲廠究竟對中國有多大的作用，兒子學以致用，心情舒暢，她就萬分滿足了。兒子很孝順母親，每年總要寄回不少銀票，但秋菱除拿小部分給小兒子外，大部分都存了起來，好將來給兒子成親時用。快三十的大小夥子了，還没有成個家，做母親的能不替他着急嗎？她有意要爲兒子在廣東老家尋一個，兒子每次都説，不着急，男兒三十年方少，還早呢。任兒都快要發蒙唸書了，他還説早。秋菱想：興許是在美國受的影響，聽説洋人都是立業在先成家在後。兒子要學洋人的樣，母親也拿他没辦法。後來，兒子來信説：張大人看上了他，要把大小姐許配給他，已訂了婚。

秋菱得到這個喜訊後，心裏又喜又憂。

喜的是兒子終於定了親，而且定的是總督的大小姐。女子有了婆家，這一生就有了歸宿；男子娶

了媳婦，一顆心就有了拴繫。母親多年來心中最掛牽的事終於放下了。被張大人看中，招爲乘龍快壻，這説明兒子的確很優秀。在鄉里鄉鄰之間，爲母親争了大臉面。

憂的是媳婦是個千金小姐，她會不會在丈夫面前居高拿大，不盡婦道？她看不看得起這個婆母，尤其是當她知道婆母是丫鬟出身的小妾後，會是怎麼看待的？

秋菱想到這裏，心裏很不是滋味。其實，娶媳婦還是娶小户人家的好：實在。男子漢大丈夫靠自己的本事立身處世，能到哪個地步就到哪個地步，不需要依仗岳家的勢力。當然，她知道兒子的人品，兒子不是那種存心攀高枝的人。總督看上了他，把自己的大小姐許配給他，他也没有理由堅持不答應呀。

哎，秋菱嘆了一口氣，這真是命裏注定她今後那段情緣要遭遇太多的磨難。

原先，秋菱是想在念礽成親後與他住在一起的。與大兒子一家共享天倫之樂，固然是她作出這個決定的原因之一，但最主要的是因此而能常常見到桑治平，與他説説話，聚一聚，聊慰幾十年來的相思之苦。那年香山城的巧遇，給秋菱帶來的喜悦决不是言語和文字所能表達得出的。八九年來，對重逢的回憶，成了她心中一口時常湧冒甜水的泉眼。但現在，媳婦是個這種身份的人，今後怎好和諧相處？看來，武昌是不能長住了！

結婚典禮開始前，大根代表四叔邀請秋菱堂前就座，與張之洞並列接受新人跪拜。秋菱一時惶急，推辭着不肯上去。她覺得自己無論如何不能與總督大人并排相坐，她也不能面對着督府中那衆多飽學師爺，接受他們的祝福。正在爲難之時，桑治平走了過來，秋菱臨時有了主意。

『表哥，我不上去了，你代替我吧！』

『那哪兒行？』桑治平感到意外。

『怎麽不行！』秋菱說，『你是念礽的表舅，完全可以代替我！』

『表舅』，秋菱說出這兩個字時臉紅了起來，桑治平也一時間心跳血湧，定了定神後，他笑道：『秋菱，如果你今天没來，我以母舅的身份接受他們小兩口的跪拜，也可以說得過去。但你來了，而且是張大人親自邀請來的，怎麽可以不出面而由我代替呢？』

見秋菱還有點緊張，桑治平懇切地說：『秋菱，張大人是個通達平易的人，他既然挑中了你的兒子，他當然會看重你這個親家母。你今天上去跟他並坐，接受兒子媳婦的跪拜是天經地義的，張大人心裏會很高興；你不去，他反而心裏不高興。他已經來了，正望着我們，你不要再推辭了，快去吧！』

秋菱擡眼望去，果然見張之洞已經坐在大堂正上方右邊的椅子上。照習俗，婚典上，男方的家長坐左邊的上位，女方的家長坐右邊的下位。秋菱見張之洞並不因自己是總督而特殊，將左邊的上位虛席以待，心裏頗爲感動。她不再猶豫了，整了整衣襟，在大根的導引下，向大堂上方走去。

見秋菱上來，張之洞忙起身，指着身邊的太師椅，微笑着說：『親家母，請這邊坐！』

秋菱紅着臉說：『張大人，你是湖廣總督，我是一個平民百姓，不好和你並坐！』

張之洞正色道：『親家母，你這話見外了，念礽和準兒成了親，今後我們便是一家了，哪有什麽總督和百姓的區別，彼此都是親家，一樣的身份。』

『張大人言重了。』秋菱嘴裏這樣說，心裏還是很高興的。畢竟做過京師相府的丫鬟，見過大人物和大世面，秋菱一旦就座後，心裏也便安寧下來。趁着婚典尚未開始，張之洞主動和親家母拉起了

家常。

『準兒七歲便没了娘，雖有個做官的父親，其實是個苦命的孩子。』張之洞滿含深情地說着，話語中帶有幾分對自己未盡好父責的內疚，對出嫁女兒的不舍。『今後做了親家母的媳婦，我想你會像待女兒一樣待她的。』

在秋菱的心目中，堂堂湖廣制臺，一定是個威嚴峻厲、缺少情意的剛硬男人，却不料他對女兒也有這樣深的慈愛之情，與普通老百姓並没有什麽兩樣。頓時，她覺得自己的心與制臺大人的心一下子拉近了許多。她本是一副多情的柔軟心腸，聽了這話，不禁對即將過門的兒媳婦添了幾分憐憫，說：『自小失去娘親的孩子，最是可憐的，女孩比男孩又尤爲可憐。小姐這些年來內心一定很孤寂，我衹有兩個兒子，没有女兒，對小姐，我會看得比兒子更加金貴。』

『拜堂後，準兒就是你陳家的媳婦了，你要直呼她的名字，不要再叫小姐了。』張之洞的臉上並没有多少喜色，倒是抑鬱重重的模樣。『因爲從小没了娘，我不免嬌慣了她，身邊的僕人自然更是捧着哄着，準兒身上少不了富貴人家子弟的嬌驕之氣。過門之後，儻若有對婆母不孝，對丈夫不順之處，親家母還要多多管教纔是，切不可因爲她的父親是總督的緣故，而有所顧忌。』

這幾句話說得秋菱心裏十分熨帖，看來張大人的確如桑治平所說的，是個通情達理的人。她心中的顧慮大大地減少了，忙說：『小姐在大人的教導下，自然是知書達理、聰慧賢淑的，陳家也不知哪一輩子積下了陰德，能迎進這樣高貴的媳婦。』

張之洞淺淺地笑了一下，正要再和親家母好好聊一聊，擔任今晚司儀的粱鼎芬走了過來，對張之洞說：『桑先生到哪裏去了？』

張之洞左右看了一眼，說：『他剛纔還在這裏，怎麽一會兒就不見了。你叫大根去找找他！』

『來了，來了。』

正說着，桑治平大步地走進廳堂來。原來，就在秋菱和總督聊天的時候，桑治平趁着這個短暫的空閒，急忙去幕友堂換了一套新衣服。再次出現在秋菱面前的桑治平令她眼睛猛地一亮，衹見他身穿一襲銀灰色的上等蘇綢夾裡長袍，套一件黑色蘇格蘭絨呢馬褂，頭上戴着與馬褂同料製的瓜皮帽，帽子的前額上嵌了一塊拇指大的深紅鷄血玉。最令秋菱注目的是脚底下那雙黑布厚底新鞋。秋菱一眼就看出來了，這鞋是她給他納的。那年他們重逢於香山，他從她二十四雙布鞋中拿去的那一雙。他一直珍藏着，直到今天，在如此特別的場合中當着她的面第一次穿上。衹是，這是一雙棉鞋呀，重陽節穿棉鞋，豈不太招人矚目？

秋菱的心猛地劇跳起來，周身的血在奔騰着。

她滿懷深情地打量着眼前這個與自己並坐的督署首席幕友：已過半百的他依舊挺拔而瀟灑，似乎與三十年前的肅府西席没有多大的變化，衹是兩鬢時隱時現的白髮，記録了這段漫長的歲月滄桑。她心裏偷偷地想着：儻若三十年前，她與他能拜堂成親，讓他今天名正言順地做新郎官的父親，那這人世間該有多麽的美滿。想到這裏，一股興奮而羞澀的笑容飛上她的臉龐，不覺微微地低下頭來。就在這個時候，桑治平也在看着她。在桑治平的眼裏，今夜的龍鳳燭光下，身穿吉服的她依然身段勻稱，面容姣好，尤其是那雙含情脈脈的杏眼，仍是當年的溫柔明亮，與肅府時期的那個小妹妹没有任何不同！

『節庵，開始吧！』

第十四章　署理兩江

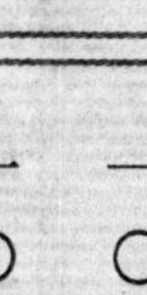

當桑治平在張之洞的右手邊的空椅上坐下後，張之洞對梁鼎芬說。

武昌知府近日出缺，正眼巴巴盯着這個位子的兩湖書院山長兼總文案，今晚榮膺這個重要的職務，心裏格外興奮，這意味着總督没有把他當外人，也將意味着有補武昌府缺的希望。他今天也把自己裝扮一新，十分賣力，臨時從書院調遣十來個能幹的學子，把婚慶典禮所應該辦的事辦得有條有理、熨熨帖帖。

參加今晚婚禮的除開二十多個幕友以外，就是衙門裏較有點頭臉的衙役和僕役。遵照張之洞的指示，武昌官場上的人一個没請，因爲張、桑、陳三家都不是本地人，除開念礽的弟弟和珮玉的父母，也幾乎没有別的親戚。四五十位客人將松竹廳的裏外坐得滿滿的，人人都懷着喜悅亢奮的心情參加這難得的慶典。

在一陣鞭炮嗩吶聲中，大家所翹盼的今夜主人公們終於從後院走到前廳來了。

首先走出的是張府二公子仁梃和桑家的小姐燕兒。

仁梃穿着玄色長袍天青馬褂，頭上戴一頂寬沿煙色呢帽。他原本瘦小單薄，今天這套新衣服一穿，平時不大起眼的二公子突然變得抖抖擻擻、神采飛揚起來。仁梃右手拉着一條三尺多長中間扎成一朵大牡丹的紅綢帶，綢帶的那一端便是新娘子桑燕。桑燕身穿大紅衣裙，頭上罩着一方鮮紅頭巾。她個子高挑，看起來似乎比仁梃要高出小半個頭。現在她靜靜地站在夫君的身旁，宛如給松竹廳再增加一根火紅的大蠟燭：鮮紅明亮，光艷照人。客人們在心裏想着，一旦頭巾掀開，眼前必定是位傾城傾國的絶代佳人，這張公子真是百世修來的福氣。有年輕好勝的幕友不免有點嫉妒：看仁梃這副嘴臉模樣，若不是生在總督家，他能娶得到這樣的美人嗎？哎，這真是人强强不過命！秋菱也一直在盯着桑

第十四章 晉理兩江

燕看，默默出神：好一個漂亮的小姐，真個是有其父必有其女，不知道自己的媳婦比不比得上？正在遐想之際，又一對新人走上前廳。這一對新人的出現，立即使滿座嘉賓沸騰起來，幾十雙眼睛一齊聚焦在這對新人身上。

原來，這對新人的裝束一反祖祖輩輩中國新婚的傳統打扮。

祇見新郎念礽身穿一套鐵灰色毛嗶嘰洋服，裏面雪白的襯衣領口上結着一條流光溢彩的紅緞領帶，頭戴一頂黑色高筒紳士帽，腦後那條粗大的髮辮不見了，脚上着一雙雪亮的黑色牛皮鞋。再看新娘，却更令人駭然：穿在身上的是一襲雪白洋裙，又長又寬的裙脚足足在地上拖了三四尺。白皙的脖子上掛着一串粉色珍珠項鏈，在燭光中熠熠閃爍，尤其令人驚異的是：新娘沒有罩頭巾，那經過精心裝扮的更加美麗的面孔，那盤成高髻滿是首飾的烏黑頭髮，一覽無餘地展露在衆人面前。幕友們一陣陣高聲喝彩，衙役、僕役們滿臉詫異，兩隻眼睛緊緊地盯着兩個新人。若不是平日見慣了的熟人，他們真懷疑前面站立的是兩個洋人。

秋菱也驚呆了：兒子穿洋服，她倒不陌生，過去在美國留學時，寄回來的照片上通常穿的都是這種服裝，而媳婦的這等美貌亮麗，使她大爲欣慰，至於如此大方莊重，敢於不罩頭巾而拜堂成親，則又令她大爲意外。她轉過臉去看了看親家公，祇見張之洞微笑地看着女兒女壻，似乎對這樣的穿着非常滿意。

『一拜天地！』松竹廳裏響起梁鼎芬高亢的帶着厚重廣東腔的官話。

兩對新人對着皓月在上的夜空深深地拜了一拜。

『二拜父母！』

仁梃、燕兒小兩口走了過來，向着張之洞和桑治平雙雙跪下，叩了一個頭。張之洞笑着說：『親家，仁梃做了你十二年學生，從今日起，是學生又兼女壻了，你可要替他多盡一份心哦！』

桑治平望着眼前的新郎官，心裏自是歡喜不盡。十二年來，朝夕相處，小窗課讀，十歲少年郎今日成了真正的男子漢，桑治平對仁梃的感情，早已超過通常的師生情誼。張之洞的話提醒了他：如今家已成了，業如何立呢？總不能老做讀書郎吧！張家的二公子今後該以什麽作爲自己的事業？

桑治平也笑着說：『是呀，仁梃該自立了，過些日子我要和他談談立身建功名的事。你做父親的應該先替他謀畫謀畫。』

接下來，念礽和準兒也在秋菱和張之洞的面前跪了下來，恭恭敬敬地磕頭。張之洞端坐不動，秋菱見準兒向她行這樣的大禮，心中頗覺不安，身不由己地站起來，一邊說着『不敢當，不敢當』，一邊忙扶着準兒，讓她起來。張之洞也趕緊站起來，扶着秋菱的肩頭說：『親家母，你坐着。她是你的媳婦，向你磕頭，是理所當然的，怎麽能說不敢當？你不要扶她，她年紀輕輕的，自己能起來。』說得秋菱又高興又有點不好意思，祇得又回到椅子上坐好。看着兒子和媳婦雙雙站起，彎腰侍立一旁，她心裏甜蜜蜜的。二十多年來的含辛茹苦，仿佛由小兩口的這一拜而全部補償了。

念礽沒有向桑治平跪拜行大禮。他至今也不知道，這個平日以表舅相稱的人，竟然就是自己的親生父親。

桑治平以無限深情看着眼前光彩奪目的兒子，心裏有着一股從未有過的快樂與欣慰之感。這些年來，面對着日漸成爲湖北洋務棟樑的念礽，桑治平多少次想親口對他說一句：孩子，我就是你的親父親，你是我的親骨肉。但他牢記秋菱的叮囑，話到嘴邊又强咽下去了，並且決定一輩子都不對兒子說

出這個真相。

兒子做了張之洞的女壻，無疑爲他今後西學長才的施展提供了更爲寬廣的舞臺。這是兒子的造化，也是他的安慰。對照兒子看看自己，桑治平有一種深切的落伍感。歲月在推移，時代在前進，導中國於富强的學說看來不應再是管仲與桑弘羊之學了，而應該是西洋之學。在這方面，自己一竅不通，如今的弄潮兒應是兒子一輩了。『且把艱巨付兒曹』，桑治平的腦子裏突然冒出曾國藩的父親的這句名言來。是的，自己該歇息了，富民强國的理想，也祇有念礽他們纔可以去實現。

『夫妻同拜！』

梁鼎芬有意把聲音拖得長長的，以示他的盡職盡責。在悠長的拖音中，兩對新人面對面地互相彎了彎腰。

對於中國人來說，所謂拜堂成親，便是通過這樣的三次禮拜後，從此就將命運結合在一起，人們都祝福一對新人同甘共苦，生兒育女，白頭偕老，携手走完未來漫長的人生之途。

松竹廳裏的半數賓客都以爲婚典就要結束了，有的正準備離席，過一會兒再去鬧洞房。這時，祇見梁鼎芬突然又高聲叫起來：『請梁崧生先生上來，爲新人贈送婚戒。』

這是什麼禮節？正要離席的賓客們趕緊又坐下，滿是興趣地等待着新的花樣出現。

一向注重儀表的梁敦彦經過剃髮修須整齊裝束後，今夜益發顯得精神幹練。他一手托着一個五彩織錦方盒快步走到前廳，對着滿廳賓客說：『衙門衆幕友爲祝賀二公子與桑小姐、念礽和大小姐的大喜，凑了點錢，打了兩對純金戒指，委託我出面，贈送給他們。洋人結婚的時候，有一個雙方互贈戒指的儀式，我今夜受衆人之託，稟請張大人的同意，爲兩對新人主持這個洋儀式。』

第十四章　署理兩江

總督大人的娶婦嫁女，居然要插進一段洋人儀式，這可是從來没有過的稀奇事兒，頓時，滿廳的男賓女客們個個興致沸騰開來。

兩對新人事先已知道了這個額外加的程序，他們同樣也滿懷着新奇之感來參與。

現在，梁敦彦走到新人們的面前，對着四張充滿喜悦和羞澀的笑臉說：『我來爲你們主持互贈婚戒的儀式。』

説着走到仁梃兩夫妻面前，從一個織錦方盒中拿出一對金戒指來，將其中那個小巧點的戒指交給仁梃，再將另一隻較粗大的戒指交給桑燕。然後大聲說：『仁梃，不論今後是富貴還是貧賤，是健康還是患病，你將始終如一地愛着燕兒嗎？』

仁梃的臉漲得紅通通的，憋了好半天，纔吐出兩個字來：『是的。』

仁梃這個尷尬的表演，招來滿廳快樂的笑聲。

『好！』梁敦彦點點頭。『那麽，你把手中的戒指給燕兒戴上。』

司儀的話說了好長一會兒，兩個人還是一動不動的，底下的人在起哄了：『二公子，給新娘子戴上呀！』

仁梃越發不好意思了。

梁敦彦祇得走攏去，輕輕地對仁梃說：『二公子，快戴吧！燕兒在等着你呢！』

又對蒙上頭巾的燕兒說：『把右手伸出來吧！二公子要給你戴戒指了！』

燕兒什麽也看不見，還以爲仁梃真的已伸出了手，於是把右手慢慢地擡了起來。仁梃見新娘子已擡起了手，遂鼓足勇氣，握住燕兒的手，戰戰兢兢地將手中的戒指給她戴上。

『好！』滿廳一片喝彩聲，熱鬧的婚禮場面出現了一個新的高潮。

接下來，梁敦彥又對桑燕說：『燕兒，不論是富貴還是貧賤，不論是健康還是患病，你將堅貞不二地愛着仁梃嗎？』

桑燕不做聲，衹是重重地點了兩下頭。

松竹廳又是一片笑聲。

『點頭就是答應了！』梁敦彥姿態寬容地對待新娘子。『那麽，你就把手中的戒指給仁梃戴上吧！』

過了第一關後，仁梃就不再像剛纔那樣拘謹了，衹稍停一會，就把左手伸了出來。桑燕磨蹭着，已戴上戒指的右手再次伸了出來，兩個手指捏着一隻戒指。梁敦彥見狀，忙拉起仁梃的手，有意碰了一下桑燕的手，頭巾下的桑燕臉一紅，匆匆地將戒指塞在仁梃的手心裏，自己的手急忙又縮了回來。

梁敦彥笑道：『新娘子看不見新郎的手指，可以原諒。我來替她給戴上吧！』

於是從仁梃手中拿過戒指，給仁梃戴上，歡快聲嬉笑聲響徹廳內外。

這時，梁敦彥又走到念礽小兩口面前。

念礽面帶微笑，坦然迎接着梁敦彥。準兒事先有着幾分緊張，怕臨場不能適應，剛纔親眼看着仁梃和桑燕的示範，心裏也便有了底，不太慌了。

梁敦彥從另一個織錦方盒裏取出兩隻同樣的戒指，以同樣的方式分給了這兩位新人。他先對念礽重復一遍說過的話，念礽早有了準備，一等司儀的話剛落便挺直腰板，朗聲答道：『矢志不渝，永遠相愛。』

說完，立刻朝新娘伸出雙手來，那神態頗像邀請她共襄盛舉似的。準兒抿着嘴笑着，也大大方方地伸出一隻手來，念礽穩穩當當地將戒指戴在新娘的無名指上。

秋菱看在眼裏，甚爲兒子這種大丈夫的豪邁之舉而自豪。

輪到準兒了，她也比燕兒來得爽氣，聲音雖不大，却痛痛快快地用上一句慣用的吉祥之語：『一生相伴不分離。』接着，利利索索地將手中的戒指戴到新郎的手指上。

這對小夫妻的表演贏得衆人的讚揚，有人在小聲地說：到底是穿着洋裝的人，都通了洋人的氣，行起洋禮來也大大方方的。

梁敦彥還未下來，梁鼎芬又出現在前廳，扯開嗓門喊道：『現在是婚典的最後一道儀式，恭請張大人作爲新人父母的代表，訓話致辭。』

張之洞一向不注重穿戴，平時在衙門裏辦事，都是穿着寬大鬆軟的綢布袍服，非鄭重官場交往及跪接聖旨等場合，他一律不穿官服。今天場面雖隆重，但因爲是兒女輩的婚慶，所以他依然如往常一樣穿一套半新半舊的川綢長袍。他緩緩地站起來，以素日難得見到的淺淺的笑容說：『我先代表念礽的母親和桑燕的父親，謝謝各位幕友、各位賓朋前來參加今夜小兒女的婚典，給了他們很大的臉面。諸位心裏或許都在笑話老夫，怎麽能爲小兒女舉辦這樣不倫不類的婚典，張某人是不是糊塗了？』

賓客位上傳出輕輕的笑聲。

『早兩天，聽說崧生談起洋人婚禮上有一個互相起盟及互贈戒指的儀式，我認爲很好，採納了他的建議，同意加進今夜的傳統婚儀中去。男女婚嫁，這是人生的第一樁大事，無論是我們中國，還是東洋西洋，大家都看得很重，都會對新人獻上美好的賀辭。我們中國人有許多祝福之辭，都很好，但依

第十四章　署理兩江

我之見有兩個不足之處。』

衆人都聚精會神地聆聽下文，看這位學問淵博、識見過人的總督，會對世代相傳的美好祝辭挑出什麽毛病來。

『一是都說好話，比如多福多壽啦，兒孫滿堂啦。二是空話，比如說吉祥美滿啦，福壽綿綿啦。其實呀，一旦組成一個家庭，今後面對的，決不僅衹美好的一面，艱難一面是避免不了的，也常常會有苦難和不幸伴隨着。』

說到這裏，張之洞想起自己三次喪妻的往事，心頭驟然沈重下來，不少客人已在默默點頭：總督說的是實話！

『當毅若跟我談起西洋人的不論富貴還是貧賤，不論健康還是患病，都始終如一的誓辭時，我一聽就覺得他們說的實在，既不偏頗，又不空泛，比我們那些祝辭強。結婚成家後，百年人生中，會有許多事情來考驗兩個人之間的情誼，其中最爲重要的便是這貧賤疾病的考驗，經受了這種考驗，其他的都好說，所以我同意將洋人的這個儀式引進來。這正像我們辦鐵廠、辦槍砲廠、辦布紗麻絲四局一樣，洋人真正好的東西，我們要敢於學習，敢於引進，不要怕人指摘，怕人笑話。』

真正是個洋務總督，三句話不離本行，纔說到婚禮，又聯繫到辦局廠的事了。幕友席上的蔡錫勇連連頷首，對着一旁的辜鴻銘說：『張大人說得對，家事、國事其實是一個道理！』

辜鴻銘神氣活現地說：『治大國如烹小鮮。朝廷是大厨房，督署撫署是中厨房，府縣是小厨房。』

『不過，話得說回來，這裏面還是有個本末主次的問題。』張之洞語氣一轉，繼續說道，『正如我們引進洋人的機器技術，建鐵廠、槍砲廠，目的還是爲了我們大清國的富强，至於我們自己的立國之

本，即華夏的綱紀倫常則不能受洋人的衝擊。今夜小兒女的婚典上，雖然加了互贈婚戒及起誓的程序，甚至於念礽和準兒都穿上了洋服，但幾千年來的三綱五常、夫貴婦道決不應該改變。』

張之洞轉過臉，望了一眼女兒，然後回過頭來繼續說下去：『比如說準兒，可以穿洋人的衣裙，也可以不戴大紅罩巾，這些西洋的裝扮都很好，但是她還是得謹守我們中國女人的原則，三從四德，孝敬婆婆，相夫教子，主持中饋。不能像洋女人那樣拋頭露面，干預政事，甚至置丈夫和兒女不顧去自己出風頭！若那樣，就是顛倒了本末，混亂了主次，我是萬萬不會同意的。』

梁鼎芬帶頭鼓起掌來，松竹廳內也跟着響起一片熱烈的掌聲。無論是滿腹學問的幕友，還是不識之無的僕役，全都對總督的這一番話表示認同，也對今天這個別開生面的婚典表示認同。

夜晚，在衆人鬧騰洞房的歡樂時刻，張之洞帶着珮玉將山水清音琴贈給仁梃夫婦，將蘭馨蕙暢琴贈給念礽夫婦，勉勵他們繼承祖母遺志，莫墜家風，琴瑟和諧。兩對小夫妻從父親手裏接過這別致而寓意深遠的珍貴禮物，心裏甜美無已。

沒有幾天，總督衙門裏這場中西合璧的結婚典禮和總督本人區分中西主次本末的講話便傳遍了武漢三鎮，有人讚賞，也有人搖頭，還有的人則從中感悟到一種新的啓發。

二　趙茂昌給張之洞送上一個經過專業調教的年輕女人

兒女的婚事辦得圓滿而富有新意，尤其是藉聯姻加深了與桑治平的友誼，又籠絡了一個對自己對國家都極有用的洋務人才，張之洞的心裏甚是喜悅。

文昌門外的織布局開工半年多了，有工人二千五百名，紗機三千臺，布機一千臺，機器都是從英

國進口的，又特爲從英國高薪聘請十名技師，負責傳授織布技能和機器的維修。半年間，張之洞到織布局去過七八次，見運轉的機器一次次增多，織出的布也越來越好，心裏滿是喜悅。上個月，送來的樣布細密光亮，一點也不亞於進口的洋布。他高興地對總辦候補知府莫運良說：『湖北省有一千七百萬人口，平均一個人一年扯一尺布，就是一百七十萬丈。如果按二錢銀子一丈的價格算，織布局一年就可得三十四萬兩銀子，除去成本和一切其他費用，至少可得三成利潤。這樣算來，光是湖北一年，織布局可獲純利十萬兩，再加上湖南省，人口和湖北差不多，都在湖廣衙門的管轄下，我張某人鞭雖短也可及。照湖北省一個樣，再加上十萬，就是二十萬。目前，中國有織布局的僅祇上海，它不可能把其他各省的生意都搶過去，我們要跟它爭奪，不說多了，每年銷四五百萬丈布沒有問題，至少又可獲利三十萬兩。這樣一來，織布局一年可獲利五十萬。莫知府，你想過沒有，你的財產真正大得很，要不了幾年，織布局就會富可敵國了！』

聽了張之洞這一盤算，莫運良也大大地開了竅，咧開嘴笑道：『織布局賺的這些銀子，還不都是張大人您的嗎？卑職不過爲您走脚跑腿罷了。』

張之洞說：『當然，這銀子不是你的，但也決不是我的，除開織布局本身的發展外，剩下的都要通通交總督衙門。我張某人私人不會挪用一錢銀子，這筆銀子都要用到湖北的洋務上去。眼下，纜絲局也已開了工，急需大量銀錢，這銀錢暫時向外國銀行去借，今後還指望織布局去還哩。莫知府，你得加把勁，好好努力呀！』

莫運良忙說：『卑職決不會辜負大人的期望，一定要把織布局辦好，多織布，多賺錢。但湖北的棉花不够好，洋技師們說，這對織出的布匹大有影響。』

張之洞不解地問：『湖北天門、潛江一帶的棉花是出了名的，洋技師都説不好，中國哪裏還有好棉花？』

『是的，卑職也是這樣回答洋技師的。他們說，不錯，整個中國的棉花都不是最好的，最好的棉花出在美國。美國的棉花產量既高，纖維又長，織出來的布又好看又耐用。卑職說美國的棉花再好，我們總不能從美國去買棉花吧，那要多大成本。他們說，可以從美國買棉種呀，有了美國的種子，一樣也可以在中國長出好棉花來。』

『買美國的棉種！這倒是個好主意。』張之洞眼睛一亮。『引進好棉種，這不祇是爲我們織布局好，也可以爲普天下的中國棉農造福。』

『好是好，但實行起來並不容易。』莫運良胸有成竹地說，『湖北的棉農，世代種自己的棉種，都習慣了，要他們改種洋人的棉種，他們一下子不會接受，擔心收成不好。不過話又說回來，棉農的顧慮也是有道理的，萬一種不好怎麼辦？棉農一家老小一年的生計就押在棉花上，因此不能採納。』

『橘過淮河而成枳。』張之洞像是自言自語地唸着，沈吟片刻說，『這樣好了，先試驗一下，從美國買進一批種子來，不收錢，送給棉農，讓他們去種。到了秋天，織布局負責全部買過來。若一畝收的棉花比往年少，也按往年一樣地給足錢，若多，則酌量多給一點；若真好的話，我們下次就多買，棉農也會樂意種，你看呢？』

莫運良說：『大人這個主意好，但織布局眼下未賺分文，這銀子從哪裏出？』

張之洞說：『銀子由我想辦法，你先去張羅。』

莫運良滿意地離開督署去籌辦此事。

第十四章　署理兩江

接連幾天，張之洞又去看建在北門口的紡紗廠。紗廠的廠房眼看就要建好了，但是在英國訂購的紡十支紗至十六支紗的一千臺紗機，則無錢去買回。鄭觀應來信說，上海有個商人願意先期投資八萬銀子，條件是今後優惠賣給他紗布。張之洞接受這個條件，一千臺紗機很快就買回了。

織布局、紗廠、繅絲局這些事辦得都很順利，張之洞這些日子來心情頗好。這天晚飯後，他對珮玉說：『準兒出嫁了，聽不到她的琴聲了，你也好久不彈琴，這衙門後院都快跟前面的大堂差不多，聽不到一點歡快聲了。彈一曲吧，大家也輕鬆輕鬆。』

珮玉也快四十了，她在廣州生的仁侃七歲多，天天跟着一位塾師在西廂房讀書，來武昌生下的仁實也有四歲，有一個奶媽在專門照看。珮玉這兩年來身體不太好，有點虛胖，琴的確很少彈，特別是準兒出嫁後，她常有一種空落落的感覺，抑鬱之情常會無端冒出，近來有件事在困擾她，她不知該不該向張之洞提出，見張之洞今日心情很好，她決定試試看。

珮玉略略打扮了一下，端坐在琴前，斂氣凝神片刻後，一曲悠遠綿長的琴聲，從她的十指與琴弦間流瀉出來。這是一首張之洞很喜歡聽的曲子。還是在兩廣總督任上時，有一天，時任雷瓊道員的王之春說，瓊州府有一個雙眼失明的老人，善吹蘆笙，吹出的曲子極爲動聽。他聽過好幾次，自認平生所知善奏樂者没有超過此人的。說得張之洞動了心，叫他下次來廣州時將這個老人帶來。不久，王之春果然將這個老人帶來了。原來是個又黑又瘦又矮的瞎老頭，且不會講漢話，是個土著黎族人。瞎老頭給張之洞吹了三首蘆笙曲，果然好聽極了。待瞎老頭走後，珮玉對丈夫說，她也在房間裏悄悄聽了，有一種空渺幽冷的感覺，如果將它略作點改動，會是一首很好的琴曲。她要張之洞明天再把這個老頭請進府裏來，再聽聽。張之洞贊成她的意見。第二天，瞎老頭在後院，對着珮玉吹了一天的蘆

笙，傍晚離開時，珮玉已將他的曲譜全部記録下來。珮玉花了一個多月的時間，將老頭所吹的七八首曲子融合起來，編成一支琴曲。她彈給張之洞聽，張之洞擊節稱讚，又給它取了一個名字，叫做《月照瓊島》。過些天，準兒也學會了，也彈得很好。眼下，一曲彈畢，張之洞嘆道：『這首《月照瓊島》真是讓你越彈越精了。』

珮玉說：『有三個多月没有彈了，手指都有點不靈便。這首曲子，準兒比我彈得更好。』

『準兒也彈得不錯！』張之洞有一個多月没有見到女兒了，真有點想念。『過兩天，叫準兒回來一次，你們娘兒倆合奏一曲《月照瓊島》。』

『好啊！』珮玉歡喜地說，『這些日子我還真惦念她呢！』

『那個黎族老藝人，是一個天才的樂師。我想，他很可能就是傳說中的鍾子期一類的人。』張之洞呆呆地陷於一種情感中，一個人自言自語地絮叨着，『人世間有不少逸才隱士，他們有着人所没有的才藝技能，由於各種原因，又往往被埋没，被遺棄，不爲世所知所用。我常常想：一個督撫，一個府縣，若能將自己轄境內那些被埋没遺棄的人才發掘出來，置於適當的位置上，這個督撫府縣也就做好了。那個黎族老藝人，我很想把他叫到廣州來，可惜第二年他就死了，我一直爲此事遺憾。』

珮玉笑了笑說：『四爺這番心意，當然是仁者之心。野無遺賢，能者在職，這是從古以來負有責任心的執政者所企盼的德政。不過，我倒有些不同的看法，並不是一切逸才都要爲世所用，還要看是哪方面的才。』

『噢，你這話倒有意思。』張之洞很有興趣地看着珮玉那雙眼角雖有皺紋、眸子却依然光亮的眼睛。

『有些逸才他本就志在人世濟世，衹是時運不好，無人賞識，流落在江湖山野，在位者若能發現他

們，給予重用，那是他們的福氣，比如前代的姜子牙、諸葛亮等人就是這類。有些人，他的才藝是天賦靈性的產物，雖然可以娛人，但更多的是自娛，他們的過人之處，也衹是因爲在長期孤獨寂寞的環境中，自己全心全意地體悟探求而得來。莊子說：用志不紛，乃凝於神，承蜩駝背人的絕技是這樣得來的。儻若一旦把他置於以追求名利功用爲目標的熱鬧場合中，他的心就浮了，神也分了，技藝也就再不會上進的。比如那個老藝人，多虧在瓊島那種荒涼的地方，若是年輕時就到了廣州、京師的話，就决不會有那樣高的蘆笙技藝。我想這大概就是王冕不願意做官、文徵明不願意應聘的緣故。』

『你說得有道理！』張之洞點點頭。『還可以爲你補充一個例子，我的布衣之交吳秋衣，他也是樂意漂泊而不願住官衙的人。』

見張之洞的心情這樣閒適，珮玉鼓起勇氣，將那件心事說了出來。

『四爺，有一樁事，我猶豫了很久，一直不敢說，我今天想對你說說。』

『什麼事，你說嘛！』

『假若不當的話，你就當我没說一樣。』

『行，究竟什麼事，這等鄭重？』珮玉這種吞吞吐吐的神情，倒使得張之洞自己先鄭重起來。

『一件這樣的事。』珮玉慢慢地說，『四爺知道，我的父母没有兒子，衹有我一個女兒，父親爲没有兒子而視爲終生的遺憾。兩年前，父親在武昌城裏偶爾遇到山西老家的一個人，彼此認作鄉親，關係不錯。年前，這個老鄉要回汾州去，父親託老鄉到他的老家鄉去看看，打聽一下家裏還有些什麼人。上個月，這個老鄉回來，還給我帶來一個堂弟。這個堂弟是我父親的嫡堂弟弟的兒子。父親見到這個侄子很親熱，把他當自己的兒子看待，很想留他在武昌。父親跟我說過幾次了，要我跟大人說說，給

第十四章　署理兩江

他在武昌城裏謀個差事。父親說，張制臺辦了很多局廠，隨便在哪個局廠給他尋一個喫飯的差事都行，祇圖在他身邊呆下來，日後死了，也有個兒子做捧靈牌的孝子。我知道你的脾氣，是决不爲自己的親屬謀差事的。當年南皮老家兩個侄孫遠路趕來謀事，硬是打發他們回去了。張家的親屬都不能安置，何况咱李家的人呢？所以我一直壓着没給你提。前天，父親又說起這事。看着父親那副蒼然神態，我實在又不忍，衹得冒昧地說出來，四爺如果以爲不妥，就當我没說一樣。』

珮玉低下頭，不再說下去了。

原來是件這樣的事！張之洞在心裏舒了一口氣。

這在別人看來簡直是微不足道的小事，珮玉却這等鄭重其事地對待，張之洞的心中不免生出一絲憐憫之情來。他知道，這是源於他近於苛刻的治家規矩。

清流出身的張之洞一向痛恨官場的貪污受賄，過去做言官時，遇到有官吏貪污受賄的情事落入他的手中，他嫉惡如仇，非得糾劾不可。外放督撫後，他考察手下的官吏也以貪與不貪作爲一條分界綫，貪污者即使能幹，他也要處罰直至罷黜；不貪者，即使平庸，他也心存曲全。爲此他以身作則，並嚴厲告誡家人，凡身外之錢財貨物，一分一毫不能收受。自從到武昌大辦洋務局廠以來，他又發現了湖北官場的另一種不正之風：一方面是不少官員們背後攻訐他辦洋務是崇洋媚外、糜費銀錢，將國家的銀子像水一樣地花，毫不心痛，另一方面他們又看到局廠有利可圖，紛紛將自己的三親六戚介紹到局廠來任職或做工役。張之洞對此大爲惱火。他三令五申，嚴命把守進入局廠的關口，無奈把關的人便是犯禁的人，把一張張蓋有湖廣總督衙門紫花大印的禁令看做與扔在垃圾堆的廢紙並没有多大的區別，最後衹是苦了他自家。那些從貴州山區、從南皮老家千里迢迢趕來武昌欲謀一席之地的親友

們，無一不乘興而來，敗興而歸。有時，看着那些失望的臉色，他心裏也曾動搖過，但想起自己這裏若開一個口子，到了辦事的官吏那裏，就是潰決一道長堤，風氣的敗壞便將不可收拾了。

但是今天，面對着珮玉這種誠惶誠恐的神態，張之洞却有些猶豫了。

不説珮玉這些年來對他照顧體貼，爲他生了兩個兒子，就看在兩個老人的份上，他也有點不忍心拒絶。珮玉的父母都是七十左右的人，這些年雖隨着女兒由北向南，又由南向北，但二老謹守本分，不以督署至戚自居，從不招惹是非。因爲没有兒子，過繼侄兒爲子；因爲要留住嗣子，希望能在武漢三鎮謀一差事，這實在是不過分的要求。南皮老家的侄孫可以打發他們回去，而這個從山西遠程來依的李家嗣子，無論從哪方面來説，若是讓他失望回去的話，都近於殘忍。

何況，近來還有一件事，張之洞在心裏盤算着，還要求得珮玉的支持纔好。這事是趙茂昌引起的。

在那年徐致祥參案中，趙茂昌失掉了督署總文案的職務，他的其他兼職也相應一並給丢了，他不得不怏怏回到江蘇武進老家。

在張之洞的眼裏，趙茂昌是個能幹人，替他辦成不少事，雖然時常會有些閒言碎語傳入他的耳中，但他不以爲然，哪個人没有缺點？辦事越多的漏洞就會越多，得罪的人也會越多。那次查出的一些諸如受賄用私人的事，有的不能確鑿坐實，有的雖是事實，但趙茂昌立即痛快承認，受賄的銀子也即刻照賠。張之洞對官員受賄向來痛恨，所以他並不爲趙茂昌講情，將他開缺回籍。但他心裏是隱隱有一股對趙茂昌的同情：因爲此事完全出於別人的報復，趙茂昌其實是因爲自己而中箭落馬的。

離鄂前，他對趙茂昌説：『你是能幹會辦事的，這點我知道，你安心回武進去住住，好好反省反省。你還年輕，今後大有前途，回家後常給我來來信，過幾年後説不定我還要起用你。』

第十四章 署理兩江

趙茂昌向張之洞深深地鞠了一躬，感激不盡地離開了武昌。

經過多年煞費苦心的經營，趙茂昌已在家裏買下了良田上百畝，置起紅磚青瓦大房幾十間，是當地方圓幾十里數一數二的大財主。儻若安心家居，趙茂昌的日子是可以過得又舒服又安静的。但是，趙茂昌不是安於鄉間的人。他渴求權勢，追求風光，時刻企盼東山再起。他記住張之洞的話，常常寫信給老主子，問候起居。他絞盡腦汁，思索着用什麽辦法來討得張之洞的歡心，早日回到湖廣總督衙門裏去。有一天，家人對他説，東莊的窮秀才秦老三過世後，老婆秦穆氏帶着三個女兒一個兒子，家裏窮得經常揭不開鍋。秦穆氏四處託人，爲大女兒尋一個殷實人家，若是富貴之家，即便做個小妾也可以。趙茂昌心裏一動，叫秦家的大女兒來看看。第二天，秦穆氏帶着大女環兒上了趙家。趙茂昌見環兒長得端端正正，年紀祇有十八歲，又認得幾個字，頗爲滿意。他對秦穆氏説，一時尚無好人家，環兒暫且在我家做做事，慢慢等待機會。

説罷，拿出四吊錢來送給秦穆氏。秦穆氏千恩萬謝地收下，直把趙茂昌當恩人看待。

環兒在趙家做起女僕來。趙茂昌細心觀察，見環兒聰明伶俐，手脚勤快，心裏歡喜。他要把環兒當一件奇貨來經營。他左思右想，該給他尋個什麽人家呢？突然一天，他腦子開了竅：還要四處去尋找嗎，現在不是有一個極好的人家擺在那裏！趙茂昌想的這户人家就是武昌張府。

張之洞身邊祇有一個女人，且這個女人以妾的身份而居夫人之位，趙茂昌對此甚爲不解。以張之洞的地位，完全可以娶一位門第不差的未婚小姐過來，做執掌內政的正室夫人，也可以三房四房一個一個地把姨太太買進府門，別人也不會有閒話：哪一個做大官的不是妻妾成群？張之洞這種與常人不同的做法，反倒使大家覺得奇怪。趙茂昌自然不敢去過問總督的家事，不過有一點他深信不疑：没有

哪個男人不愛女人，越是英雄越愛美人，俗話說英雄難過美人關；不是難過，而是壓根兒就不想邁過！張之洞尚不到六十歲，還是男子漢的英雄時期，他就難道不愛美人？多半是因爲他太熱中於事業，沒有心思去想這檔子事罷了。儻若有人爲他尋到絕色佳人，又熱心爲他張羅籌辦，他難道就會拒之門外？趙茂昌相信張之洞決不是坐懷不亂的柳下惠。

但是，畢竟張之洞多年來身邊衹有一個女人，他顯然不是那種酷好女色之徒，辦這事得小心謹慎，切不可魯莽。長期跟隨張之洞的趙茂昌，深知這位制臺大人好比一匹烈馬，儻若馬屁沒有拍到點子上，說不定會招致鐵蹄踢掉自己的門牙。

七月底，在張之洞五十七歲生日前兩天，趙茂昌特地坐洋輪來到武昌，給老主子祝壽。張之洞對生日一向澹然處置，不過家人團聚一起喫餐飯而已，從不對外聲張。趙茂昌作爲總文案，當然知道總督的生日，但先前他也不便送禮祝壽。這次身份不同，他給張之洞送了禮，禮品是一支經過特殊處理的高麗山參。一個老郎中曾教他一個秘方：尋十隻五寸長的雄性海馬，焙乾碾成灰，再將半斤罌粟殼也曬乾碾成灰，拌合這兩種灰，將其溶解於清水中，置人參於此溶液中浸泡三個月，晾乾後長期保存。這種人參，在補元益神壯陽增精上遠勝一般人參，對中老年男人有奇效。趙茂昌服過幾支，果然不謬。

趙茂昌神秘兮兮地說：『這支人參非比一般，於身體的好處妙不可言，您不妨試試。』

張之洞年來常感精力不支，極想通過補品來提神培氣。趙茂昌這個馬屁可真是拍到點子上了。他痛快地收下。於是，兩人的話題便從調補精力延年益壽開始了。趙茂昌將精心編造的故事，繪聲繪色地說給張之洞聽。

『武進太平橋有個老頭子，今年一百零二歲了，依然耳聰目明，身體硬朗，平時生活起居，不要人照顧。今年春上，我特爲拜訪過他，真是名不虛傳。』

『你問過他的長壽之道嗎？』張之洞果然對此極有興趣。

『問過，我去的目的也就是想從那裏學學長壽之道。』趙茂昌正正經經地說，『老頭子說，許多人都問這個，其實我並沒有長壽之道，與大家一樣地過日子。說來你們還不相信，我中年之前身體並不好，四十來歲頭髮就白了不少，一年到頭，小病小痛也很多，不像是個能享高壽的人。六十歲以後，反倒一天天强壯起來。不怕你老弟笑話，我六十二、六十四、六十六連添三個兒子，今年最小的兒子都已三十六歲了。』

張之洞聽到這裏也笑了起來，問：『他六十歲以後接連生三個兒子，那他的老婆多大年紀？』

『我也這樣問過老頭子。』趙茂昌見張之洞興致如此濃厚，說話的勁頭更足了，『老頭子說，五十八歲那年死了婆娘，原本不再娶了，獨自過了兩年後，實在耐不住孤寂。這時恰好有兩個蘇北逃荒母女來到太平橋，母親得急病，無錢醫治，女兒寧願賣身救母，做僕做妾都行。別人都慫恿我，我的兒孫也沒意見。這樣，我就將那個十七歲的女孩子買來續了弦。從那以後，身子骨倒是越來越好。不然的話，我怎麼會在以後八年裏連得三個兒子？興許是我積了什麼陰德，老天爺要讓我老頭子人丁興旺。說到這裏，老頭子哈哈大笑起來。』

張之洞說：『六十多歲老翁生兒子的事也是有的，衹要女人年輕，這不是怪事。衹是身體越來越好，又居然活過百歲，倒是稀罕事。』

『香帥，卑職想這或許就是採補的作用了。』趙茂昌望着張之洞，眼神裏似乎看不出半點淫邪的

味道。

博覽群書的張之洞自然知道，古代房中術中的採補一說，即年老男子與年輕的女子交合，則可以强陰補弱陽；反之，年老的女子與年輕的男子交合，則可以强陽補弱陰。據說武則天晚年面首極多，其實是想以陽之强補陰之弱，企求長壽。張之洞對這套採補之學將信將疑，聽趙茂昌這麼說來，採補真的可起作用了。

他說：『採補一說由來已久，老年男子討小妾的也不少，也並不見得人人有效果，這老頭子怕是命好吧！』

『香帥說的有道理。卑職後來請教太湖邊一個老郎中。他說這要看女子的血氣如何，若女子血氣特爲旺盛的話，就可以收强陰補弱陽之效。老郎中說得不錯，那個老頭子的續弦如今也年過花甲了，身體仍然强壯，看來那女人屬於强陰一類。』

張之洞笑道：『是你親眼所見的事實，也不由我不信了。』

趙茂昌以一種半開玩笑半當真的語氣說：『香帥，假若能遇到一個合適的女子，我來爲你張羅此事如何？』

武進老頭的實例的確有很大的說服力，張之洞巴望强健，也希望長壽。他滿口應道：『好哇，你能找到這樣强陰的年輕女子嗎？』

趙茂昌收起笑語，一臉誠摯：『香帥，我趙茂昌受您多年的大恩大德，現在是開缺回籍之身，您仍不嫌棄，我即便肝腦涂地也無以爲報。我要竭盡全力爲您辦好這事，就算是對您的一點孝敬。』

趙茂昌是如此感恩戴德，張之洞倒有幾分感動了。

第十四章　署理兩江

他是一個恩怨分明的性情中人。想起身邊這麼多僚屬幕友，都受他恩惠甚多，就没有一個人這樣真心真意知暖知痛地爲他着想；還祇有趙茂昌，不忘舊恩，不忘故主，實實在在地替他辦事。他也想到趙茂昌可能是要因此圖起復或是求什麼別的。即便如此，也不是使壞心。人家真的對你好，你也應該回報回報，過兩年風聲平静後，是可以再用的。張之洞由衷地說：『竹君，難爲你一番孝敬之心，我知道了。』

趙茂昌大喜，立即離開武昌，順流放舟，趕回武進。他不急着把環兒送去，他要再好好調教一番。

離武進不遠的揚州，是由來已久全國聞名的調教女人的地方。此處並不教女人讀女四書、列女傳之類的典册，也不教女人三從四德、婦道女規的聖賢之教，它教的是女人應該如何服侍男人，如何博得男人的歡心。賣弄風騷、吹拉彈唱、梳妝打扮、挑逗撩撥等等，凡此種種能打動男人的心，撩起男人的性的本事，都得教授。揚州有專門調教這種女人的場所。這種女人有一個古怪名稱，叫做『瘦馬』。有學者研究，『瘦馬』源於唐代著名詩人白居易的一首詩：『莫養瘦馬駒，莫教小妓女。後事至目前，不信君看取。馬肥快行走，妓長能歌舞。三年五歲間，已聞换一主。』『瘦馬』出門後或進妓院，或進歌樓，或做小妾，都比別的歌女妓妾要强得多。

大約在唐代時，揚州瘦馬便開始出名；到了清代，由於鹽商的麇集，揚州瘦馬達到了鼎盛時期。趙茂昌將環兒帶到揚州城，選了城裏最負盛名的嚴媒婆家，交下一百兩銀子，限三個月把環兒調教成一個人見人喜的瘦馬。三個月達到這個標準，本來是做不到的事，但嚴媒婆貪這一百兩銀子的厚利，便一口答應下來。

三個月後，趙茂昌去揚州城再見環兒時，果然見環兒變得豐腴白嫩，在一身光鮮合身的衣裙襯托

下，顯得更加嫵媚，尤其是她的眉目神態、舉止言行，樣樣比先前大不一樣，讓人看了舒心暢意。除開吹簫奏琴一時不能見效外，她還能唱得十幾支好聽的曲子。又會跳舞，舞動起來，彩袖飄舞，很有幾分寺院壁上畫的飛天模樣，直看得趙茂昌着了迷，真有點後悔，不該答應了給張之洞。先知道環兒能變得這樣可愛，早該自己收了做第四房姨太太的。想起今後的官宦前途，趙茂昌硬了硬心，帶着環兒上了船。

趙茂昌在黃鶴樓客棧住下。第二天便去拜見張之洞，當天晚上，張之洞在客棧裏見到了環兒，頓時喫了一驚。張之洞並不是一個貪戀女色的人，也不是見異思遷的輕薄漢，但作爲一個充滿活力的男人，容貌美麗姿態曼妙的女人，却不能不令他歡喜愛慕。他想起自己的三任妻子和現在身邊的珮玉，在令人一眼便心迷意亂這點上，還不能與這個女人相比。他是個從不逛妓院喫花酒鬧狹邪遊的人，他不知道，這種讓人心迷意亂的本事，正是賣笑女的特長，而從揚州教坊裏走出來的瘦馬，更比別處技高一籌。

張之洞十分滿意。趙茂昌請他連夜將環兒用一頂青布小轎擡進總督衙門。張之洞想了想說，過兩天吧！『過兩天』的原因便是得先跟珮玉打個招呼。

與珮玉有十年的夫妻情意了，今天再置一房姨太太，居然連個招呼也不打，張之洞心有不忍。他正琢磨着拿一樁什麼事來補償珮玉，不想珮玉倒自己求上來了。想到這裏，張之洞說：『老人家的心意我很理解，有一個嗣子在他們身邊，也可以爲你省許多心。明天，你叫你的弟弟到我這裏來一下。我看看，給他個什麼差使合適。』

張之洞如此爽快地答應，令珮玉頗感意外，她立即高興地把這事告訴了父母和堂弟。

第十四章　署理兩江

第二天，珮玉的堂弟李滿庫怯生生地來到督署簽押房。

『坐下吧！』張之洞放下正在寫批文的墨筆，招呼着站在一旁的李滿庫。

『小人是來聽大人吩咐的，不敢坐。』

上身僵硬、兩腿微微打顫的李滿庫巴不得早點坐下，但他嘴上仍不由自主地說出這句話來。李滿庫是個鄉下人，到武昌來以前，從來沒有見過官。現在一下子見到總督大人，他如何不膽怯！儘管知道，總督是堂姐的丈夫，但堂姐是妾，而不是夫人。按禮制，妾的娘家人是不能算作丈夫的戚屬的，庶子的外婆家衹能是嫡母的娘家，而不是生母的娘家。老實本分的李老頭也一再告誡嗣子：不能將自己當作總督的小舅子看待。正因爲此，李滿庫對張之洞一口一聲『大人』，而稱自己是『小人』，同時也不敢坐。

『坐下吧。』張之洞很能理解李滿庫的心態，臉色和氣地說，『你是珮玉的堂弟，現在又做了李家的嗣子，與別人不同。你不要拘束，坐下好好說話。』

李滿庫見張之洞這樣和和氣氣地跟他說話，大爲感激，猶豫一下，也便在身旁的一方小木凳上坐了下來。

張之洞仔細地看了一眼李滿庫，見他也還長得清秀順眼，便說：『你讀過書嗎？』

『小時候，跟着塾師念過三年書，後來地裏收成差，就下地幹活，沒讀書了。』李滿庫說的雖是山西腔，但鼻音不太濃重，也較之一般山西鄉下人的話易懂。張之洞估計他不大像個死守老家的鄉巴佬。山西人有經商的習慣，不少男孩子讀了幾年書，初識字，會打算盤以後，便不再讀書了。待到十五六歲，便跟着親戚朋友學做生意，天南地北跑碼頭，極少數幸運的，就這樣跑出一個大商人來，絕

大多數不過是藉此養家餬口而已。

『也做過買賣嗎？』

『十七歲那年，跟着村裏的一個遠房大伯跑了三四年碼頭，後來，大伯折了本，我也就回家了。』

果然不出張之洞所料。他知道這三四年跑碼頭是一段很重要的經歷，可以長眼界，學知識，比起那些從未出過家門的鄉下人來說，李滿庫肯定要强得多。

『後來又做些什麽事？』

『在家種了兩年地，又到外村一家票號老闆的賬房裏做了四年的小跑腿。』

『好，好。』李滿庫雖有點緊張，但話説得流暢清楚，張之洞對李滿庫的經歷頗爲滿意，心裏已有了主意。『今年二十幾了，娶了媳婦嗎？』

『二十六歲了，前年娶的媳婦。』

張之洞點點頭説：『好，明天大根帶你到織布局去做事。』

『謝謝大人的恩典！』李滿庫大喜，忙離開凳子，連連鞠躬。

『織布局是個大有出息的場所，好好幹，會有前途的。但先得從最苦最累的事幹起，不可投機取巧。』

『是，是。』李滿庫連連點頭哈腰。

『滿庫。』張之洞站起身，以親切的語氣説，『你要知道，本督辦了這多洋務局廠，還從没有招一個三親六戚的，要説因裙帶關係進局廠的，你是第一個。這完全是看在你的嗣父李老先生的分上。珮玉不能常在二老的身邊，你這個做嗣子的不要辜負了二老的期望，要盡人子之責。』

『大人請放心。』李滿庫説，『大人的恩德和教導我都記住了，從今往後，我對嗣父嗣母，會比對我的親生父母更親。』

『你去吧！』

張之洞目送着李滿庫走出簽押房，心裏想，雖然因李滿庫而破了自己的規定，但此舉却謝了珮玉的父母，而且也爲環兒的進府鋪平了道路，還是值得的。此時的張之洞没有想到：缺口既然打開了，日後就會越來越大，南皮的遠親、貴州的近屬，以後一個接一個地前來武昌投靠，就再也不可能像先前那樣理直氣壯地辭謝了，衹好陸陸續續地予以安排。上行下傚。總督如此做，司道府縣更明目張膽地公開走私，濫進亂進之風本已成災，到後來，更壞得不可收拾。一個個、一群群、一批批莫名其妙的人，皆因沾親帶故的關係湧進各個局廠。局廠仿佛成了一口永遠舀不完的粥鍋，衹要挨得上邊，盡可放心大膽、肆無忌憚地拚命舀。張之洞更没想到，就是這個老實巴交的李滿庫到織布局後，被旁人以總督小舅子的身份看待，後來居然和別的一批蛀蟲一道，硬是把個好端端的織布局給徹底弄垮。

第二天，李家二老親自來向張之洞表示謝意，珮玉也因了却老父的一樁大心事而格外高興，趁着這個極好的氣氛，張之洞將環兒的事告訴了珮玉。珮玉先是一愣，很快也便想開了：他身爲總督，三妻四妾本可聽他的便，莫説自己身爲妾，就是八擡大轎擡進來的正室夫人，總督丈夫要納妾，她能阻止得了嗎？與其無謂地吵鬧，不如歡歡喜喜地接納，爲自己日後留一條退路。

珮玉平静地説：『我年齡大了，身體不好，照顧不周，你身邊早就該添個人手了。什麽時候進府，這個事交給我來辦，我要把它辦得熱熱鬧鬧、風風光光的。』

『千萬不要熱鬧風光！』珮玉這個態度，反而讓張之洞心中有些歉意。他急切説，『納進一個小妾

哪能熱鬧風光，越平淡越好。』

『房子總得佈置一下吧，床呀，梳妝檯呀，這些也得置辦吧！』珮玉似乎比他本人還要熱心。『三天吧，給我三天的時間，我會和大根夫婦把這事操辦得熨熨帖帖的。』

張之洞感動得拉起珮玉的手，漲紅着臉說：『珮玉，你這樣的賢惠，真不知叫我如何感激你爲好。她年輕不懂事，進府後凡事還要靠你指點關照。至於家事，還是像過去一樣，一切由你爲主，決不會讓她插手的。』

珮玉不吱聲。張之洞發現自己滾燙的雙手所握的，竟是一隻從冰窟裏取出的玉如意，熾熱的心立即涼了多半！

三 正當朝廷內外忙於爲慈禧祝壽時，北洋水師全軍覆没

環兒進府後，果然給年近花甲的張之洞注入一股强大的生命力，仿佛真的年輕了許多似的。特製的人參，也讓他恢復了消逝多年的青春活力。他叫趙茂昌如法炮製，再多送一些來。不久，環兒懷孕了。這消息讓張之洞驚喜萬分，他因此而對自己充滿了更大的自信，並將這種自信傾注於洋務事業中。

鐵廠每天爐火熊熊，鐵水奔流，以日産量一百噸的速度生産着，給總督衙門帶來極大的喜悦。槍砲廠也全面投産。所有的機器設備全都是委託駐德公使許景澄在柏林買的，儘管貨款高達一百七十餘萬兩，比原定的價格高出一倍多，但張之洞還是狠下心，從各處騰挪借補，按時如數匯去。現在，用這些設備生産出的七九式步槍、口徑六至十二厘米的各種陸路快砲及過山快砲都已成批出廠了。撫摸

着那些冷冰冰黑幽幽的槍砲，聽着隨從們『與德國人造的毫無區別』的恭維話，張之洞心裏甚是得意：『可惜子藥和銅料還得從德國進口，哪一天這些東西我們自己也能製造，本督就十分滿意了。』

隨從們立即說：『這有何難，馬都有了，還怕没有鞍子！有張大人掌門，過兩年，我們再在旁邊建一個子藥廠、一個銅廠，所有材料就不再從德國買了！』

說得張之洞哈哈大笑起來。

織布局裏生産的布疋已開始在湖北省行銷，張之洞耳朵裏聽到的也是銷路暢通的好消息。紗廠已經出紗了。繅絲廠的廠房不久也可以竣工。製蔴局也在規劃中。武昌城裏的洋務局廠，可謂蒸蒸日上，前景遠大。

相繼辦起的四所實業學堂：自强學堂、算學學堂、工藝學堂、礦業學堂，也開始招生了。每所學堂收的學生並不多，在三十至五十人之內，但録取嚴格，待遇優厚。每所學堂開學那天，張之洞必定前去訓話，殷殷告誡學子們珍惜青春年華，學會實際本事。儘管世家子弟都不屑於進這種實業學堂，但清貧的農家學子却爲讀書期間的豐厚待遇和結業進局廠的高薪前程所吸引，對實業學堂趨之若鶩。湖北的通都大邑窮鄉僻壤，很快便都在談論這些亘古未有的洋學堂，貧寒人家子弟在這裏發現了另一種晉身之途。從此以後，隨着這種新式學堂的大量開辦，『學而優則仕』的獨木橋，被多種多樣前景美好的寬廣道路所取代。人們不必都擠在入仕做官的惟一通道上，科學技術、工業商貿，衆多的領域都可以讓人充分展示其聰明才智。做得好，一樣的出類拔萃，一樣的財富滾滾，一樣的獲得地位，一樣的顯親揚名。士人的觀念一旦改變，整個社會的觀念也便隨之改變。一個新的時代，隨着洋務局廠和實業學堂的興辦，便這樣不可阻擋地來到了古老的神州大地。

下午，張之洞正在簽押房裏審閱嘉魚縣的稟帖。

三個月前，蔡錫勇向張之洞建議要各縣將該縣的物産一一查明稟告總督衙門，以便摸清家底，爲湖北進一步發展洋務實業做準備。蔡錫勇特爲對總督説：在西洋發達國家，這都是各省各縣所必備的資料，許多國家是由政府出面派專人逐處查覈的。鑒於鐵政局目前人手不够，先由各縣自查自報，然後再由鐵政局派出專人有針對性地去覈實。張之洞欣然採納，立即以督署名義下發公函，要各縣照辦。

嘉魚縣令姚希文接到這份公函後，將刑名師爺、他的遠房兄弟招來商議。

『老八，你看這事咋辦？』

姚縣令將公函遞給了師爺。師爺看了看，嘴角邊露出一絲冷笑，説：『這張制臺真是個愛熱鬧的人，無事生事，這事咋辦？老爺，你就召集一批人到各鄉各都去訪查唄！』

姚縣令説：『你説得輕巧，我到哪裏去找一批這樣的人？還要各鄉各都去訪查，這開銷要多大？我嘉魚縣哪有這些冤枉銀子！』

『張制臺把省衙門折騰個人仰馬翻，現在又來折騰各縣衙門了。』師爺摸了摸肥得流油的腮幫，慢慢地説，『這事有兩種辦法：一是實辦，一是虛辦。』

姚縣令問：『實辦是怎麽辦法，虛辦又怎麽辦法？』

師爺説：『實辦，就是派人下去實實在在地去查訪。人手、銀錢缺乏，就少派人，派兩三個；也不全部去，到幾個重點鄉鎮，雖不是全部查清，但也是實在地做，這就叫實辦。』

姚縣令説：『就這，我也不想做。莫説這也得花二三百銀子；再説，查出了又有什麽用？這洋務時髦，我姚某人不想趕。』

『那就虛辦。』師爺語氣肯定了。『那就一個人都不派，過兩個月，老爺請幾個老嘉魚人來聊聊天，問問情况，然後我再寫個稟帖交人送到武昌去就行了。』

姚縣令高興地説：『就照你説的虛辦，虛辦。』

過一會兒，他又興奮地説：『老八，其實也不要再找人去查訪了，我早就聽人説過，嘉魚就是《三國志》中的火燒赤壁之處。爲何叫赤壁，是因爲山崖是紅的，爲何山崖是紅的，是因爲有銅鐵等礦石。咱們嘉魚有的是礦藏，先把這一條報上去。』

『老爺，千萬莫報這一條！』師爺忙擺手打斷姚縣令的興致。

『爲何？』

『老爺，你想想看，那張制臺的興趣正在煉鐵煉銅上。一聽到嘉魚有銅鐵礦，立刻就會關注嘉魚。這以後，候補道府會一批批來嘉魚考查，礦師洋匠會一隊隊來嘉魚踏勘。你老爺是今天送人，明天又要迎客，驛館的酒席會像流水似的開。你要勞多少神，傷多少財？儻若折騰幾個月，要是説這裏没有銅鐵礦，那張制臺的脾氣，是要把老爺你駡個狗血噴頭，你再也莫想在他手裏升官；若是有，那今後在這裏安營紮寨，無窮的煩惱你等着吧！』

姚縣令摸摸腦袋苦笑説：『你説得也對，那我們報些什麽呢？』

師爺想想説：『你就報：咱們嘉魚的特産是池塘裏的王八，山丘裏的野鷄，江河裏的大肥蝦……』

『哈哈哈！』姚縣令不禁開懷大笑起來。『老八，真有你的！』

張之洞審看着嘉魚縣的這份稟帖，心中頗爲不悅。三個月的期限已到了，十之五六的縣並没有按要求上報，少數幾個像嘉魚這樣有稟帖的縣，説的物産也都是些瓜菓、魚蝦之類，祗有一兩個縣提到煤鐵等有用礦藏。張之洞哪裏知道，幾乎所有的府縣，對督署公函抱的都是嘉魚縣的心態，或敷衍塞責，或乾脆不理睬。

正在這時，門吱的一聲推開了，環兒端了一碗剛熬出的人參湯進來。張之洞隨口問：『怎麽今天你自個兒送來，桃紅呢？』

往日一天上午下午各一次的人參湯，都是由小丫鬟桃紅送的。

『桃紅到街上買針綫去了，不能再等她了。』

環兒邊説，邊將人參湯送到張之洞的手邊：『快趁熱喝了吧！』

隨着環兒的靠近，一片鮮亮、一股異香一齊向着張之洞撲來，他禁不住擡起頭將環兒看了一眼。是不是環兒難得有一次到簽押房來，她今天怎麽這樣格外用心妝飾打扮：本來烏黑的髮髻更黑亮，本來白皙的皮膚更細膩，本來姣好的身段更嫵媚。喝了一大口人參湯的張之洞胸腔裏頓時燥熱起來，他眯着眼睛對環兒説：『你坐到我的腿上來。』

在揚州瘦馬館裏專門培訓了三個月的環兒，有着一身風騷技藝，面對着又老又忙的湖廣總督，她常有英雄無用武之地的嘆息。今天怎麽啦，日頭打西邊出來？環兒又驚又喜。張之洞一把將她抱了過來，放在自己的腿上。他一邊摸着環兒的手，接着滿口花白鬍鬚便向環兒粉臉上凑了過來。環兒心裏樂滋滋的，甜蜜蜜的。張之洞身上的血越來越燥熱，一股火在五臟六腑裏猛烈地燒着，將他的頭燒得昏昏的暈暈的。他已忘記了這是辦理公務的簽押房，他也忘記了窗外正是紅日高照的朗朗青天，他不

能按捺自己渾身騷動的慾火，急急忙忙地伸手解開環兒上衣的紐扣。女性的本能讓環兒一下子清醒過來，悄悄地説：『大人，這是簽押房哩，我們回上房去吧！』

『不要緊！不要緊！』張之洞邊説邊不停地解，猶如一個十天半月没喫飯的餓漢似的。

環兒羞得滿臉通紅，渾身上下早已没有一絲力氣，任憑張之洞胡亂地動着。眼看上衣的紐扣已全部打開，正要脱去時，却突然門被推開，冒冒失失闖進來的辜鴻銘被眼前這一幕給驚呆了。

張之洞滿腔烈火遭遇這一瓢冷水，又恨又怒，扭過臉吼道：『什麽人，給老子滾出去！』

環兒慌忙離開張之洞，雙手死勁地將鬆開的上衣抱住，低着頭與辜鴻銘擦身而過，奔出門外。

辜鴻銘已回過神來，快樂地拍掌大笑：『張大人，你太可愛了，太了不起了，我今天算是看到了一個真正的男子漢！』

張之洞又好氣又好笑，惡狠狠地駡着：『你還不滾，再在這裏多嘴，我要割掉你的舌頭！』

辜鴻銘樂呵呵地説：『好，好，我走，我走，讓你定定神。』

不料，辜鴻銘剛出門，張之洞又喝道：『回來！』

辜鴻銘又轉過身站在門邊。

『你找我有什麽事，説吧！』

『也没有别的大事。』辜鴻銘笑嘻嘻地説，『我是來告訴你，我和吉田貞和好了。我心裏真高興，想和你分享我的喜悦。』

吉田貞是辜鴻銘一年前納的日本小妾，他很寵愛她。三天前，吉田貞爲了一件小事和辜鴻銘慪氣，這幾天裏把自己的房門關得緊緊的，既不讓辜鴻銘進門，也不和他説一句話，弄得辜鴻銘焉頭耷腦，

没精打采，成天愁眉苦臉的，做什麼事都提不起神來。前天，張之洞要他譯一份公文給英國駐漢領事館。他哭喪着臉説：『香帥，我這兩天無心思做事，譯不好。』張之洞問他爲什麼没心思，他將此事説給張之洞聽，末了説：『香帥，你幫幫我的忙，讓吉田貞與我和好，我加班加點酬謝你。』

張之洞心裏笑道，這個混血兒真没出息！讓個小妾整得這樣慘兮兮的，説出來也不怕別人笑話。説了句『我幫不了你的忙』後走了。

今天居然和好了，還要來與我分享喜悦，這小子也够有趣的。想到這裏，張之洞的惱怒消去了多半：『你拿什麼去討好她的？説給我聽聽。』

『不是討好，我是用我的妙法。』辜鴻銘得意地説，『昨天傍晚，我從衙門裏回到家後，吉田貞的房門還是緊閉着。我在屋外徘徊好久，真是無計可施。我走到窗户邊，踮起脚來，想從窗口看看她。結果人没看到，却看見桌上那個金魚缸，頓時來了靈感。』

張之洞被他唾沫横飛的叙述給吸引了，認真地聽着。

『金魚缸裏養着三條金魚。這三條金魚是她從日本帶來的寶貝，愛得不得了。就從這裏下手。我忙去後院找來一根細竹竿，又從太太房裏尋了一根針和一根細綫，很快做成一副釣魚竿，挖了一條小蚯蚓掛在釣鈎上。然後人站在窗外，將釣竿從窗口裏伸進去，直伸到金魚缸上。釣絲垂進魚缸，小蚯蚓在水裏亂動，引得三條金魚一陣嘴饞，一條鼓眼黑金魚一口吞下蚯蚓。我心裏高興極了，忙將釣竿一擡，黑金魚被我釣到了半空，禁不住哈哈大笑起來。就在這時，門打開了，吉田貞氣呼呼地衝了出來，嚷道：死鬼，死鬼，你快放下！我趁這個機會，溜進她的房裏，整整一夜再不出來了。就這樣，和好了。』

説罷，自己捂着肚子笑個不停。張之洞看着辜鴻銘這副樂不可支的天真相，也被感染着心情舒暢起來。他心裏想着：天底下不乏聰明人，但聰明人往往機心多，難以相處；天底下也多無機心的人，但此輩又往往愚昧無知。像辜鴻銘這種絶頂聰明而又無機心、闖蕩四海而又天真單純的人真是少之又少。幕府有個這樣的人物，煩雜枯燥的簿書日子該增添多少生趣啊！從此，張之洞對這個有趣的混血兒更多了幾分親近感。

生命力陡增和洋務的興旺，讓張之洞處在欣欣然中，對蔡錫勇、陳念礽等人稟報的實際困難，總是以三軍統帥般的果決魄力和宏闊氣概予以斷然處置。

蔡錫勇説，馬鞍山的煤含硫磺過多，煉出的焦煤成色不高。張之洞便問，哪裏有合適的煤？蔡錫勇説，直隸開平的煤較好。張之洞立即説，那就從開平去買煤。蔡錫勇説：運費太多。張之洞説，不必考慮這些。於是，鐵廠便以高出馬鞍山七八倍的價從開平買煤。成本開支一時驟增。

陳念礽遂稟報丈人，眼下廠裏經營甚是困難，每日化鐵爐出生鐵一百噸，則虧本二千兩銀子，一月下來，化鐵爐就虧損六萬兩。湖北官場上不少人都説早知如此，不如買洋人的鋼鐵，還要不了這多銀子。張之洞開導女婿，萬事開頭難。眼下鐵廠未走入正道，産量低，自然成本高，以後日産量增大，鐵的質量提高，能够與洋人的鐵一樣好賣了，成本自然就降低了。這尚在其次，最重要的在於我們中國人自己能用洋法造出鐵來了，這個意義就非比尋常，這將大大激發我們中國人的自强信心。我們不能永遠靠買洋人的成品過日子，萬一哪天與洋人交惡了，他不賣給我們怎麼辦？再者，我們辦鐵廠，重在開風氣之先，要藉此影響全國十八省；儻若我們遇到困難就退縮，那別人就再也不敢跟上來了，洋務實業何年何月纔能進入中國？

陳念礽覺得丈人的話說得對，的確應該想得多看得遠，於是再也不提虧本的事了。

有一天，辜鴻銘氣呼呼地走進簽押房，對着張之洞大聲說：『香帥，這鐵廠辦事越來越不像話了。』

『什麽事得罪了你？』

張之洞知道辜鴻銘辦事一向使氣任性，很難與人共處，不待他開口，心裏早已多半認爲，又是這位怪脾氣的混血兒在自個兒招是惹非了。

『香帥，你看看，有這個理沒有？』辜鴻銘從頭上抓下瓜皮帽，青色的頭皮、後腦勺的大辮子，與鏡片後面那兩隻灰藍色的大眼睛配在一起，顯得極不和諧。

『我六天前跟鐵廠的協辦劉候補道說，過江到英國駐漢口領事館會見新來的領事詹姆士先生，順便向詹姆士打聽目前英國的鋼鐵行情，請他派一個人與我一道去。這本是一次禮貌性的見面，衹需鐵廠派一位主管行銷的科員同去就行了。不料劉道說，拜訪英國的新領事，可是一樁大事，我們得好好計議計議。他們一議便議了五天，昨天上午派人接我到鐵廠。劉道認真地對我說，朝廷派往英國的公使是侍郎級的官員，那麽英國派駐我國的公使的級別也應如此看，侍郎在京師爲正二品，外放則爲巡撫級。駐漢口的領事比公使低一級，也應相當於我們湖北的兩司。按禮儀，新領事來後，我們鐵廠第一次正式拜訪，應請藩臺大人和臬臺大人一道去，纔顯得鄭重。但他們忙，請不動，鐵廠應去最高官，即請蔡督辦。但蔡督辦這些天有病，也不能去，就得由本道代行。但本道衹是協辦，官階也衹是四品，不能相敵。與各位商議後，決定再加派兩位知府級處辦、四位知縣級科辦，七個人的品級纍積起來，大致應與英國領事的級別差不多了。負責行銷的吳科員衹是一個從九品，他衹能作爲隨員跟從。

本道一再叮囑吳科員，你雖是隨員，但實際事是你辦，你一定要好好聽，回來好好寫一份帖子留下備蔡督辦和各位會辦、協辦、監督、襄理老爺們傳閱。就這樣，劉道帶了一行十餘人浩浩蕩蕩，排場十足地陪我過江去了漢口領事館，把人家詹姆士嚇了一大跳，還以爲我們是上門找麻煩來的，忙叫衛士荷槍實彈以待。香帥，你看看，一件極小的小事，卻被他們辦得這樣複雜而煩瑣，您看鐵廠還像不像話！』

不料，張之洞哈哈大笑起來，連說了幾句『有趣有趣』後，對辜鴻銘說：『一個道員，兩個知府，四個知縣，加起來敵一個兩司，劉道這個算法，確實新鮮少見。是不是相敵，誰也說不準。但是，湯生，你也不要太氣憤，這也說明劉道辦事的認真。中國是禮義之邦，在外人面前更要體現禮義之邦的風範來。對此，我還是欣賞的。我對他們說過，鐵廠也好，槍砲廠也好，就是織布局、紗廠也好，雖是洋務局廠，也要比照我們衙門的規格辦。鐵廠的督辦是蔡道，協辦是劉道，在我們的心目中，它就相當於我們的道員級衙門。織布局的總辦是莫候補知府，我就是有意將織布局比鐵廠低一個級別，相當於我們的知府衙門。紗廠的總辦廖候補知縣又低一級，它就是知縣衙門。要這樣，纔有個上下等級的區別。別尊卑，明貴賤，這是聖人爲我們制定的治國大綱，也是我們中華民族禮儀的精華之所在。我們辦洋務，也要用這個辦法，否則就會亂了套。湯生，你要理解劉道的用意，不必生氣。』

辜鴻銘聽了張之洞這番話，倒也不知再說什麽是好。這些年來，他在張之洞的具體指導下，用心攻讀全套儒家經典，對中國文化有了較深的理解，知道總督的話沒有錯，整個儒家學說，就是建築在親疏尊卑、上下等級的基礎之上。用聖人的話來說，便是『正名』。名不正，則言不順，言不順則事不成。但會見一個領事，要如此煩瑣，他卻不能贊同。此事至少影響了辦事的效率，耗費了許多不相

干人的精力時間。不辦事的人堂堂正正地坐在臺面上，真正辦事的人則祇能一旁侍立，這算什麽？在西方，是絕對不會出現這種場面的。

他退出簽押房，將總督關於洋務局廠也要按朝廷設的衙門規矩辦的這一番訓示，告訴幕友堂的衆人後，那些讀『四書』『五經』、辦刑名錢穀的幕友們，則一致讚揚總督的治理洋務有方。他們說，無規矩則無方圓，在中國辦洋務局廠不遵中國的禮制，那怎麽行？還是香帥有辦法！那些讀洋文西書的洋務幕友則紛紛表示難以接受。他們認爲，局廠好比是大作坊，作坊是要出産品的，怎能以衙門視之？英美德法這些國家在辦局廠方面已有一整套行之有效的管理辦法，應該連同機器技術一道引進來。若機器技術是西洋的，管理則是中國衙門式的土辦法，這洋務實業能辦得好嗎？但這是他們私下議論時的憂慮，誰也不敢去向總督提出。用中華禮儀、聖人之教來辦洋務，這是何等堂堂正正冠冕堂皇！你一個中國人，還能不遵中國的禮教？

張之洞如此勁頭十足地在湖北大力興辦洋務，雄心勃勃地立志要在三五年時間裏把湖北變成海内第一洋務强省，不料，一場大仗突然爆發。這場意外的戰争給中國帶來巨大的影響，成爲改變近世中國命運的一個轉捩點。這場戰争，便是有名的甲午海戰。

這年十月，是慈禧太后的六十大壽。早在去年開始，朝廷便已大張旗鼓地籌辦萬壽大典，並增加恩科鄉試和恩科會試。又指令各省必須爲老佛爺的萬壽捐銀送禮，用於頤和園的掃尾工程和大典的開支。當時，這道廷命下到湖廣衙門時，辜鴻銘正在張之洞的旁邊，他看到後笑了笑說：『香帥，西方有一支人人都會唱的生日歌，一人過生日，大家都唱這首歌向他祝賀。太后過生日，我來爲她獻一首生日歌，煩你替我奏報給她如何？』

張之洞說：『你先把歌詞唸給我聽聽。』

辜鴻銘眨了眨灰藍眼睛，摇頭晃腦地唸道：『天子萬年，百姓捐錢。萬壽無疆，百姓遭殃。』

一旁的梁鼎芬、梁敦彦等人都掩口笑了起來，心裏說：這個混血兒好大的膽子，竟敢當着張大人的面咒駡太后，豈不要被他訓個半死！

想不到，張之洞不僅未駡，反而也跟着笑了起來，笑後拍拍辜鴻銘的肩膀，說：『你這個生日歌，祇在此處唱一遍算了，到外面去瞎唱，我可保不了你。』

各省都從藩庫裏擠出銀子來應付着，有的省趁機將此攤派到各府縣去，弄得怨聲載道。又有幾個諂媚邀寵的官員，居然提出全國所有食朝廷俸禄者，捐一月薪金出來爲太后祝壽以盡孝心。朝廷抓住這個典型大加讚揚，而朝野官吏們却恨不得將這幾個馬屁精食肉寢皮。

光緒皇帝也全副身心地撲在萬壽大典上。親政不久的小皇帝既要藉此酬謝慈禧的大恩大德，博取以孝治天下的美名，同時也要以此討得老佛爺的歡心，换取在她手中握了三十多年的至高無上的權力。沒有想到，遼東半島之外朝鮮國的内亂已演變爲内戰，國家正處在危急之中。

史傳商末箕子子孫所開創的朝鮮國，自古以來便是中國的藩屬國。到了清末，國力衰弱，自身都難保，哪有精力來顧及朝鮮？而隔海相望的日本，通過明治維新之後，國力日益强盛，苦於國土逼仄，急欲向外擴張，朝鮮和中國的東北便成爲他們垂涎三尺的地方。那時年幼的朝鮮國王李熙乃由旁支入繼大統，他的生父大院君李昰應攝政。李昰應素來仇恨外人，主張閉關自守。朝鮮政界中有一部分人親近日本，與李昰應積怨日深。王妃閔氏娘家乃朝鮮纍世勛舊，其父兄想通過國王來執掌大權，於是藉李昰應政敵的力量來攻擊他，李昰應被迫交出權力。不久，李昰應又藉軍方之力發動兵變，打

跨閔氏家族的勢力，重新執政。變兵焚燒了日本駐朝鮮公使館，公使倉皇出逃回國。朝鮮舉國大亂。中國駐日公使黎庶昌急電天津，請北洋軍隊搶在日本兵入朝之前先行趕到，以免朝鮮落入日本人的手中。時李鴻章正丁母憂，張樹聲署直督，遂遣吳長慶帶淮軍舊部入朝平亂，設計誘捕這次內亂的大頭目李昰應，並將李昰應押到中國予以囚禁，恢復了國王的權力，朝鮮內亂迅速平定下來。在這次平定過程中，有一個人憑藉着過人的識見和勇敢，爲誘捕李昰應立下頭功，此人就是時年二十五歲的袁世凱。

袁世凱的叔祖袁甲三當年在安徽與太平軍作戰時，吳長慶的父親吳廷襄正在家鄉廬江辦團練。一次，吳廷襄被太平軍所圍，情形危急，打發人向袁甲三求救。袁甲三的兒子袁保恒不同意救援，侄子袁保慶則主張發兵。袁甲三一時拿不定主意。三天後廬江被太平軍攻下，吳廷襄戰死。吳長慶接統廬江團練，他恨死了袁保恒，却與袁保慶結成金蘭之交。袁保慶是袁世凱的嗣父。袁世凱不好讀書，向往走父祖輩的軍功之路。光緒七年，他投靠以提督身份駐軍山東登州的吳長慶。吳長慶念舊情，收留了他。吳見袁年紀尚輕，安排他與自己的兒子們一道讀書，那時吳家請的塾師即張謇。十多年後的張謇得中狀元，名揚天下，但那時還衹是一個默默無聞的窮秀才。張謇慧眼識人，他看出袁世凱書雖讀得不好，但辦事極有主意，是一個練達能幹之才。第二年朝鮮事起，吳長慶奉命東渡，亟需辦事的人，張謇力薦袁世凱。吳長慶破格委任袁幫辦前敵軍務。於是，袁世凱利用這個機會，充分施展了自己的才能，很快便嶄露頭角。

光緒十年，吳長慶離開朝鮮回國，留下三個營分別由提督吳兆有、總兵張光前及前敵營務處袁世凱統領。三個人中獨袁世凱看出朝鮮國內親日派日漸坐大的趨勢，對朝鮮政局的前途甚是擔憂，多次

將這種憂慮密報李鴻章。李鴻章一向重視日本，故對藩屬國中的朝鮮的關心勝過越南，命令袁世凱密切關注局勢的發展。

不久，果然爆發郵局謀殺案。親日派挾持國王李熙，矯詔殺害親華的輔國大臣，掌握朝鮮大權，並議廢立。這時，支持李熙一派的發動勤王之師，並懇請中國駐防營援助。袁世凱等人率清兵冒死救出李熙一家。此事雖很快平息，但中國與日本結怨更深。不久，中國駐朝鮮商務委員陳樹棠內召回國，受李鴻章器重的袁世凱接替其職。此後，袁世凱成了實際上中國駐朝鮮公使。年輕氣盛的袁世凱主張對朝鮮採取强硬態度，不行則廢除李熙，置監國，或乾脆將朝鮮改爲中國的一個行省。但李鴻章不同意，依然維持着慣常的對朝政策。到了光緒二十年，朝鮮爆發了東學黨之亂，亂兵達五六萬之多，朝鮮局勢再次面臨危急。李熙請求袁世凱幫助平亂。此時日本也藉口保護使館，調兵入朝。

袁世凱將此變故急報李鴻章。李鴻章派直隸提督葉志超及太原鎮總兵聶士成選淮軍勁旅一千五百人，由海軍提督丁汝昌派軍艦護送入朝參戰。與此同時，日本已陸續派兵五千餘人，由陸軍少將大島率領先行進入朝鮮，朝鮮的各重要海口均有日本軍艦、砲艦停泊。由於中國軍隊的參戰，東學黨之亂很快平息。清廷籲請中日同時撤兵，但日本藉口改革朝鮮內政，拒絕撤兵。其用意十分明顯，那就是藉此使朝鮮脱離中國而成爲日本的屬國。日本一再威逼李熙驅逐中國軍隊，並屢屢向中國駐軍和使館挑釁。此時，袁世凱已離朝回國，當面向李鴻章報告朝鮮危在旦夕的險惡局面。李鴻章一直希望依靠英國、俄國的干涉調停，避免與日本交火開戰，到這時纔醒悟過來，戰爭不可避免，然則爲時已晚了。六月下旬，他派總兵衛汝貴統率六千餘人進平壤，提督馬玉崑統率二千餘人進義州，以便援助孤懸牙山的葉志超部。日本軍艦集結牙山口外，企圖攔阻中國兵艦濟遠、廣

乙爲迎護高陞號運兵船，駛近牙山口外之廣島，日本軍艦吉野、浪速、秋津橫海襲擊，首先開砲，中國兵艦被迫還擊。甲午中日戰爭便這樣揭開了序幕。

廣乙、濟遠不是吉野等艦的敵手，開戰不久，便重創而逃。隨後而來的高陞號遭吉野砲擊沈沒，船上九百五十名清兵全部被拋向海中，七百多人殉難。接下來，葉志超與日兵在成歡交戰，葉部大敗；却以大勝欺騙李鴻章。李據以入奏，葉志超反獲嘉獎。八月一日，中日兩國正式宣戰。中日兩軍在平壤再次交戰，清軍又敗，總兵左寶貴壯烈殉國。八月十八日，中日兩國兵船在黃海大東溝海面上激戰。

這是中國海軍自成立以來所遭遇的第一次，也是最後一次大戰役。這一仗打下來，北洋艦隊致遠、經遠、揚威、超勇等艦被擊沈，廣甲號自毀，來遠號重傷，以鄧世昌爲首的海軍官兵死傷達千餘人。日方吉野號等五艘戰艦受重傷，死亡人員也有六百之多，兩相比較，中國損失更爲慘重。

九月下旬，日軍開始從陸路進攻中國遼東。清軍在日軍的凌厲攻擊下節節敗退，九連城、安東、海城、蓋平等城相繼落入敵手。

與此同時，另一路日軍在聯合艦隊護送下，從花園口登陸，很快攻陷大連、旅順。日本在旅順進行滅絕人性的大屠殺，全城人幾乎殺絕。最後有意留下三十六人，作掩埋屍體的勞力用。

中國海陸兩軍的慘敗，日本軍事力量的強大及其對中國百姓的殘暴，引起中國朝野的巨大震驚和憤恨，許多人都把責任歸咎於北洋海軍和淮軍的最高統帥李鴻章，翰林院三十五人的聯名參摺，代表了當時全國人民的這種憤怒心情。參摺痛罵李鴻章『昏庸驕蹇，喪心誤國』，指出李鴻章有『遷延坐誤』、『任用私人』、『姦欺蒙蔽』、『卵翼小人』、『媚日貪利』五大罪狀，籲請朝廷嚴懲李鴻章，勒

令其離開天津。認爲『李鴻章一日不去北洋，則三軍之氣一日不能振作，潰敗之局一日不能挽回』。

與此同時，一股請求恭王復職的呼聲彌漫朝廷。先是户部侍郎長麟上疏請起用恭王，但摺子被留中不發。接着，工部侍郎李文田與京師一批官員又聯合上摺，再次請求恭王復出。此摺經軍機處上奏時，禮王世鐸帶領全班軍機大臣合詞啓奏慈禧請恭王出山。但是，這道大摺與長麟、李文田等的奏摺一樣如石沈大海，沒有回音。十天後，協辦大學士李鴻藻、翁同龢在召對時，又懇切請求恭王出山。同樣，此事亦遭慈禧的一口拒絕。

正在闔朝爲之失望的時候，突然傳出老佛爺同意恭王復出的喜訊。

文武大臣們既感到欣慰，又頗覺納悶：是誰有如此大的本事讓老佛爺天心回轉？不久，從內務府傳出消息：老佛爺的回心轉意，是因爲皇上三番五次跪求的結果，而皇上之所以如此態度堅決，是因爲他最爲寵愛的妃子珍妃的竭力慫恿。

珍妃，這個中國兩千年封建帝制中最後一位因干預政事致使命運悲慘的皇貴妃，她的名字便這樣從後宮中最初走了出來。

於是，外官也漸漸對皇上的後宮私生活有了較多的瞭解。

光緒不喜歡太后强加給他的皇后小那拉氏，皇后仗着姑媽的權勢，也不把光緒看在眼裏。被封爲珍妃的長叙次女美麗單純，得到光緒的寵愛。珍妃姊妹在娘家時，家中請的塾師是有名的才子文廷式。比起漢家閨女來說，旗人家的姑娘在家裏的地位較高，可以和兄弟們一起讀書。因此，珍妃和她的姐姐瑾妃從小便受到良好的教育。又因跟着父輩去過不少城市口岸，眼光較之一般女孩子也大爲寬闊。這也是珍妃能得到光緒喜愛的原因。

第十四章　署理兩江

也有從敬事房太監那裏悄悄傳出的消息，說皇上乃天閹，皇后與瑾妃因而不愛皇上，並成天爲自己的苦命而憂心忡忡，沒有笑臉，惹得皇上見了她們也快樂不起來。但珍妃不這樣，她對皇上的天閹渾然不覺，一天到晚無憂無慮，臉上總是掛着天真的笑容。皇上怎能不喜歡她？太監、宮女們也個個樂意跟珍主子相處。敬事房的人說，這纔是珍妃得皇上歡心的真正原因。

外臣對此雖不能辨底細，但有一點證明敬事房的話有道理。皇上大婚五年了，正式冊封的妃嬪有七位，一天到晚圍繞在他身邊的宮女二三十個。二十多歲的年輕人，身上也看不出別的毛病來，就是沒讓身邊的任何一個女人懷上孕，不是天閹是什麽？

慈禧十年來一直對恭王疏遠冷淡，全班軍機大臣的合詞上奏，元老重臣的懇求都不起作用，還有誰敢再說話？普天之下，除開光緒一人外，再無第二個了。現在太后的態度改變了，是不是珍妃的慫恿且不去管它，光緒本人順應輿情，希望老伯父出山力挽敗局振作朝綱，却是不爭的事實。

四　復出的恭王感嘆：即便貴爲皇伯，也不能沒有權力

說是老伯父，奕訢其實也並不是太老，今年不過六十二歲。當光緒十六年十一月醇王去世後，在皇帝的嫡親父輩中，他又的確是碩果僅存且惟一壽過花甲的老前輩了。他得到皇帝的尊重和依賴是理所當然的。然而，皇帝沒有想到，他的這位伯父已經難以承受這份尊重和依賴了。

恭王府西院書房裏，恭王半躺在從德國進口的俯仰自如的牛皮沙發上，身上蓋了一件黃緞綉花薄棉被。初冬的陽光透過寬敞的玻璃窗，照在他乾癟的臉上，一雙略顯小的眼睛微微閉着。王府的太監宮女們以爲他睡着了，不敢再走進書房來，衹在窗外躡手躡脚地來回走動，以備王爺的不時召喚。

其實，恭王沒有睡。自從領了出山的懿旨後，他連夜晚睡覺都不安穩了，何況這一天中最好的上午辰光！

恭王奕訢退出權力中心已經整整十年了。剛退政時他深感委屈、失意和憤懣，甚至覺得這二十多年來的秉國當政的經歷如同做了一場夢似的，他給昔日的心腹同僚寫詩坦陳心曲：『吟寄短篇追往事，一場春夢不分明。』在夜闌更深的時候，他有時會突然浮出奇怪的念頭：假若當年不站在太后一邊，而站在肅順一邊，那情形又是如何呢？憑着肅順對曾國藩的一貫信任和曾對肅的感知遇之恩，江南局面的快速厘清應該也是沒有疑義的。肅順固然跋扈囂張，但他的才幹也的確是朝中少有的。辦事輕重緩急，他還是能分得清的。他至少不會在庫帑緊縮的時候，提出修復頤和園的計劃。尤其是當恭王想到繼統續位的大事時，他更加痛心。儻若他與肅順聯手的話，同治死後，這九五之尊絕對會落到恭王府，而不會流失到老七家。唉，天命固然不可預測，這人事又哪裏是可算計得到的？

思前想後地過了幾年，日趨老境的恭王漸漸地心思平和了。國家大事，他索性一概不管了，安下心來在豪華舒適的王府中讀書寫字、賞花聽曲，以藝術之美來充塞心靈；山珍海味，歌舞宴樂，以醇酒與婦人來最大限度地獲得感官的愉悅。歡樂衹在今宵，王府即是天堂。當年一心追求權勢欲建赫赫功業的恭王，再也不存任何雄心壯志，決定充分地利用宣宗爺皇六子的天賜福分，在短暫的生命中盡享人世間種種歡快樂趣！

他以樂道堂主人的署名寫下了不少詩篇，結集於《萃錦吟》前後篇中。隨意從前後篇各挑一首來加以對比，都可以看出他十年賦閒期間的心態變化。如前篇中的一首七律：『紙窗燈焰照殘更，半硯冷雲吟未成。往事豈堪容易想，光陰催老苦無情。風含遠思翛翛晚，月掛虛弓靄靄明。千古是非輸蝶

夢，到頭難與運相爭。』詩中流露的是前議政王對世事無情的幽怨心曲。再看後篇中的一首五律：

『超然塵事外，已得六年閒。欲契真如義，情生造化間。澄心坐清境，深户掩花關。味道能忘病，不知憂與患。』這裏則是今日樂道堂老人對人生真諦的初步領悟。

此刻，初冬的太陽已升得很高了。京師第一王府在冬陽的照耀下，暖意融融。斜躺在西院書房沙發上的恭王，微覺身上有一絲燠熱。他掀開黄緞被，離開牛皮沙發，走到窗邊的書案前。窗外，夏日裏那些茂盛繁榮紅緑相間的丁香花海棠葉早已凋零脱落，衹剩下褐黄色的瘦弱枝幹，給人以衰颯老殘之感，而甬道兩旁的雪松，却依舊蒼茂勁挺，頗具豪傑氣概。恭王凝神注視着這往日天天相見的冬景，此時却讓他有種異樣的感覺。值班太監見王爺已起身，忙端了一盃新泡的江南龍井進來放在書案上，然後悄没聲息地掩門退出。

恭王端起茶碗來啜了一口，就勢在書案邊的高背軟椅上坐下。四天前，養心殿東暖閣裏與太后叙話的情景又浮現在眼前。

自從在醇王葬禮上，與慈禧和光緒帝説了幾句話外，整整四年了，彼此没有再見過面。當值大太監掀開厚重的棉簾，恭王一眼見暖閣正面的大炕上，太后、皇上分坐在短几的兩旁。他彎腰走上前去，正要在炕前正中鋪着的軟墊上跪下時，光緒忙説：『六伯免跪。』

慈禧也説：『六爺，今兒個不是叫起，這是一家子人叙話。按照家人的禮節，皇帝還要向您行禮哩！我看，都免了，彼此都去掉這個客套。請六爺就在對面的椅子上坐下吧！』

慈禧這種温婉貼心的話，恭王已經好多年没有聽到了。他記得同治初年江南尚未底定時，慈禧常常用這種語氣跟自己説話。但到後來，温婉漸漸變成威嚴，貼心漸漸變成隔閡，再不是叔嫂間親熱融

第十四章　署理兩江

洽，而是君臣間的上下尊卑了。恭王在心裏品味了一番後，便在對面雕龍刻鳳的檀木大靠椅上坐下，立時便有太監送來一碗香氣四溢的熱茶。

『好幾年不見了，六爺身子骨還好嗎？』慈禧的聲音依然如舊清脆動聽。

『託太后、皇上的福，老臣這兩年還没生過大病。』恭王答着，就勢將對面的嫂子仔細地瞧了一眼，心裏微微一驚：也是六十歲的老太太了，怎麽還依然是面色紅潤，髮髻烏黑，她是如何保養得這般好的？想起自己，衹比她大得兩歲，就如此多病多痛、血虧氣衰的，上天太眷顧這個逞强任性的女人了。

『一向瞎忙，這些年也没去瞧瞧你。』慈禧也端起矮几上的茶碗來，輕輕地移動蓋子，右手小指上的三寸純金護指高高地翹起，淺淺地抿了一口後，又幾乎没有一點聲音地將茶蓋蓋好，放回矮几上，然後拿起膝邊的素底綉着一支蘭花的絹巾，輕輕在唇邊上印了一下。整個動作在從容、優雅中又透出幾分高貴氣。『光緒十五年皇帝大婚後，我對他説，你已經娶媳婦了，是個大人了，老百姓家的兒子娶了媳婦都要當家理事了，何況一國之主的皇帝！我爲你操了十多年的心，現在累了老了，也該歇息歇息，園子裏也修好了兩個宅院，我就搬到那裏去住。軍國大事，你一切自個兒做主吧！』

恭王静静地聽着。他知道慈禧的這些話的確都曾經説過，他更知道，慈禧這些話是言不由衷的。

『不料，七爺不肯，説皇帝雖然大婚，但還是年輕，肩膀嫩，擔不了這副重擔，要我再訓政兩年。我説，兩年前，我就要皇帝親政，是你説再訓政兩年待皇帝大婚後再親政，你自己説的話，你忘記了，你就不怕累壞了我？七爺説，看在祖宗的面上，你無論如何要再幫他兩年。我説好吧，就看在祖宗面上，再幫一下。今後國家的重大事情及二品以上官員的任命，我過問一下，其他事我不管了。夏

秋兩季我住園子，冬春兩季住宮裏。住宮裏，也不要有事沒事都來麻煩我，得自個兒歷練，早早擔起這副重擔來。』

恭王仍然默默地聽着，間或微微點頭，他知道慈禧為什麼要說這番話。她是在皇伯面前表明自己的苦心：這幾年皇帝親政的名不副實，不是因為她想攬權，而是皇帝親生父親的一再拜託。恭王心裏冷笑着。

『今年春上，朝鮮出了亂子，害得我們不得安寧。我原本在城裏過完春天後，仍回園子過夏天，皇帝和王公大臣都一再要我留在養心殿。我想也是，打仗這碼子事皇帝從來沒經歷過，怪不得他心虛。七爺也不在了，我不忍心眼看着他受這個苦，就留下了。』

恭王心裏想：皇帝怎麼啦，一句話都不說，任憑着太后一個人在絮絮叨叨。十年前，他當國時，常常這樣三人對坐商討國家大事，皇帝也總是難得講一兩句。那時恭王總把他當小孩子對待，也希望他多看多聽少說，但現在已經是二十四歲的人了，怎麼能還是像小孩子樣，祇聽不說呢？即便是他平庸無能的父親，那年半夜帶兵在密雲抓肅順，也還沒有二十四哩！看來，皇帝連平庸的父親都不如，他難道是個愣駑下材嗎？

恭王瞟了一眼坐在矮几另一邊的侄兒。四年不見了，却跟四年前的模樣沒有多大差別，仍然蒼白瘦削，神色不旺。通常的男人，婚後都會日漸向成熟粗壯的方向發展，可他結婚五年了，依舊還是一個沒有長成人的孩子相，想起五年來後宮沒有傳出一星半點喜訊，恭王陡然心驚：莫非他天生不是一個真正的男人！唉，祖宗百戰沙場，九死一生，靠千千萬萬屍骨換下來的這座漢人江山，怎麼就會落在這樣一個孱弱不全的人的手中？不要說聖祖高宗的強壯後裔數以百計，就連恭王府、惇王府裏都有上十個精精神神的漢子，偏偏就讓他來坐江山，這難道是天意嗎？一股悶氣堵住胸口，恭王頓時全身不舒服。

第十四章　署理兩江

『中國和日本開仗以來的情形，六爺自然是知道的。李鴻章的海軍不中用，世鐸領的這班軍機也沒了主意，我對皇帝說，你六伯的病應該早已痊癒，請六伯出來幫幫忙吧！』

恭王聽了這話很不舒服。十年前他本沒有病，生病云云，純粹是為了遮掩世人耳目。他終於開口了：『老臣病體實未痊癒，不能再當重任，以免誤了大事。』

一直沒有吱聲的光緒急了：『六伯，闔朝王公大臣都盼望您出來挽救危局，您就出來幫幫侄兒吧！』

慈禧兩道精心描畫的柳葉眉略微皺了一下，她對兒皇帝的這副神態甚不滿意。恭王推辭一下，就急成這個樣子？明明說的是我叫你請他出來，為何又說成闔朝王公大臣的請求？也不能說『挽救危局』的話，真個是情急失態。載湉呀載湉，你真是太令我失望了。

『六爺，』慈禧平和地說，『皇帝沒臨過大事，一有風吹草動，就心慌意亂，咱們不幫襯幫襯他，行嗎？』

恭王見侄兒那副發自內心的企盼神態，本已心動，想起慈禧三番五次不理睬王公大臣的請求，心裏又有氣。他冷冷地說：『有太后在坐鎮，有禮王和軍機處諸大臣在運籌應對，老臣實無必要再來插手，且一衰弱老翁，亦於事無補。』

光緒生怕就此散了場，心裏又急了：『李師傅、翁師傅都說，國家正在危急存亡之秋，非六伯出來，不能安定國本。六伯，您無論如何都要出山呀！』

真正一個大孩子！恭王爲侄兒的純真而欣慰，也爲他的憂國之心而感動，對他的孱弱和不成熟生出幾分憐憫和寬恕來，再推辭不就，似乎有點不忍。

『六爺，莫説我在此坐鎮的話，我也是萬不得已。』慈禧望着奕訢，語氣顯然比剛纔要硬了些。『國家遇到這樣的大事，你侄兒年輕又從没經歷過，怪不得他這樣心急。我自然有責任幫他度過難關。六爺，你身爲宣宗爺的嫡子，文宗爺的親弟，皇帝的親伯父，你能眼看着祖宗江山受到危害而不動心嗎？你能眼看着你侄兒遇到難事而袖手不顧嗎？這江山眼下固然是皇帝他在坐，難道與你六爺就無關了嗎？你可是皇帝父輩中健在的惟一之人啊，他不求你求誰？儻若國家有什麽閃失，六爺，你今後如何對得起列祖列宗的在天之靈？』

慈禧的話雖然直硬了點，但的確句句在理，擲地有聲。這個時候，還去跟她計較十年前的恩怨，不是顯得自己太狹窄了嗎？若堅不出山，不僅難以面對這位不失赤子之心的侄兒皇帝，也會使李鴻藻、翁同龢等一班大臣寒心，實在地説，也有愧於列祖列宗。想到這裏，恭王決定擯棄前嫌，臨危受命。

『太后，皇上。』奕訢以誠懇的語氣説，『不是老臣有意推辭，委實是年老氣弱，祇能在王府養老以終天年，不宜出入廊廟擔當重任，且當年越南之事十年來一直未曾忘記，深恐再誤國事。既然太后皇上不嫌老臣衰邁無能，老臣祇能豁出老命，再作馮婦了。』

望着光緒臉上露出燦爛的笑容，慈禧心中冒出一絲酸意，她轉過臉對他説：『朝政是你在管，你跟你六伯説説，請他做些什麽？』

光緒挺挺腰板，輕輕地假咳一聲，鄭重其事地説：『朕請六伯重領軍機處，兼管總理各國事務衙門，並添派總理海軍事務衙門，會同辦理軍務。』

不僅恢復原來的軍機處領班大臣的舊差使，連醇王生前所領海軍、總署衙門也一併交付，可謂將政事外交軍事全盤委託了。恭王感覺到了侄兒的誠懇，也暗暗驚異嫂子的大方：難道她真的自認無法應付眼前的局面嗎？

他站起身，彎下腰説：『老臣領旨。』

『六伯請坐。』光緒伸出一隻手來向下壓了壓説，『六伯年老，有病在身，就不要入朝當值了，一切事都在王府辦，軍機處、總署、海軍衙門的人上王府來向您請示。』

慈禧笑了笑説：『六爺，大清的事，都託付給你一人了。』

『謝太后、皇上。』恭王嚴肅地説，『老臣祇是盡忠効力而已，大清的事，還是由太后、皇上作主。』

領了旨的恭王，與嫂子、侄兒細細地商討起眼下的戰事來。

直到正午時分，奕訢纔離開養心殿。杏黄大轎剛在恭王府大門口停下，王府長史寬齡便走了過來，輕聲説：『禮王已在小客廳等候多時，軍機處、總署、海軍衙門各位大人都有名刺遞來，請求王爺安排時間接見他們。』

恭王『唔』了聲，没有説話，便走出轎門，踏上光潔如玉的大理石臺階。

奕訢來到上房，大福晉帶着一批側福晉早已恭候着。大福晉把奕訢迎入室内，急着問：『太后怎麽説的？』

奕訢面色如常地答：『領軍機、總署和海軍衙門。』

大福晉一聽，滿面喜色，樂滋滋地說：『恭喜王爺！』隨即向後面傳話：『給王爺端來熱水，上銀耳羹！』

一會兒，一個丫鬟端着一盆熱水，後面跟着個小丫鬟，雙手捧着一條雪白的西洋毛巾。大福晉親自將毛巾浸在熱水裏，擰乾後遞給丈夫。恭王接過，擦了擦臉和雙手。又進來一個丫鬟，雙手捧着一個掐絲琺琅銀碗，碗裏擱着一把精巧小銀勺。大福晉從丫鬟手裏接過銀碗，走到丈夫面前百般溫柔地說：『累了大半天，趁熱把這碗銀耳羹喝了吧！』

恭王喝了兩口後，隨手交給身邊的丫鬟。平日最得恭王寵愛的五側福晉走了過來，對着緊隨身邊的貼身丫鬟說：『去房裏把王爺的寬袍拿過來，給王爺更衣，讓王爺躺會兒。』

恭王擺了擺手：『不要更衣，我還要見禮王。』

大福晉勸道：『王爺辛苦了，歇會兒吧，別把自己給累壞了！』

恭王說：『禮王已在府裏等候很久了，不好叫他再等下去。』

說完對寬齡說：『你請禮王到東院議事廳等我，我一會兒去那裏與他會面。』

又對大福晉說：『你叫大夥兒都出去，讓我安靜片刻。』

大福晉對衆人揮了揮手，大家都退出門外，衹有她和五側福晉留在房裏，以便伺候。

奕訢的確很累了，原本什麼人都不見，回府後便躺下休息，但現在坐等的是接他手之後領了十年軍機處的禮親王世鐸，他不能不見。

奕訢閉着眼睛，默默地坐了一刻鐘後，起身離開上房，向東院議事廳走去。

『王爺！』從窗口看到恭王的身影時，世鐸便忙着起身，來到議事廳門邊等候。

『禮王，勞你久等了。』恭王一邊打躬，一邊對世鐸說，『請上坐。』

『王爺，您就叫我世鐸吧！』世鐸雖比奕訢年長三歲，但按輩分却是孫輩。

『哪能那樣，坐吧！』

二人在議事廳花窗下的梨木鑲貝太師椅上坐下，寬齡親自爲禮王上茶。

『王爺端坐，世鐸恭喜王爺，賀喜王爺。』

世鐸起身，整了整衣冠，矮矮胖胖的身軀眼看就要跪下去，奕訢忙起身攔住：『禮王，你這是做什麼，快請坐！』

世鐸堅持要拜，奕訢高低不肯，二人推推搡搡地客氣了半天，世鐸沒有拜成，重新坐定。

『王爺，您這一出山，是慰天下臣民渴望雲霓之心呀！世鐸我盼星星盼月亮終於盼到了這一天。』

世鐸端端正正地坐着，兩手放在膝蓋上。『不是在王爺面前表功，世鐸爲請王爺復出，單獨跟太后說過兩次，又率領全班軍機給太后上過奏章一次，也是太后憐恤世鐸等的苦心，終於准了奏。』

世鐸說是不表功，其實是明顯地在表功，但他也沒說假話，的確多次奏請過，奕訢對這些也清楚，說：『禮王和衆軍機的心意我領受了，但我乃是罷黜之人，這些年來一直在王府養病，外間的事情也不清楚，實在是於國事無補，辜負了禮王和衆位軍機的厚望。』

『王爺，您太謙退了，普天之下，誰不知王爺的經緯大才。』世鐸白白胖胖的臉上現出萬分誠懇的神色。『甲申年，越南的事，責任實不在王爺，都是徐延旭、唐炯等人不中用。至於世鐸我，更無半點想領軍機的心。我自知無能，向無大志，祇求這一輩子不出差池，保住祖宗傳下來的這頂鐵帽子，死的時候，能安安穩穩地傳給兒子，我就心滿意足了。是七爺三番五次地勸說，也是不得已領了這個

差使，這十年間實在是没有什麽作爲。現在王爺再來領班，我是謝天謝地謝祖宗，這個擔子算是平順地放下了，明天起我就可以安心樂意在家養鳥聽曲逗孫子了。』説罷，咧開嘴笑了起來。

奕訢面露微笑，極有興致地聽着世鐸的話。對於這位排行孫輩的老禮王，奕訢是清楚的。在高層次的黄帶子中，世鐸的確是個庸才。他不愛讀書，不愛騎射，也不甚關心軍國大事，他喜歡的是養鳥餵狗，打牌聽戲，伶人美女，吆喝玩樂。衹是世鐸有個好處，他的所有這些作爲，都衹在他的王府裏進行，他和他的幾位公子都没在市井上留下劣跡。而且世鐸愛交朋友，也願意給人幫忙，故而在紅黄兩帶子中間，他有好的口碑。身爲一個鐵帽子王爺，世鐸如此行事，也算是王公中的大好人了。所以甲申年，慈禧和奕譞請他出來領軍機處，大家都没有反對的意見。奕訢知道世鐸這番話是真誠和虚假各兼其半。他無政治野心，對交出軍機處大權的失落感不大；他平庸無才，應付不了眼下的局面，急於擺脱，這都是實情。但他做了十年的軍機處領班，嘗了十年握國家實權的味，從中獲取了無數的甜頭，真的讓他立即就回家去抱孫子，他能甘心？再説，十年間的軍國大事，他幾無不插手的，一時就完全擺開他，也不合適。還在從紫禁城回王府的路上，恭王坐在轎子裏就開始思索着他所面臨的第一樁大事：如何處置世鐸和那幾位軍機大臣。一種是學十年前慈禧那樣，將現在的軍機處連領班全行罷黜，以報當年的仇恨，出出胸中這口悶氣。剛一想到這層，奕訢便下意識地摇了摇頭。這樣做不明擺着是報復嗎？朝野中外，不會都説你心腸狹小、肚量偏窄嗎？尤其是太后，她第一個會不舒服。當年那樣做，是她的主意，今日你以牙還牙，矛頭不是指向她嗎？往後還得和她同事，得罪她並不是好事。全班罷黜，行不得！但對現在這個軍機處，奕訢實在是不能接受。世鐸不説了，排在第二位的大軍機張之萬八十好幾了，已在病床上躺了兩三年，軍機處的大小事都不過問，這種隨時都會過去的衰

翁，爲什麽還要讓他佔住位子不放？

還有一個額勒和布，也是甲申年大變中上來的，也是望八的人了。四年前中過風，雖留住一條命，但時常神志不清。這種人還留在軍機處做什麽？軍機處乃朝廷最高辦事機構，日理萬機，需要的是最精明最能幹的人纔行。世鐸真是糊塗得可以，把個軍機處當成了崇老院、怡養所，荒唐不荒唐！這兩個人無論如何得讓他們退出來。但他們都是元老級的人物，又没有大錯失，衹能用體面的方式退出。可以給他們一個特殊的榮譽，如授紫繮、准予紫禁城騎馬等。衹是不能馬上實行，得過幾個月再説。排名第四的孫毓汶與第五的徐用儀，這次被清流駡得厲害，聲稱要攆出軍機處。奕訢也對他們無好感。特別是孫毓汶，不僅擅權專横，更兼人品卑下，純粹是靠走老七的門路纔進的軍機處，世人駡他是醇王府裏的一條狗，奕訢對他更是厭惡。孫、徐是得趕出軍機處，而且是越快越好，爲了慎重起見，暫且隱忍一下，過兩個月再説。世鐸爲何急着要跟我會晤，其實也就是想探一探關於他本人及軍機處其他人的處置，剛纔這番話，不是説得很明白嗎？

奕訢想到這裏，笑着説：『我十年不問國事了，這乍一當差，還真不知從哪着手哩。你還得幫幫我！』

正是奕訢所猜的，世鐸之所以在恭王被召見的當天上午便急忙趕來恭王府，並耐着性子在小客廳裏坐等了一個多小時，完全爲了探一探恭王對他帶領的軍機處如何處置的口風。昨夜，當確知太后今上午召見恭王的消息後，孫毓汶、徐用儀悄悄來到禮王府。孫、徐二人知道輿情對他們不利，希望能通過世鐸來保持在軍機處的位置。二人凑了四十萬銀子給世鐸，請他出面在恭王面前説説情。世鐸説：『假如我還留下，就爲你們説説；假若我都留不下，你們也衹好卷鋪蓋了。』今天來恭王府，世

鐸帶上了這四十萬銀票，但他不想輕易出手，若沒有一點希望，這四十萬不白白擲了，如何向他們二位交代？

世鐸一時還弄不清楚這『幫』字的含義，但至少沒有立即趕他下臺的意思，還有一綫希望在。他想再進一步探探。

『王爺言重了！』世鐸將前身向恭王那邊傾過去，一副虔誠謙卑的模樣。『世鐸世受國恩，又蒙太后、皇上和王爺的眷顧，在此危急之時，爲國家出力，爲王爺効命，是我的本分，豈敢當一「幫」字！』

世鐸說到這裏，有意停下，看看奕訢的表情，見他帶着笑意在傾聽，遂將昨夜挖空心思想好的『引餌』拋了出來。

『這次和日本的戰事，軍機處和李少荃都認爲處理的關鍵在於以夷制夷，俄國和英國都不情願讓日本一國獨吞朝鮮，所以他們有可能會站在我大清這邊。俄國公使巴魯諾夫和英國公使莫頓與我的私交都很好，他們對我是無話不談，我爲他們在中國辦過不少好事。俄國的皇后曾私下委託巴魯諾夫爲她尋覓一顆大珍珠。巴公使尋覓不到，請我幫忙，結果我在福州爲他找了一顆，當作禮品送給了他，巴公使感激不已。要解決與日本的戰事，必須仰仗俄英兩國公使。王爺和他們會談的時候，若用得着我，我一定樂意効勞。』

世鐸這個『引餌』太誘人了。『以夷制夷』，原本就是過去奕訢辦外交的絶招。自從得知有復出的可能後，他就在考慮如何來解決與日本海戰事，想來想去，還祇有重新拿起『以夷制夷』的法寶。世鐸既然有這樣的好關係，何不就讓他來辦理此事？看來世鐸至少這段時期不能離開軍機處。

第十四章　署理兩江

『禮王，你不要急着歇肩撂挑子，許多事都還要你一起來辦。英俄兩國公使，這些天我就會約見他們，還要煩你先去疏通疏通。這樣吧，』奕訢輕拍了一下茶几，作出一個決定：『明後天我親奏太后、皇上，讓你留下，和我一起來領軍機處吧！』

果然上了鈎！世鐸心中一喜，口裏却說：『戰爭失利，我負有很大責任，軍機處領班這個差使，我幹不好，王爺纔是世所矚望，我退出，也好讓王爺重建軍機處。』

奕訢已聽出世鐸的話中之話了，立即說：『軍機處，我不會重建的，還得依靠各位大人共度艱難。』

這句話讓世鐸一驚，看來孫毓汶、徐用儀都有救了，忙笑着說：『軍機處的各位同寅都託我先向王爺恭喜道賀，他們都遞來了名刺，隨時等待王爺的召見。』

奕訢說：『不必一一來了。過些日子，待我與總署、海軍衙門打過交道後，再請各位放駕到王府來，我們一起見個面。』

『好。我這就把王爺的意思告訴他們。』世鐸說到這裏，隨即又特意補充一句：『軍機處各位盼着王爺出來，可是望穿雙眼呀！』

說罷，自個人先笑了起來。

奕訢也笑着說：『謝謝各位大人的厚愛。國家多事，太后、皇上心裏焦慮，全靠各位軍機爲國排難，爲太后、皇上分憂。』

『主憂臣勞，主辱臣死，自古皆然。各位軍機蒙太后、皇上聖恩，雖肝腦塗地，不足爲報。』說着，世鐸從左手袖袋裏取出兩張銀票來，懇摯萬分地說：『王爺復出，宮裏宮外的打點，驟然劇增。這些

年，恭王府也没有别的收益，這四十萬兩銀票，請王爺笑納，以備眼下急需。』

奕訢没有想到，剛一復出，就有世鐸這樣身份的人一次便送上如此重的禮銀，說是巴結也可，說是賄賂也可，說是雪中送炭也可，奕訢心裏頓然有一種舒帖的感覺。皇阿哥出身的奕訢也與其弟奕譞一樣，並不是一個貪財愛貨的人，從小到大他不缺財貨，也體會不到財貨的重要。因此，恭王府並不事事聚斂。然而，到了同治初年，他剛領軍機處後不久，便發現議政王大臣的雙俸親王銀子都不够使用，他奇怪地問王府長史。寬齡告訴他，每次進宮見太后，王府得準備五百兩銀子，用來打點宮內各處太監，光李蓮英一人至少得二百兩。奕訢怒道：我進宮見太后，辦的是國家大事，爲什麽要打點宮裏的太監？長史苦笑道，王爺有所不知，宮裏的太監並不明裏問你要銀子，但你若不給好處，他就想方設法給你設置障礙，弄得你處處不痛快，有時還得誤事。奕訢道，這成什麽話！我非得稟告太后，革掉這個陋習不可。長史說，這個陋習由來已久，也不是本朝纔有的，太后自己也知道。那年左侯從西北回來，要進宮見太后，不知這個規矩，在朝房裏乾坐了一個時辰。左侯脾氣大，在朝房裏嚷起來。一個同在朝房的侍郎將陪同左爺上朝的楊昌濬叫到一邊，悄悄地告訴他：塞三百兩銀票給當值太監就行了。果然，銀票剛塞，便叫起，楊昌濬偷偷告訴左爺：這是三百兩銀票的作用。左侯老大不高興，氣鼓鼓地，見到太后不說别的，先說這事。不料太后却笑着說，宮裏太監窮，衹得向外官打點秋風，衹是不能要這麽多。也是你們這些做外官的給慣壞了，一個比一個多，把他們的胃口撑大了，現在連我都禁不住了。左侯聽了，張開嘴巴說不出話來。王爺您説這個陋習破除得了嗎？奕訢摇摇頭，無話可說。長史又說，還有宮裏來傳話報信的，也必得打發他們，看地位高低和傳話的内容：地位高的、傳的話重要的要給一百兩，地位低的、傳個一般話的至少也得二三十兩。除宮裏外，還有與各國

公使館。那些洋人，也都是要錢要物的，這項開支，也不比打點宮裏的少。

奕訢開始懂得錢財的重要了。

俸薪不够開銷怎麽辦呢？去貪污嗎？去賣官嗎？如此做，奕訢又覺得不合適。帶着這個疑問，他去請教做過直隸總督、大學士的岳丈桂良。桂良告訴他，外官的俸銀低應酬多，銀子一般都不够用，故不少官員貪污受賄；但大部分官員是用另一種辦法來增加收入的，那就是收門包。登門求見，先遞銀子來。到家門來求見，多是爲了私事，故願意出。現在各省督撫兩司，一直到府縣州廳都收門包，這已是人人皆知的私密。衹是你先前不任事，没有多少人上恭王府來求你罷了。現在，恭王府是京師中握有實權的第一大衙門，每天來登門求見的人多得很，完全可以定出一個門包制度來：多大的官得給多少銀子，有急事加倍。奕訢總覺得這門包收得不體面，這不是公開索賄嗎？桂良正色道，既然太后都允許宮裏的太監收打點費，爲什麽你恭王府收點門包就不行呢？况且你是拿這筆錢去應付宮中的敲詐，這不算你恭王的受賄。衹是要派可靠的人管好這筆錢，不能讓門房私吞了。

奕訢採納岳丈的主意，公然在王府裏收起門包來。這後來自然成了衆人指摘的口實。不過，恭王也的確是靠了這筆收益纔能應付宮中和洋人的。他一時還没有想到這點，經世鐸一提，立即意識到此刻確需大批銀兩，但奕訢還是下意識地謝絶。

世鐸做出一副推心置腹的神色：『不瞞王爺説，這筆銀子也不是我的俸禄和養廉費，這也是這十年來門包的積蓄。今後王爺來領軍機處，許多開銷就不用我出而是由王爺出，這筆銀子理應轉給王爺。』

見奕訢還在猶豫，世鐸爽快地說：『若王爺還覺得不合適的話，這筆銀子就歸我借給王府用，以後王府再還給我好了。』

世鐸有意不說出孫、徐二人來，一則是要自己獨得這份功勞，二則孫、徐目前口碑不好，怕說出來恭王更加不敢接。

見世鐸這樣說，奕訢祇得收下，一邊說：『我叫寬齡寫個借條給你。』

『改日吧，改日吧！』世鐸忙起身。『王爺累了大半天，我又打擾了這麽久，實在不應該，我這就先告辭了。王爺有什麽事要召我，我隨傳隨到。』

奕訢目送着矮胖臃腫的世鐸搖搖晃晃地走出王府，想起賦閒十年來門庭冷落，今日一旦復出，登門送錢的、遞名刺求見的便絡繹不絕，從今往後，這門前便天天軒車如流水，駟馬如游龍，送銀子送財貨的，將會在門房口排成長隊。他在心裏長長地嘆息一聲：權力呀，你是一個多麽重要的東西，哪怕是貴爲皇伯，也不能没有你！

正在窗前遐想着，寬齡進來禀道：『王爺，李中堂李鴻章已在候客室裏等候。』

『哦，李中堂來了！』李鴻章是他今天約的第一個客人，他轉過臉對寬齡說，『你帶他到西院大客廳裏去吧，我换上衣服就過去。』

五　恭王府裏，敗軍之將一吐苦水

恭王府裏無論是客廳、議事廳還是書房，都有中式西式兩種，視客人的身份與愛好分別安置接待。外國客人來訪，都安排在西式客廳，但也有例外。比如海關總税務司赫德，是一個標準的英國人，但

此人二十歲來中國，已在中國謀事四十年，自稱愛中國勝過愛英國，對中國古老文化酷愛不已。赫德每次來恭王府，奕訢都安排在中式客廳裏相見，而且事先還得特別佈置一番，把中國氣味營造得足足的。同樣的，本國客人來訪，則安排在中式客廳，對於那些愛好洋玩意兒的，則安排在西式客廳。恭王知道李鴻章是一個仰慕西洋的人，常將他請到西式客廳或西式書房相見。李鴻章在充滿異國情調的客廳裏剛剛落座，奕訢便進來了。

『李鴻章向王爺殿下跪安。』李鴻章彎腰作揖，左手端着一頂鑲着大紅珊瑚頂子的大蓋帽。

奕訢忙扶住李鴻章的手臂，說：『中堂免禮。』

說罷，注目望着眼前這個正遭受各方指責身處困境的四朝元老。與春天見面的那一次相比，李鴻章明顯地瘦了、憔悴了，頭髮鬍鬚上又多鋪了一層霜。七十一歲的前淮軍首領，原本腰板挺拔硬朗，如今已現出幾分佝僂之態了。

『中堂也老嘍！』

奕訢從心裏深深冒出這句話來，然後拉着李鴻章的手，一起在鬆軟的絨沙發上坐下，關切地問：『近來都還好嗎？』

『唉，再不濟也得挺過來呀！』李鴻章仿佛百感交集，一時不知從何說起似的。『現在王爺復出，一切都有指望了。』

奕訢感受到一種與世鐸不同的真正的情誼。事實上，他和李鴻章的關係的確非同一般。

這種不一般的關係，不但因爲他們二人相交年代的久遠，更因爲他們彼此之間對國事看法的投緣。當咸豐皇帝還在世的時候，年紀輕輕的奕訢便以器局開張而獲譽於朝，與著名的能幹大學士、軍機大

臣文祥相契合，在對漢人領兵和與洋人打交道這兩件大事上，總是持開明的態度，與那些頑固守舊的滿蒙親貴們截然不同。他早期信任湘軍，後來又倚重淮軍，這使李鴻章對他感激。尤其在洋務事上，奕訢與李鴻章的觀點幾乎完全一致，即盡力維持和局，以便徐圖自強。從這個觀點出發，他們主張在國內大辦洋務，與洋人宜友好合作，信守合約，儘量不挑起事端，一旦有事也先立足於調和，儘量利用各列强之間的利益關係來求得平衡。因此他們常常遭到守舊勢力和清流人士的指摘，但他們一直堅信自己的這一套纔是真正有效的治國方略，而反對者的論調不是有意唱高調譁衆取寵，便是未親歷艱難不知深淺。在李鴻章眼裏，奕訢是他在朝中的强大奥援和靠山。在奕訢眼裏，李鴻章是朝廷的干城和柱石。共同的觀念和相互的依賴，使得他們成爲少有的官場上的知心朋友，他們可以在自家的小房子裏推心置腹地談論國事和人事。

十年前奕訢被罷黜後，李鴻章頓感失去了一個强大的支持。畢竟有着幾十年不同於一般的關係，退居於王府的奕訢和依舊顯赫的李鴻章並未中斷聯繫，逢年過節，彼此常有書信問候，李鴻章間或也會去王府看望奕訢。

今年四月，李鴻章在渤海海面檢閱北洋海軍。那是他一生中最爲出風頭的幾天。他坐在從德國進口的快艇裏，在萬頃碧波的海面上乘風破浪，檢閱那一艘艘氣派龐大裝飾一新的鐵甲戰艦。這是一支多麽威武的海上雄師啊！

李鴻章的巡視快艇每經過一艘戰艦邊，該艦管帶帶領全體水手列隊站在甲板上，一齊對空鳴槍。此時汽笛長鳴，聲震四周，管帶手揮兩色小旗，向北洋海軍的最高統帥打出問候、請安的祝語。然後進行放砲打靶、快速前進、急速轉彎等各種實戰演習。這時的李鴻章，激動的心情，就如眼前的波濤一樣起伏不定。二十年的含辛茹苦、慘淡經營，今天終於有了這樣一支强有力的海軍。我李鴻章對大清的貢獻前無古人，不但在朝野內外是第一大功臣，就是在洋人面前也有頭有臉，今後可以和他們直起腰杆說話了。

回京師向慈禧稟報後，李鴻章特爲去了一趟恭王府，一是去看看老朋友，二是對他說說這次海上閱兵的盛況，也讓他高興高興。他告訴前軍機領班，北洋海軍噸位目前排名世界第八，我們所防備的對手日本衹排名十四，若說北洋海軍對付英法等國尚有困難，但對付蕞爾小國日本來說是綽綽有餘的。奕訢固然高興，但也提醒李鴻章，北洋海軍畢竟沒有經歷過實戰，真正的戰鬥力如何，要在實戰中纔能看得出來。帶兵多年的李鴻章自然知道這一點。回到天津後，李鴻章命令北洋海軍官兵努力加强實戰訓練，但大多數官兵並不把這道命令放在心上。北洋艦隊的絕大部分管帶，是由福州船政學堂畢業又留學過英國的高材生，聘的教官，均爲歐洲人，水手是從陸師中十裏挑一選出來的精壯漢子。這支洋味十足的艦隊，從官員到士兵，從來就有一種很强的優越感，習慣於高待遇高享受，沒有喫苦耐勞的傳統。作爲軍人，他們也很少有爲國赴難馬革裹屍的心理準備。因閱兵有功而得到朝廷賞賜的北洋艦隊的官兵們，並沒有意識到不久以後，就與一衣帶水的近鄰有一番毁滅性的海上惡鬥。

但李鴻章身邊的外籍軍事參謀們有所預感。他們告訴這位北洋大臣，日本舉國上下在發憤圖强積極擴軍備戰，目標對準朝鮮和中國的東北。日本海軍的噸位雖不及中國，但戰艦上的武器裝備精良、訓練有素，必須切實防範。他們並告訴李鴻章，英國船廠最近造出一艘時速二十三海里爲目前世界第一的四千噸巡洋艦，如果將它買下來，可以大大加强北洋艦隊的力量。李鴻章很想把這條巡

洋艦買下來，但此前他爲買艦的事多次碰壁，心裏仍有餘悸。猶豫很久，他想起這次檢閲太后高興，或許趁着這個時候容易獲准，便鼓起勇氣再次上奏，請朝廷爲北洋艦隊撥銀一百四十萬兩，其中八十萬兩用於購買巡洋艦和培訓駕駛人員及水手，另外六十萬兩用於加强和更新各艦艇上的大砲。不料没有多久，户部便將這紙奏議駁回，說是太后萬壽大典在即，所費浩繁，一切其他開支都得停止，北洋艦隊買船添砲事着庸勿議。李鴻章看到批文後，嘆息不已。很快這艘巡洋艦便給日本買去，取名吉野，成爲日本艦隊的主力。就是這個吉野號，在大東溝海面上的戰役中耀武揚威、兇猛狠惡，終於使得北洋海軍敗下陣來。李鴻章滿臉愁怨，無處訴說，滿腹苦水衹得往肚子裏咽。今天，在奉旨復出的多年上司兼老友面前，北洋海軍的最高統帥真想好好地說說，要把含在喉嚨裏多年的那塊骨頭一吐爲快。

第十四章 署理兩江

李鴻章雖然對洋傢伙感興趣，但與盛宣懷不同。盛宣懷是儘可能地洋化。屋子裏的擺設，使用的東西，服用的藥物都是洋式的，衹要與外國人在一起，他就一定穿西裝戴禮帽拿文明棍。平時的飲食，他也喜歡喫西餐喝咖啡，惟一的遺憾是他不會說洋話。李鴻章却不這樣。他喜歡洋人的傢具用具，如鋼絲床，如沙發，如手錶，他也喜歡服西洋進口的藥丸。但他在任何場合下决不穿洋服，也决不以不會說洋話而遺憾。至於飲食方面，他更是頑固地保持家鄉的老傳統，抽水煙袋，喝黄山茶，喫油膩味重的皖菜。奕訢知道他的習慣，特爲吩咐家人給他上府裏常備的祁門紅茶。

喝了兩口茶後，奕訢將談話切入正題。

『李中堂，今天請你過來，是想請你說說北洋海軍的實際情况。初夏閲兵時，你對北洋海軍抱有很大的期望，爲何世界噸位排行第八的反不及排行十四的？是偶爾的失誤，還是實力不敵？還有，這次打了敗仗，北洋海軍有多大的損失，目前在威海港修整的艦艇還具有多大的力量，能不能跟日本再决一戰，勝負的結果將會是如何？李中堂，我們相交近四十年了，你應當相信我，請你務必對我說實話，這是我們與日本的决策的基礎。』

奕訢斂容正色說的這番話，雖然含有責備的意思，但李鴻章並不感到難堪，因爲他們是多年的相知，更因爲奕訢的話誠懇、實在。李鴻章是個做實事的人。他深知，誠實的話即使不順耳，也比那些順耳的虛假話要强過千百倍。在這一點上，醇王奕譞與他的六哥便有很大的區別。奕譞的致命弱點便是不務實，喜歡說過頭話，辦過頭事。李鴻章遇着奕譞這種頂頭上司，有苦說不出，還不得不違心順着他。奕訢的平實態度，讓李鴻章心裏有一種踏實的感覺。他正好藉這個話題向奕訢說一說這些年來的實情。

『王爺，您這個話問得很好。多年來，我就想對您說說，衹是您既已退隱王府，我也不便以這些俗事來煩惱您。現在王爺既領軍機，又領總署和海軍部，我有這個責任要將這些年的事情如實稟告王爺。衹是請王爺耐着性子聽下去，莫嫌我人老話囉嗦。』

奕訢笑道：『你說什麽，說多少，我都願意聽，中午就在這兒喫飯，我還要陪你喝兩盃哩！』

『謝謝王爺的美意。』李鴻章喝了一口祁門紅茶，臉色端凝地說了起來。『要說我們大清的海軍，不是我當面在王爺面前說好話，實實在在地是在王爺的手裏草創的，又經王爺的特别照顧而初具規模的。』

奕訢輕輕地點點頭。爲了取得奕訢的更大同情，李鴻章有意回顧起往事來：『早在咸豐十一年，曾國藩提出購外洋船砲的建議時，王爺便奏請以關税款來購買外洋小兵輪，命廣東、江蘇等省督撫募

內地人學習駕駛，又命已租的美國輪船二艘配上砲械，駛赴安慶，交曾國藩調遣。中國人指揮外國砲船，應從這裏開始。』

奕訢插話說：『還是你的老師曾國藩有遠見，早在咸豐十年便奏請學習洋人造砲製船的技藝。我還記得他的摺子裏說得很清楚：目前資夷力以助剿，得紓一時之憂；將來師夷智以造砲製船，尤可期永遠之利。曾國藩真正是見高識遠，老成謀國。』

奕訢如此稱讚他一生所敬重的恩師，這讓李鴻章心裏甚是舒帖，忙說：『曾國藩的這個想法還得靠王爺您的玉成，若不是您緊接着奏請皇上設立總署及添加南北口岸關稅，哪有日後洋務之事的出現！』

『你說的也是實話。』奕訢若有所思地說，『若將後來的各項洋務舉措比作一臺大戲的話，曾國藩的動議，我與文祥及我的岳父大人的會銜奏摺算是拉開了這臺戲的帷幕。』

『王爺比喻得真好！』李鴻章不失時機地讚揚一句，繼續說下去。『同治元年曾國藩在安慶試造小輪船，同治四年在上海建製造局，五年朝廷任命沈葆楨爲船政大臣，七年，江南製造局造出恬吉號兵船，這是我們大清第一艘戰船。』

『這恬吉還是你的老師親自取的名字。我記得他對我說過，恬吉二字寓含的是四海波恬、廠務安吉之意，他還親自坐着恬吉號從江寧到采石磯。』

『是的，王爺好記性。其實曾國藩那時身體已很衰弱，他之所以那樣高興，像年輕人一樣興致勃勃地登船試航，是因爲他從恬吉號的身上看到大清徐圖自強的希望。』

『不錯！』奕訢的心裏充滿了對辭世二十多年的那位社稷之臣的無盡緬懷。

『這一年，瑞麟向英國訂購六隻船，又向德國訂購一隻。八年，船廠又造出一隻取名萬年青的兵艦。到了光緒四年，便有沈葆楨奏定各省每年協款四百萬兩，南北二洋各分二百萬，專用來發展海軍，用十年的時間建成北洋南洋和粵洋三支海軍。這時多虧王爺出面說服沈葆楨，不要將有限的銀子平分，應先集中精力建好北洋，然後再建南洋、粵洋，這樣纔保證北洋有較多的銀子辦事。』

奕訢笑了笑說：『沈葆楨那個倔老頭，把他的那個南洋看得很重，非要平分不可。不是我去勸說他，衹怕別人是說服不了的。』

『正是王爺所說的，沈葆楨倔得很，那一年也是爲了銀子，硬是跟曾國藩對着幹，最後還是曾國藩讓了步纔罷休。』李鴻章繼續他的大清海軍史的簡要回顧。『北洋海軍就憑着這筆銀子，在七八年時間裏陸續在英國和德國定購鐵甲船兩艘、巡洋艦五艘、魚雷艇六艘，再加上上海福建兩船廠所造戰船十五艘，於是有了像模像樣的北洋艦隊。我又在天津辦了一所水師學堂，請閩省侯官人嚴復主持教務，培養海軍各種技術人員。』

『嚴復這個人我見過。聽人說，他的英文書寫能力比英國人還强，有這事嗎？』奕訢對嚴復表現出少見的興趣。

『有很多人這樣說。』李鴻章答，『這是一個絕頂聰明的人。他是福建船政學堂的第一屆學生，以第一名的成績畢業，曾在軍艦上實習五年，後又到英國海軍大學留學五年。他與別人的不同之處，是在海軍大學裏留學時，不僅研習海戰的戰術，還研習歐洲各國的政治、經濟等學問。有一次，他跟我談了一個晚上的話，他說我們不僅要學洋人的技術，還要學洋人的國家管理辦法，而且這比技術還重要。我看這人是個很有頭腦的人。過幾天，我把他從總教習提升爲總辦。』

『嚴復多大年紀了？』

『今年剛滿四十。』

『喔。年紀還不大，今後説不定有無量前途。』已過花甲的皇伯近年越來越感覺到『年富』纔是真正的財富，縱有金山銀山，一旦人死身亡，便全都化爲烏有。他停了一會，説，『光緒十年前的北洋、南洋的舊事我還記得。十年後我不當政了，第二年海軍衙門建立。照理説，應該發展得更快，爲什麼不像大家所期望的那樣呢？』

『唉！』李鴻章從胸膛裏重重地吐出一口氣來。『王爺，您有所不知，我難呀！』

奕訢兩隻略爲渾濁的眼睛盯着這位謗讟四聚的北洋大臣，認真地聽着他的下文。

『光緒十二年，朝廷設立海軍衙門，太后命醇王爺總理其事，命慶郡王和我爲協理，又命善慶爲幫辦。我當時看到這道上諭，因設立海軍衙門的喜悦一下子減了許多。』

『爲什麼？』奕訢頗有興致地問。『你跟我都説過好幾次要由朝廷出面辦個海軍衙門。有人還説，張佩綸積極倡議此事，是受到你的指使。』

十年前，張佩綸因馬尾之役被革職充軍，在西北荒原一住四年纔獲赦回籍。李鴻章賞識他的才華，家裏剛好有一個寡居的女兒，便將四十歲的鰥夫張佩綸招爲女壻，並留在身邊做幕僚。一個當年視李鴻章爲濁流的清流骨幹，如今却成了依靠李鴻章棲身的上門女壻，不要説昔日友朋恥笑，想必張佩綸自己心裏也決不會好受。真可謂此一時也，彼一時也。然則張氏的違心曲己，也正好説明一種世情：對於大多數士人來説，『清高』衹能建築在舒適的生存基礎上，失去了這個基礎，要再保持『清高』則十分不易。張佩綸的命真的不好。甲午海戰後，李鴻章大受攻擊，張佩綸也因此受到牽連，不少人指斥他應負『參謀失誤』之責。張佩綸成天如縮頭烏龜般地躲在家裏，忍氣吞聲地接受各方譴責而不敢做聲。

『沒有，這是有人存心挑唆，張佩綸那樣愛管閒事的聰明人，還要我來指使嗎？合北洋、南洋、閩洋、粵洋爲一洋的事，他是可以想得到的。』李鴻章喝了一口祁門紅茶，繼續説，『朝廷同意設立海軍衙門，這是我企盼多年的事，我當然歡喜，但委了這一大堆人來辦，令我爲難了。由醇王爺來牽頭，這是出於太后的重視。海軍是要與洋人打交道的，醇王爺對洋人的態度，王爺您是知道的，我真怕有些事與他講不清楚。』

對於自己的七弟，奕訢是再瞭解不過了。他輕輕地搖了搖頭，嘴角邊露出一絲苦笑。

『醇王爺倒也罷了，中間還夾一個慶郡王，後面又跟着一個善慶，這事可不更難辦了？』

李鴻章説到這裏，有意停了一下。對於慶王奕劻和善慶，他有着滿肚子的牢騷要發。這兩個人都是看中海軍衙門的時髦和銀子，不知費了多少心機纔弄到這個肥缺，哪裏是辦事的人！可是，現在他們都還與他共着衙門辦事，還是不説爲好。

『我打聽到曾紀澤英國公使任期已滿，請求朝廷讓曾紀澤進海軍衙門。醇王説，曾紀澤是個最合適的人，張之萬也推薦了他。於是我給他寫信，請他趕快回國。』

『曾紀澤有乃父之風，可惜天不假壽。』奕訢嘆息。

曾紀澤回國後，出任海軍衙門幫辦，不久又兼任兵部侍郎、總理各國事務衙門大臣，眼看將要爲國家擔當更大的責任，却不料四年前以五十二歲的英年早逝，朝野均爲之惋惜。

『是呀，那幾年的海軍衙門多虧了他在支撐。唉，爲他的去世，我難過了好些日子，我爲國家哭，

也爲自己哭，我一直把曾紀澤當親兄弟看待。』

以曾國藩待李鴻章的恩德，奕訢相信李鴻章説的不是假話。

『海軍衙門有曾紀澤在支撐着，我也極想利用它爲大清的海軍做點實事，但事實上，我和曾紀澤的想法都是一厢情願，我們根本没有力量按自己的意願辦事。現在看來，不辦海軍衙門還好，有海軍衙門，反而成了海軍擴建的最大阻力。』

『這話從何説起？』奕訢微微睁大眼睛問。

『光緒十二年未建海軍衙門前，北洋、南洋每年都還購船添砲。自從光緒十二年海軍衙門建立後至今，八九年間，北洋、南洋再未購買一隻外國兵艦，連砲臺都没有增加幾座。今年初夏海上閲兵後，王爺諄諄告誡我，要加强實力。這真正是金玉良言。回天津後，我即與洋技師商量購買英國剛下水的全世界時速最快的巡洋艦，結果户部未批，這艘艦讓日本買去，這次海上作戰成了我軍的克星。現在想起來，真正追悔莫及！』

奕訢驚道：『從甲申年解甲歸田後，我就不再過問國事。李中堂，你剛纔説海軍衙門設立以來八九年，海軍没有添購一艘兵船。這樁事，我還是第一次聽到。海軍衙門没建之前，每年尚有各省協助建海軍的四百萬兩銀子。建了衙門後，不要説再增拔銀子，就原先的四百萬，總得照常協解。八九年裏有三千多萬兩銀子，這是一筆巨款，不買軍艦火砲，拿它做什麽去了？李中堂，你可要好好跟我説説。』

李鴻章望着臉色憔悴的軍機處領班，心裏想：恭王呀恭王，您是真不明白，還是想從我的口裏套話？這件事不但朝中百官曉得，連京師百姓都曉得。您不做軍機大臣，到底還是皇上的親伯父呀，何

况還有一個女兒榮壽公主天天在太后的身邊，您怎麽可能一點都不曉得？

李鴻章猶豫着，不知怎樣開口，心裏將措辭仔細掂量一番後，重重地嘆了一口氣，試探性地説：『王爺有所不知，海軍衙門設立的前一年，頤和園的園工便已開始了。』

不料奕訢冷笑了一聲後，説了一句令李鴻章頗感意外的話：『他們之所以要擠掉我，就是爲了好放開手脚做這樁事。』

李鴻章雖説是領三殿三閣之首的文華殿大學士，但他未入軍機，一直往返於保定和天津之間，做他的直隸總督兼北洋大臣，他實質上衹是一個外官。京師裏的事，他當然也是知道的，但畢竟不太明就裏。他也聽説過慈禧與恭王失和的主要原因是因爲園工而起的：慈禧要修建，恭王反對，衝突便産生了。恭王並不因慈禧的不悦而讓步，故慈禧對恭王積怨愈來愈深，遂藉越南的戰事而罷黜恭王。恭王的這句話，證實了過去的傳聞，而且從話外之音裏還可以感覺到並不因如今的東山再起而冰釋前嫌。這樣看來，下面的話便好説了。因爲恭王不是不知道，而是要從我這個海軍衙門會辦的口裏掏出對園工的不滿，使他得到滿足感，獲得一種『讓歷史來證明』的回報感覺。李鴻章本就有一肚子怨氣，正因無處發泄而鬱悶，眼下，正可以對這位多年的知交一吐衷腸。

『王爺這話使我明白了，爲什麽太后當初要讓醇王爺和慶郡王、善慶來管海軍衙門，他們是要讓海軍衙門變成頤和園的金庫。海軍衙門開辦不久，醇王爺便對我説，没有太后，就没有大清的今日，没有太后，也没有皇帝和李中堂你的今日。我們都要知恩圖報。再過四年，皇帝要大婚，大婚後太后就要歸政。歸政後太后想到園子裏去住，園子現在哪裏能住得人？爲此，皇帝和我都很着急。太后這一點小小的要求，我們都不能滿足，良心上也説不過去。我問醇王爺，要我李鴻章拿多少銀子出來給太

后修園子，我決不含糊。醇王說，不是叫你個人拿銀子，我是跟你商量下，聽聽你的意見。海軍每年有協款四百萬，眼下我們的船砲都大致齊備了，用不了這多錢。我想從四百萬裏騰出二百萬來給園工用，剩下二百萬足够海軍開支了；再說，還有不少人願意報効海軍，海軍衙門還可以從那裏得到一大筆銀子。』

李鴻章端起盃子來喝了一口茶。

楊宗濂開海軍報効先例，正是他一手操持的。這事，他當然不想對奕訢說，故有意藉喝茶的機會停停，調整一下心緒。

李鴻章放下茶碗，繼續說：『我心裏想，醇王爺是皇上的生身之父，皇上的江山，還不就是他的江山？辦海軍，說到底也是爲了他父子的江山。他既然把太后的頤和園和皇上的江山擺在一個位置上，我們做臣工的也無可奈何了。我說，王爺要這樣，就這樣吧。誰知，後來曾紀澤告訴我，不衹挪用二百萬，而是將各省協款幾乎都拿到園子裏去了。曾紀澤氣得不行，我也沒料到。轉念我想，園工最遲到十四年底要完工，就算全部挪過去吧，也衹有兩年了，就算這八百萬孝敬給太后吧，咱們今後還是有銀子辦事的。我反倒勸曾紀澤說，別跟善慶這班人慪氣了，統統地讓他們挪吧，到了光緒十五年，太后歸政，住到園子去後，他們就沒有藉口了。誰知，事情不是我所想的這樣簡單。』

李鴻章看了一眼奕訢，衹見他鐵青着臉，緊閉着嘴唇不做聲。李鴻章知道奕訢心裏既憤恨又痛苦，他很可能在恨恨地默罵自己的七弟是在拿天下的銀子討好太后，以保障他醇王府裏的天子龍椅能坐得安穩無憂。

『沒想到，歸了政太后住到園子裏後，園工不但沒有結束，反而更紅火了。善慶給醇王、慶王出主

意，說外面有傳言海軍衙門的銀子都用到園子裏去了，不如乾脆將兩樁事合爲一樁事辦，倒可以堵好事者之口。慶王問如何合法。善慶說，園子裏有一個現成的湖，我們將它再拓寬挖深，湖面遼闊，太后必定歡喜。這是園工的事。然後利用這個大湖來做海軍的演習場所，在湖邊建一所海軍操練學堂，將天津的水師學堂移一部分到這裏來。善慶的話還未說完，慶王便拍起手掌來，笑道，這個主意好極了，我們乾脆將操練學堂的牌子掛在園子大門口去，對外就說擴湖是爲了操練海軍，這樣就可以名正言順了。湖上再架座橋，好讓太后散心；山上再建個喇嘛廟，好讓太后參拜。醇王對這個設想也很滿意。當時老臣正在天津，未參加這個會議。事後，曾紀澤寫信告訴我，他對善慶這個餿主意極爲反感：園子裏挖個池塘出來能練海軍嗎？這不存心讓外國人笑話我們太無知了？善慶正因得到醇王、慶王的誇獎而飄飄欲仙，哪裏聽得進曾紀澤的話，反倒譏諷他，說有意見爲什麼不在會議上提，你有膽就直接跟醇王、慶王去說。曾紀澤爲人膽小謹慎，他心裏不願意又不敢說，怕醇王慶王不喜歡，更怕惱了太后。受善慶這一搶白，於是內火上來，一憂成病。據曾家的人說，曾紀澤後來早逝，就因爲慪了善慶的氣。』

奕訢冷冷地插話：『難怪善慶這人不得好報，外放福州將軍，第二年便掉到閩江裏淹死了。』

李鴻章『嘿嘿』乾笑了兩聲後，接着說：『這個主意一採納，園子裏的工程就更熱火朝天地興建起來，規模更宏闊，新的建築更多，一直到現在都還沒完工。每年海軍的協款大半部分調去園工都還不够。那年醇王又對我說，園子的銀子不够了，總不能半途而廢吧。太后六十萬壽日也快到了，再怎麽說，也要在慶典前把園子弄得基本上像個樣子。你身爲天下督撫之首，還得請你出個面，給各省督撫寫封密函，乾脆跟他們講明白：要他們儘快向海軍衙門捐款，多多益善，正款辦海軍，息銀給園

工，算是他們對太后的孝敬。我也不便反對，衹好照辦。半年期間，又撈得七八百萬兩銀子。結果，連息帶正款，全部都花在園子裏了。我原先總以爲挪海軍銀子去辦園工，純是因爲醇王爲感激太后的緣故，雖不妥當，但畢竟用心正大。後來我纔知道，內務府在這裏面起了很大的作用，他們要藉此撈銀子。有這股力量在後面，我李鴻章是決無能力抗拒的，便衹有睁一隻眼閉一隻眼，順其自然了。』

奕訢自嘲地說：『算是被你看出來了。這也是有人竭力倡議修園子的重要原因。我一再阻攔，斷了他們的財路，所以纔有甲申年的天怨人怒。』

內務府職掌內廷事務。宮中一切事，舉凡喫飯、穿衣、營造修繕、婚喪喜慶以及執事人員的賞罰升降等等，全部由內務府管理。晚清的內務府，是全國最大的腐敗衙門，賣官鬻爵，貪污中飽，敲詐勒索，瞞上欺下，什麼齷齪無恥的事都敢作敢爲。他們仗着老佛爺這把大紅傘的遮蓋，外官縱有衝天怨氣，也拿他們無可奈何。內務府斂取錢財的門路儘管很多，但最保險、獲利最多的一條路則是營造修繕。宮中辦工程三七開由來已久，大家見怪不怪，沒有人會出來舉報其間的中飽情事。內務府樂意興建土木，其源蓋出於此。

『就這樣，八九年間，海軍衙門三千多萬兩銀子，至少有兩千萬兩流失了，這流失的銀子，多半進了內務府上下裏外人的腰包，少半用在園工上，買船買砲的錢就再也沒有了。翁同龢接替閻敬銘掌户部後更是明文宣佈，北洋艦隊十五年內不能增加一艘兵船。翁老三處處與我作對，他是公報私仇。害我李鴻章是小事，害了國家纔是大事，翁老三真是罪不容誅！』

李鴻章向奕訢敘說這些年來的海軍衙門的事，有對善慶的譴責，對奕劻的不滿，甚至連對醇王、太后也頗有微辭。但都沒有情緒化，惟獨說起翁同龢來，便氣忿忿的，彷彿要把海戰失敗的責任都推

第十四章　署理兩江

在翁同龢一人身上似的。這是因爲翁家與李鴻章有一段很深的陳年過節。

那還是同治元年的時候，翁同龢的大哥同書還在安徽做巡撫。安徽那時正是所謂的四戰之地，湘軍與太平軍、捻軍在這裏展開激烈的角逐。翁同書不諳軍事，先是丟掉了臨時省垣定遠，後又因處理苗沛霖一事不當釀成大亂，丟失壽州。兩江總督曾國藩對翁同書極爲憤恨，遂不顧翁家的顯赫地位，予以參劾，吩咐幕府文案起草奏稿。文案擬了幾稿，曾國藩都不滿意，最後讓李鴻章擬。李擬的奏稿甚得曾的滿意，其中『臣職分所在，例應糾參，不敢因翁同書之門第鼎盛，瞻顧遷就』這句最得曾的賞識，稱李深得做文章的『辣』字訣。果然，兩宮太后得了曾國藩的參奏後，不能因翁心存身爲大學士、三朝元老而寬恕他的兒子，翁同書被定爲『斬監候』。翁家因此而大亂，古稀之年的翁心存又急又恨，終於一病不起，當年冬天去世。翁同龢與他的二兄翁同爵爲營救大哥上下奔走，好容易纔保住翁同書一條命，却又被充軍新疆。這件事讓翁同龢一生死死牢記，並因此對曾國藩和李鴻章存下永遠不可化除的深仇。

翁、李之間這段過節，奕訢知道，但說翁對李是公報私仇却有失偏頗，遂有意淡化。『翁同龢掌户部，雖不如閻敬銘那樣會理財，但他也有一個長處，會省儉。他不僅壓北洋艦隊的銀子，各省各部向户部要銀子，他的態度是一樣的，能免就免，能省就省，實在不能免省的，他也要削減一半甚至到六成，要人家節儉着去辦。爲此得罪了不少人，這些人都罵他鐵公鷄。對於園工，我知道他也是不同意的，衹是拗不過老七罷了。』

奕訢説的也是事實，李鴻章不再在這點上糾纏。『翁同龢既然不給北洋艦隊買船，他就應該知道我們海戰的實力並不强大，但他又一個勁地鼓吹打仗。據説皇上這次下的宣戰令，就是受翁同龢的鼓